KB242076

마녀의
연쇄
독서

마녀의 연쇄 독서

1판1쇄 | 2012년 7월 10일
1판2쇄 | 2012년 12월 15일

지은이 | 김이경

펴낸이 | 박상훈
주간 | 정민용
편집장 | 안중철
편집 | 윤상훈, 이진실, 최미정
제작·영업 | 김재선, 박경춘

펴낸 곳 | 후마니타스(주)
등록 | 2002년 2월 19일 제300-2003-108호
주소 | 서울시 마포구 합정동 413-7번지 1층 (121-883)
전화 | 편집_02-739-9929 제작·영업_02-722-9960 팩스_02-733-9910
홈페이지 | www.humanitasbook.co.kr

인쇄 | 천일_031-955-8083   제본 | 일진_031-908-1407

값 12,000원
ⓒ 김이경 2012

ISBN 978-89-6437-158-9 03800

이 도서의 국립중앙도서관 출판시도서목록(CIP)은 e-CIP홈페이지(http://www.nl.go.kr/ecip)와
국가자료공동목록시스템(http://www.nl.go.kr/kolisnet)에서 이용하실 수 있습니다.
(CIP제어번호: CIP2012003022)

꼬리에
꼬리를 무는
책들의
연쇄

마녀의 연쇄 독서

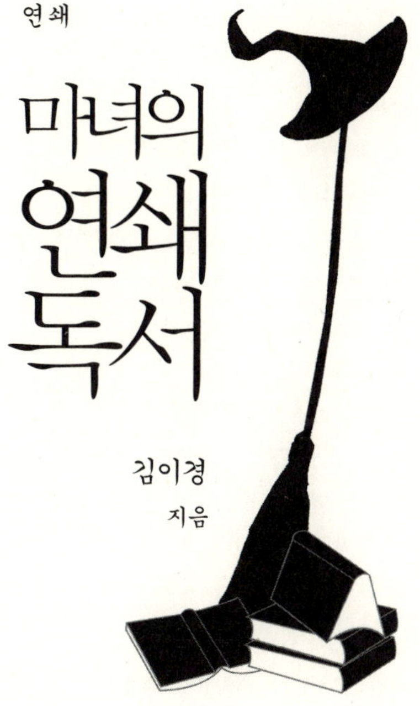

김이경

지음

후마니타스

차례

처음 연쇄 독서를 떠올린 것은 출판 전문지 『기획회의』의 연재 의뢰를 받고서입니다. 책을 읽고 서평을 쓰는 일에 슬그머니 타성이 생기던 무렵이라 좀 색다른 독서기를 쓰고 싶더군요. 그때 문득 연쇄 독서라는 말이 떠올랐습니다. 책에서 책으로 꼬리를 무는 연쇄 독서라면 힘은 들어도 재미있을 것 같았습니다. 연쇄 살인을 캐는 형사처럼 연쇄 독서의 뒤를 좇다 보면 뜻밖의 진상을 만날지도 모른단 은근한 기대도 있었고요.

그래서 덥석 "마녀의 연쇄 독서 탐사기"라는 제목으로 연재를 시작했습니다. 한데 생각보다 만만치 않더군요. 비딱하고 고집이 세서 부모님이 하라면 하던 공부도 그만두고 책도 누가 읽으라고 하면 더 안 읽는 성격에, 내 뜻과 상관없이 책이 권하는 책을 읽으려니 쉽지 않았습

마녀의 연쇄 독서

니다. 더구나 분명한 목표와 굳은 의지를 능사로 알던 나로선 불쑥불쑥 일어나는 연쇄가 당혹스럽고 버거웠지요. 공연히 남다른 걸 하겠다고 연쇄 독서니 뭐니 한 것이 후회되었지만 이미 벌어진 일, 별 수 없이 책이 이끄는 대로 따를 수밖에요.

그런데 이상하지요? 내 의지나 입맛대로 골라 읽은 책들이 아닌데 어느새 그 책들이 내게 영향을 미치는 것이었습니다. 재미있는 이야기를 읽을 땐 사는 게 신나고 즐거운 반면, 질병을 다룬 책을 읽으면 몸이 시름시름하고, 죽음에 관한 책을 읽을 땐 정말 죽을 것처럼 괴로웠지요. 그 바람에 다음 연쇄는 이렇게 해야지 다짐했다가도 감당을 못한 채 결국 책이 부르는 대로 끌려가곤 했습니다.

연쇄 독서를 하겠다고 맘먹었을 때는 전혀 예상치 못한 일이었습니다. 사실 책을 읽고 쓰는 일로 업을 삼고는 있지만 책이 가진 힘에 대해선 늘 미심쩍어 했습니다. 내가 읽는 책이 나를 바꾸랴, 내가 쓰는 글이 무슨 힘이 있으랴 싶었지요. 그런데 이번 일을 겪으면서 처음으로 그 힘을 실감했습니다. 책이 세상을 확 바꾸지는 못해도 사람의 몸과 마음에 젖어 들어 은근히 흔들어 놓을 순 있음을 알았지요.

연쇄 독서가 가르쳐 준 것은 그뿐만이 아닙니다. 또렷한 작정 없이 읽은 책들에서 생각지도 못한 진경을 만나는 일이 거듭되니, 이제껏 내가 최선이요 최고라 믿은 것이 실은 나만의 착각, 오만이 낳은 편견일지 모른단 생각이 들었습니다. 우연히 접한 책들을 통해 내가 모르던 세상을 만났듯이, 사람의 인연도 책 읽기도 나를 고집하지 않을 때 더 넓고 깊어질 수 있다는 걸 알았지요. 연쇄 독서 덕분에 세상은 넓고 스승은 많음을 배운 셈인데, 타성의 독서를 하던 내게는 마법 같은 깨우침입니다.

그러고 보니 마법 같은 일이 또 있습니다. 내가 몸담은 독서회에서 『정치의 발견』(박상훈, 후마니타스, 2011)이란 책을 읽은 것이 인연이 되어 일면식도 없던 후마니타스에서 『마녀의 연쇄 독서』를 펴내게 되었으니 말입니다. 만약 중도에 독서회를 그만뒀다면, 만약 용기를 내 저자와의 만남을 추진하지 않았다면, 아니, 애초에 연쇄 독서를 시작하지 않았다면 지금처럼 섬세한 편집자를 만나 책을 만드는 기쁨은 누리지 못했겠지요. 책 읽기의 연쇄만이 아니라 세상일의 연쇄에 새삼 감탄하고 감사하는 까닭입니다.

책을 펴내는 지금, 더 큰 마법을 꿈꿉니다. 『마녀의 연쇄 독서』를 통해 독자 여러분이 책이 책을 부르는 연쇄 독서의 매력을 느끼고 마법 같은 순간을 만난다면 그것이야말로 내게는 가장 큰 기쁨이 될 터. 부디 그 마법이 이루어지기를 빌며, 수리수리 마수리 얍!

마녀의 연쇄 독서

꼬리에
꼬리를 무는
책들의
연쇄

술은 술을 부른다고들 합니다. 처음엔 내가 술을 먹지만 이윽고 내 안의 술이 술을 불러 나를 먹는다고, 그러니 조심해야 한다고들 합니다. 맞는 말이지만, 제가 저를 부르는 것이 어디 술뿐이겠습니까? 잠은 잠을 부르고 거짓말은 거짓말을 낳으며 고기도 먹어 본 놈이 잘 먹는다고 하지요.

심지어는 책도 그렇습니다. 처음엔 내가 책을 택하지만 언젠가부터 책이 나를 부릅니다. 이 책이 저 책을 낳고 한 권의 책이 숱한 책들의 도화선이 되어 책에서 책으로 꼬리에 꼬리를 물고 이어지는 독서의 연쇄가 일어납니다. 그리하여 책 없이도 어엿하던 이가 책에 들려 세상을 잇는 일이 드물지 않습니다.

나 또한 내 안에 질문이 있을 때 그 질문이 부르는 책을 읽기로 원칙을 삼고는 있지만, 실은 툭하면 책에 취해 책이 부르는 책을 읽는 '연쇄 독서'에 탐닉하곤 합니다. 한 책의 꽁무니를 좇다가 뜻밖의 책을 만나고, 그 책의 뒤를 캐다가 또 다른 책의 앞섶을 들추는 재미가 워낙 쏠쏠한 탓이지요.

사실 이런 연쇄 독서는 자신의 질문도 세상의 문제도 잊은 것이라 민망하긴 합니다. 하지만 남들이 읽었다니까 읽는 통속, 읽은 것으로 자랑을 삼는 허영, 읽어야 한다니 읽는 소심의 독서에 비해 크게 허물할 것도 아닙니다. 더구나 독서마저 이력서를 만들어 관리하겠다는 시대에, 목적도 정처도 없이 책이 이끄는 대로 따라가는 그 순수성은 귀하다 할 만하지요.

그런데 목적도 정처도 야무진 계산속도 없는 연쇄 독서라 해서 연쇄가 일어나는 까닭조차 없는 것은 아닙니다. 어떤 책을 읽고 그 책과 저자에 관한 여러 참고문헌들을 찾아 읽는 가장 단순한 형태의 연쇄 독서는 물론이요, 연쇄성이 이처럼 직접 드러나지 않는다 해도 어떤 책이 빌미가 되어 다음 책 읽기로 이어질 때는 그럴 만한 근거가 있는 법. 무의식도 언어처럼 구조화되어 있다는 마당에 연쇄 독서의 구조가 없을 리 없으니, 그간의 내 경험에 따르면 연쇄가 일어나는 속사정은 다음 몇 가지 유형으로 나눌 수 있습니다.

마녀의 연쇄 독서

첫째, 작가에서 촉발되는 경우입니다. 예를 들면, 『잃어버린 시간을 찾아서』1)를 읽은 독자가 작가 마르셀 프루스트에 매료되어 단지 제목에 '프루스트'라는 이름이 나온다는 이유만으로 알랭 드 보통의 『프루스트가 우리의 삶을 바꾸는 방법들』2)을 선택하거나, 독특한 프루스트 독법을 보여 주는 유예진의 『프루스트의 화가들』3)을 읽는 것이 바로 이런 경우입니다.

물론 호감이 아니라 작가에 대한 비호감이 연쇄를 자극할 수도 있지요. 『잃어버린 시간을 찾아서』를 읽으며 이렇게 지루하고 수다스러운 작품을 왜 걸작이라 하는지 고개를 갸우뚱하던 차에 우연히 보통의 책을 발견하고, '프루스트가 내 삶을 바꾼다고? 어떻게 바꾸는데?' 하는 순전히 부정적인 호기심에서 책을 읽을 수도 있습니다. 그리고 이렇게 읽은 보통의 책이 마음에 들어서 그의 다른 책을 읽게 되고 그것이 또 다른 책으로 이어질 때, 프루스트라는 작가가 첫 사슬이 된 연쇄 독서가 이루어진 셈이지요.

둘째, 한 책이 다른 책들의 모태가 되어 창작의 연쇄와 함께 독서의 연쇄까지 일으키는 경우입니다. 대개 고전으로 꼽히는 책들이 이런 모서母書가 되기 쉬운데, 가령 스피노자의 『에티카』4)가 작품의 중심축으

---

1) 마르셀 프루스트 지음, 김창석 옮김, 『잃어버린 시간을 찾아서』(국일미디어, 1998).
2) 알랭 드 보통 지음, 박중서 옮김, 『프루스트가 우리의 삶을 바꾸는 방법들』(청미래, 2010).
3) 유예진, 『프루스트의 화가들』(현암사, 2010).
4) 베네딕트 데 스피노자 지음, 강영계 옮김, 『에티카』(서광사, 2007).

로 등장하는 레온 드 빈터의『호프만의 허기』5) 같은 소설이 이런 예이

지요. 이때 독서는『에티카』→『호프만의 허기』로, 혹은『호프만의 허

기』→『에티카』로 양쪽 다 가능하지만, 아무래도『호프만의 허기』→

『에티카』로 이어지는 일이 더 많을 듯합니다.

나 역시 스피노자의『에티카』에 대해서 얘기는 자주 들었지만 그 어

려운 철학책을 어떻게 읽나 싶어 감히 읽을 엄두를 내지 못하고 있었습

니다. 그러다가『호프만의 허기』에서 주인공이 끊임없이 뭔가를 먹어

가며 이 책을 읽는 걸 보고 궁금하기도 하고, 뭘 먹으면서 읽을 정도의

책이라면 나도! 하는 용기도 생겨서 감히 도전해 보았지요. 그런데 직

접 읽어 보니 뭔가를 먹으면서 읽을 수 있는 책은 아니더군요. 오히려

내가 가진 식탐이 부끄러워지며 잊었던 정신의 양식을 절실히 갈구하

게 만드는 책이랄까요. 덕분에 뇌는 살찌고 배는 조금 가벼워졌으니 상

당히 바람직한 연쇄였다고 생각합니다.

셋째, 주제나 주제어(키워드)의 유사성에 따른 연쇄 독서를 들 수 있

습니다. 관심이 있는 주제를 가지고 여러 책들을 섭렵하는 꼬리 물기는

학위논문을 쓴다든가 할 때 주로 나타납니다. 뜻밖의 책을 만나는 의외

성의 재미는 없지만 가장 전통적인 의미의 연쇄 독서라고 할 수 있지요.

그에 비해 주제어에서 비롯된 꼬리 물기는 연쇄성이 좀 더 직접적으

5) 레온 드 빈터 지음, 지명숙 옮김,『호프만의 허기』(문학동네, 2012).

　　　　　마녀의 연쇄 독서

로 드러난다는 점에서 연쇄 독서의 가장 대중적이고 대표적인 사례로 꼽을 수 있습니다. 예를 들어 이 책『마녀의 연쇄 독서』를 읽다가 문득 '마녀'에 관심이 동해서, 아서 밀러의 희곡『세일럼의 마녀들』6)과 카를로 긴즈부르그의 역사책『마녀와 베난단티의 밤의 전투』7)처럼 마녀가 제목에 등장하는 책들을 섭렵하고, 나아가 아주 참신한 마녀가 나오는 미하일 불가코프의 소설『거장과 마르가리타』8)까지 찾아 읽는 것이 바로 이런 예입니다.

연쇄 독서의 마지막 네 번째 유형은, 작품의 캐릭터(인물)에서 촉발된 독서입니다. 캐릭터가 책 쓰기와 함께 책 읽기를 추동하는 가장 대표적인 예는 박태원의 중편『소설가 구보씨의 일일』9)에 나오는 '구보씨'입니다. 박태원의 구보씨는 최인훈, 주인석 같은 소설가에 의해 여러 차례 다시 살아났을 뿐 아니라, 건축학자 조이담, 사진작가 이경민에 의해 근대 도시민의 원형으로 재탄생한 한국 문화사의 대표 캐릭터입니다.10) 당연히 독자 입장에선 도대체 구보씨의 무엇이 그리 매력적인지

6) 아서 밀러 지음, 최영 옮김,『세일럼의 마녀들』(민음사, 1981).
7) 카를로 긴즈부르그 지음, 조한욱 옮김,『마녀와 베난단티의 밤의 전투』(길, 2004).
8) 미하일 불가코프 지음, 김혜란 옮김,『거장과 마르가리타』(문학과지성사, 2008).
9) 박태원,『소설가 구보씨의 일일』(문학과 지성사, 2005).
10) 최인훈,『소설가 구보씨의 일일』(문학과지성사, 2009, 개정판).
　　주인석,『검은 상처의 블루스 : 소설가 구보씨의 하루』(문학과지성사, 1995).
　　조이담,『구보씨와 더불어 경성을 가다』(바람구두, 2009, 개정판).
　　이경민,『구보씨, 사진구경가다 1883~1945』(아카이브북스, 2007).

궁금하지 않을 수 없고, 그래서 박태원의 구보씨로부터 최인훈의 구보 씨로, 주인석의 구보씨로, 또 조이담의 구보씨로까지 목록을 늘려 가게 되는데, 바로 이것이 캐릭터가 연쇄 독서를 부르는 경우입니다.

독서가 꼬리에 꼬리를 물고 이어지는 데는 이처럼 작가에서 책으로, 책에서 책으로, 주제(어)에서 책으로, 그리고 인물에서 책으로 이어지 는 연쇄성이 작용합니다. 별 생각 없이 닥치는 대로 읽는 것처럼 보이 는 독서 목록들도 작정하고 따지고 들어가면 그 안에 이런 식의 연쇄성 이 숨어 있기 십상입니다.

물론 이 네 가지 유형에 포함되지 않는, 지극히 개인적이고 조금은 별스럽다 싶은 요소들이 이어 읽기를 자극하기도 합니다. 문체나 분위 기에 홀려서 비슷한 느낌의 책들을 계속 찾기도 하고, 작품의 배경이 된 사건이나 공간이 똑같다는 이유만으로 분야를 넘나든 독서를 하기 도 하지요. 심지어는 작가의 병력病歷 따위에 꽂혀서 같은 병을 앓았던 작가들을 죽 이어 읽을 수도 있습니다. 일테면 유성룡 → 김유정 → 나 쓰메 소세키 → 존 파울즈 식으로 말이지요. (동서고금을 망라한 이들 작가 를 일련의 화살표로 묶는 문제의 질병이 뭐냐고요? 개인의 프라이버시를 들추는 것 같아 망설여지는데…… 음, 치질입니다.)

연쇄 독서는 이처럼 도처에서 별별 이유들이 빌미가 되어 일어납니 다. 그리고 그 과정에서, 사소한 호기심으로 시작한 독서가 연쇄에 연 쇄를 거듭하며 스스로도 놀랄 근원의 독서로 나아가기도 합니다. 베스

마녀의 연쇄 독서

트셀러나 추천 도서 목록을 좇아 읽을 때는 경험하기 힘든 의외의 만남이고 시야의 확장이지요. 연쇄 독서의 매력은 거기에 있습니다. 뜻밖의 책을 읽고 뜻밖의 세상을 만나고 뜻밖의 가르침을 얻는 즐거움, 연쇄 독서에서만 느낄 수 있는 기쁨이라 할 수 있습니다.

유치원에 들어가기도 전부터 한 사람의 인생을 설계하고 그 설계에서 조금만 벗어나도 불안에 떠는 시대 탓일까요? 책 읽기도 또렷한 목표 아래 계획하고 실천하는 걸 능사로 압니다. 하지만 연쇄 독서에는 단계별 독서 계획도, 1년에 1백 권식의 야심 찬 목표도 없습니다. 대신 가진 것은 호기심이요, 그 호기심이 왜 생겨났는지 내 마음을 들여다보는 정직한 눈이 있을 뿐입니다.

맑은 눈으로 한 권의 책을 읽고 그 책이 부른 또 다른 책을 읽으며, 그렇게 독서를 이어 가는 내 마음을 읽고, 책을 놓지 못하는 내 욕심을 읽고, 그 욕심들이 놓친 세상을 읽고, 그 세상 속에 사는 나를 읽는 것, 연쇄 독서는 거기서 비롯합니다. 무릇 독서라는 것이 다 그렇듯 말이지요. 자, 그럼 각설하고 책의 뒤를 밟아 볼까요.

그
여자의
이름으로

귀스타브 플로베르 지음,
김화영 옮김,
『마담 보바리』,
민음사, 2000

예전에는 내가 사람을 잘 본다고 생각했습니다. 그래서 첫눈에 이 사람이다 싶으면 남이 뭐라든지 전적으로 믿고 좋아하며 공을 들였습니다. 그렇게 정성을 다하면 오래오래 아름다운 인연을 맺으리라 확신했지요. 하지만 회사를 다니고 직접 직원 면접을 보기도 하면서 생각이 바뀌었습니다. 무엇보다 내가 사람 볼 줄 모른다는 걸 알게 되었고, 사람이란 척 보면 알 수 있을 만큼 단순한 존재가 아니라는 걸 깨달았지요. 또한 인연이란 인력으로 되지 않는다는 것도 알게 되었습니다.

그래서 요즘은 첫눈에 마음이 끌리고 사귀고 싶은 사람을 만나도 애써 친해지려 하지 않습니다. 인연이 있으면 닿을 것이고 인연이 아니면 기를 써도 멀어질 것이라는, 조금은 쓸쓸한 생각 때문입니다. 사람만이

마녀의 연쇄 독서

아니라 책에 대해서도 마찬가지입니다. 고전이니 필독서니 해도 도무지 읽히지 않는 책들 앞에서 예전엔 주눅이 들곤 했는데 요즘은 그저 인연이 아니라고 태연합니다. 아무리 대단한 책도 궁합이 안 맞으면 못 읽는 것이요, 인연이 있으면 언젠가 '내 책'이 되려니 속편케 생각합니다.

연쇄 독서를 떠올린 것은 그 인연이 궁금했기 때문입니다. 우연인 듯 필연인 듯 내게 다가와 나와 인연을 맺게 될 책들이 무엇일지, 그리고 그 책들의 인연이 보여 줄 내 생의 인연은 또 무엇일지 궁금했지요. 그래서 1년간 연쇄 독서를 하기로 결심하고 첫 책이 다가오기를 기다렸습니다. 서점과 도서관을 돌며 긴 인연의 시작을 찾았지요. 하지만 한 달이 다 가도록 보이지 않더군요. 결국 오리무중인 책 대신 도서관에서 처음으로 DVD를 빌렸습니다. 〈제인 오스틴 북클럽〉이라는 영화였습니다.

여섯 명의 남녀가 모여 제인 오스틴(1775~1817)이 남긴 여섯 권의 소설을 읽는 이야기인데, 그때까지 오스틴의 소설은 『오만과 편견』1)만 읽은 터라 영화를 보는 내내 다른 소설들이 어떤 내용인지 궁금했습니다. 특히 영화에서 『엠마』2)라는 소설의 여주인공을 두고 호오가 갈리는 걸 보니 그 여자가 어떻기에 저러나 궁금했지요. 그래서 당장 『엠마』를 읽기 시작했는데 정말 읽기 괴롭더군요. 경험도 식견도 부족한 주제

---

1) 제인 오스틴 지음, 전승희 옮김, 『오만과 편견』(민음사, 2009).
2) 제인 오스틴 지음, 이미애 옮김, 『엠마』(열린책들, 2011).

에 제가 다 아는 양 잘난 척하는 엠마를 읽는 것도, 그녀에게서 자꾸 내 모습이 보이는 것도 괴로웠습니다.

만약 그때 엠마를—그녀 안의 나를—받아들였다면 오스틴의 또 다른 소설을 이어 읽었겠지요. 하지만 오스틴과의 인연은 좀 더 기다려야 했습니다. (그녀와의 인연은 스무 번째 연쇄에서 다시 이어졌고 그때 여섯 권 전작을 몽땅 읽었습니다. 엠마에 대한 첫인상이 바뀌더군요.) 대신 인연이 닿은 것은 귀스타브 플로베르(1821~80)의 『마담 보바리』. '연쇄 독서'를 하겠다는 애초 작정대로, 오스틴의 『엠마』에서 플로베르의 『마담 보바리』로 최초의 연쇄가 일어난 것이지요.

둘을 잇는 연쇄의 빌미는, 좀 유치하지만 여주인공의 이름입니다. 엠마 우드하우스가 주인공인 오스틴의 『엠마』를 읽노라니 어느 순간 또 한 명의 유명한 엠마, 엠마 보바리가 떠올랐지요. 읽은 적은 없지만 플로베르의 유명한 소설 『마담 보바리』의 여주인공 이름이 엠마라는 사실은 들어서 알고 있었고, 문득 궁금해졌습니다. 플로베르의 엠마도 오스틴의 엠마처럼 정이 안 가는 비호감 캐릭터인지 궁금했고, 비슷한 시대에 영국 여자가 창조한 엠마(1816년 작)와 프랑스 남자가 빚어낸 엠마(1856년 작)가 얼마나 닮았고 얼마나 다른지 확인해 보고 싶었습니다.

이리하여 읽기 시작한 『마담 보바리』. 하지만 첫 장을 넘기는 순간부터 쓸데없는 호기심을 가졌던 것이 후회되더군요. 나는 원래 장황한 세부 묘사를 싫어하지만 이 정도 유명한 고전을 읽으면서 내 취향을 고

　　　　마녀의 연쇄 독서

집할 생각은 없습니다. 그러나 소설의 둘째 쪽에서 "그것은 챙 없는 털 모자, 샵스카형 군대 모자, 빵모자, 챙 달린 수달피 모자, 무명 보닛 모자의 온갖 요소들이 한데 섞인 혼합식 모자의 한 유형, 요컨대 어떤 멍청한 사람의 얼굴처럼 그 말 없는 추악함이 표현의 깊이를 더해 주고 있는 그런 한심한 물건의 하나였다."로 시작된 모자에 대한 묘사가, 거기서 끝나지 않고 페이지를 넘겨 가며 장장 12줄에 걸쳐 계속되는 데는 기가 막히다 못해 부아가 날 지경이었습니다.

독서를 불편하게 한 것은 진 빼는 묘사만이 아니었습니다. 소설의 도입부에선 "우리가 자습실에서 공부를 하고 있으려니까……"라 하여 '우리'를 화자로 내세우더니, 그 지긋지긋한 모자 이야기가 끝날 즈음부터 '우리'는 사라지고 3인칭 작가 시점으로 바뀌는 것도 요령부득이었습니다. 뭐 이래? 하다가 그냥 마음을 비우기로 했습니다. 1856년에 발표[3] 되었으니 150년도 더 된 소설인데 그만한 결점도 없겠느냐고 생각하기로 했지요.

그것이 결점이 아니라 작가의 치밀한 계산이며 의도라고 여기게 된 것은 제1부가 끝나 갈 무렵이었습니다. 1백 쪽쯤 읽고 나니까 플로베르의 어법에 익숙해지면서 단 한 문장도 공연히 썼을 리 없다는 생각이

---

3) 플로베르가 『마담 보바리』를 탈고한 것은 1856년 4월, 발표는 10~12월 잡지 연재로 이루어졌습니다. 이듬해 1월 작가와 잡지사가 풍기 문란과 종교 모독죄로 기소당했고 2월에 무죄판결을 받았지요. 법적 논란이 마무리된 뒤 플로베르는 책을 출간했는데, 이 출판 연도를 기준으로 1857년을 '마담 보바리의 해'라고들 합니다.

★

들더군요. 물론 뭐 이래? 하던 불만도 사라졌지요.

하지만 독서는 여전히 힘들었고, 작품에 대한 이물감이랄까 거리감은 좀체 사라지지 않았습니다. 도무지 빈틈을 허용하지 않는 작가 때문에 숨이 막힐 것 같은데 책을 덮기는 싫고……. 플로베르가 소설을 쓰면서 "이 빌어먹을 보바리 때문에 나는 죽을 지경이다."라고 하소연했다더니 읽는 나 역시 빌어먹을 보바리 때문에 죽을 맛이었습니다.

그래도 어찌어찌 버텨서 마침내 소설의 마지막에 이르렀을 때 뒤통수를 맞은 것 같았습니다. 그 장황하던 묘사들은 다 어디로 가고 불과 몇 쪽 만에 샤를르 보바리의 최후부터 그 딸의 소식까지 일사천리로 전하더니 피날레는 약사 오메―전혀 눈여겨보지도 않았던―가 장식하는 것이었습니다.

"그[오메]는 이제 막 레종 도뇌르 훈장을 받았다."

이 마지막 문장 앞에서 깨달았습니다. 잘못 읽었구나. 그리고 옮긴이 김화영이 쓴 작품 해설에서, 내가 대충 건너뛴 농사공진회 장면을 쓰기 위해 플로베르가 6개월이나 고투했으며 그만큼 그 대목을 자랑스러워했다는 이야기를 읽으며 다시 한 번 깨달았습니다. 다시 읽어야겠구나.

5백 쪽이 넘는 소설책을 잇달아 두 번―문제의 농사공진회 장면은 무려 네 번이나―읽은 것은 『마담 보바리』가 처음입니다. 덕분에 고전을 시큰둥해하던 그간의 건방진 시선을 교정한 것은 다행이지만, 동시에 내가 소설을 쓰겠다고 나서도 되나 하는 새삼스러운 회의에 빠지게 된 것은 괴로운 일입니다. 물론 이런 회의가 처음도 아니요 회의를 부추

 마녀의 연쇄 독서

긴 작품이 『마담 보바리』 하나만도 아니지만, 작가의 재능이 아니라 작가의 글 쓰는 태도 때문에 주눅 들기는 이번이 처음이 아닌가 싶습니다.

　정말이지 플로베르의 글쓰기는 지독합니다. 원고지 뒤에 남긴 빼곡한 메모가 말해 주듯이, 그는 내용과 형식의 일치, 생각의 정확한 표현을 위해 단어 하나 이름 하나도 고심에 고심을 거듭했습니다. 그러니 오메Homais라는 이름을 호모Hommo＝인간Hommme에서 가져온 것도 놀랄 일은 아니지요. 그는 이 이름을 통해, 보바리 부부를 비웃으며 자신의 잇속을 챙긴 오메야말로 소설의 도입부에서 샤를르 보바리를 비웃는 '우리'와 똑같은 인간이라는 것을 보여 줍니다. 즉, '우리'와 '오메'는 플로베르가 우리 인간이 어떤 존재인지를 드러내기 위해 고민 끝에 선택한 명명이었지요.

　이처럼 칼보다 예리한 그의 펜 끝에서 바로 보기 민망한 인간의 속내가 드러나고 추악한 현실이 까발려집니다. 책에서 읽은 낭만적 사랑에 눈멀어 인생을 망치는 엠마 보바리부터, 아내와 정부가 은밀한 시선을 나누는 옆에서 태평하게 졸고 있는 샤를르, 뻔뻔하게 제 욕망을 채우는 정부情夫 레옹과 로돌프, 엠마의 허영을 부추겨 한 집안을 파멸로 이끄는 뢰르, 진보의 기수를 자처하며 뒤로는 누구보다 잇속을 챙기는 오메까지, 소설에 나오는 인물들은 하나같이 어리석고 천박하고 탐욕스러워 읽는 이의 혐오감을 자아냅니다.

　그러나 무정한 작가는 동정도 훈계도 하지 않고, 독자는 한줌의 카타

르시스도 느낄 수가 없습니다. 아니, 오히려 읽으면 읽을수록 그들과 내가 똑같은 인간이며 내겐 그들의 허물을 비웃을 자격이 없다는 생각만 듭니다. 그리하여 깊은 혐오와 절망 속에서 독서는 끝납니다. 아무런 만족감도 희열도 없는 독서. 플로베르는 삶이 그러한 한 소설도 책 읽기도 그 절망에서 벗어날 수는 없다고 말합니다. 그리고 독자보다 먼저 그 자신이 이런 절망을 감당합니다.

『보바리 부인』을 쓸 당시, 플로베르는 자신의 작품에 가치가 있다면 "서정과 저속함이라는 이중의 심연 사이에 매달린 가느다란 끈 위에서 떨어지지 않고 똑바로 걸어갔다는 사실일 겁니다."라고 밝혔습니다. 그 말처럼 인간 삶의 서정성에 도취되지도, 그 저속함에 절망하지도 않고 삶을 직시하기 위해 그는 "상처를 입히는 거친 속옷을 사랑하는 고행자처럼" 글쓰기에 매달렸습니다. 크루아세의 은둔자, 문학의 수도승이라는 수식어가 나올 만큼 외롭고 고통스러운 글쓰기를 죽을 때까지 계속했지요.

작가로 살겠다고 나선 내게 자신의 글쓰기에 이토록 철저한 작가가 있었다는 것은 기쁨이되 또한 좌절입니다. 아, 삶도 글도 왜 이리 호락호락하지 않은지……. 덮은 책장 위로 검게 엠마의 그림자가 드리웁니다.

 마녀의 연쇄 독서

땡큐!
플로베르

줄리언 반스 지음,
신재실 옮김,
『플로베르의 앵무새』,
열린책들, 2005

첫 번째 독서기에서 제인 오스틴의 『엠마』를 읽다가 '엠마'라는 이름에 혹해 얼떨결에 귀스타브 플로베르의 『마담 보바리』를 읽은 사연을 이야기했지만, 이런 의외성이야말로 연쇄 독서의 매력이라 할 수 있습니다. 하지만 연쇄를 부르는 가장 큰 동인의 하나는 역시 작가입니다. 특히 플로베르 같은 작가는 독자를 쉬 놓아주지 않지요.

　나도 그랬습니다. 『마담 보바리』를 두 번이나 읽느라 녹초가 되었음에도 그 책을 덮자마자 바로 그보다 더 두꺼운 『감정교육』[1]과 6백 쪽

---

1) 귀스타브 플로베르 지음, 민희식·임채문 옮김, 『감정교육』(세의건실, 2007).

이 넘는 플로베르 평전2)을 찾아 읽었으니까요. 『마담 보바리』로 워밍업을 했는데도 『감정교육』은 읽기가 쉽지 않았고, 평전은 작가의 삶을 이해하는 데는 큰 도움을 주었지만 작품을 이해하는 것은 그와 별개더군요. 그래도 하품을 깨물면서 계속 읽었으니, 그게 플로베르의 미친 존재감 때문인지 사소한 일에도 끝장을 보려는 내 못된 성격 탓인지 모르겠습니다.

솔직히 플로베르는 내가 좋아하는 스타일의 작가는 아닙니다. 장황하고 쌀쌀맞고 모호한 듯 날카로워서 독자를 자꾸 우두망찰하게 만드니까요. 하지만 플로베르 같은 작가를 두고 좋으니 싫으니 하는 건 쓸데없는 짓입니다. 섣부른 분별을 내세우기엔 그가 보여 준 길이 너무 멀기 때문인데, 우선은 그 길을 조심스레 따라가는 게 순서라고 나는 그리 믿습니다.

한데 작가에 대한 이런 경외감에도 불구하고 그의 전 작품을 섭렵하겠다는 야심 찬 계획은 『감정교육』을 끝으로 접고 말았습니다. 잡다한 에피소드들이 시간 순으로 꼼꼼히 나열된 『감정교육』을 읽느라 남은 기력을 몽땅 소진한데다, 『마담 보바리』에 이어 또 한 번 지독한 공허를 맛보고 나니 더는 그의 작품을 읽을 엄두가 나지 않더군요.

거짓이나 환상이 아니라 진실을 읽고 싶다고 늘 생각해 왔지만, 막상

---

2) H. R. 로트만 지음, 진인혜 옮김, 『플로베르』(책세상, 1997).

 마녀의 연쇄 독서

출구 하나 없는 삶의 진상을 마주하는 건 쉬운 일이 아니었습니다. "대중은 자신들의 환상에 아첨하는 작품을 원한다."는 플로베르의 말처럼, 나 역시 환상에 아첨하여 내 삶을 크게 흔들지 않는 독서를 해왔다는 걸 그때 알았습니다. 『마담 보바리』를 읽고 소설을 쓴다는 것에 대해 다시 돌아보며 작가로서의 자괴감을 느꼈다면, 『감정교육』을 읽은 뒤에는 소설을 읽는 독자로서의 자괴감까지 느끼게 된 셈이지요.

옛날 소설 두 편 읽고 너무 과장하는 것 아니냐 할지 모르지만 나만 그런 건 아닌 듯합니다. 플로베르에 홀렸을 때 어떤 결과가 나타나는지 한눈에 보여 주는 또렷한 증거가 있으니까요. 바로 영국 작가 줄리언 반스가 쓴 『플로베르의 앵무새』가 그것입니다.

이 책은 편집자로 칼럼니스트로 소설가로 두루 능력을 발휘해 온 줄리언 반스가 쓴 소설로, 1984년 발표된 뒤 제프리 페이버상과 메디치상, E. M. 포스터상 등을 수상한 역작입니다. 그런데 이상한 것은 이 책이 에세이에 수여되는 구텐베르크상도 함께 받았다는 사실입니다. 하나의 작품이 소설상과 에세이상을 동시에 받은 셈인데, 도대체 정체가 뭔지 궁금하지 않을 수 없지요. 그래서 읽게 된 『플로베르의 앵무새』, 플로베르가 인연이 되어 만난 또 하나의 경이입니다.

"친구의 전기를 쓰고자 하는 사람은 앙갚음하듯 써야 한다."

책장을 펼치면 사뭇 결연한 제사題詞가 눈에 들어옵니다. 플로베르가 에르네스트 페도에게 보낸 편지글이라는데, 어떤 연유에서 그가 이런

말을 했는지는 몰라도 줄리언 반스가 왜 이 말을 제사로 내세웠는지는 알 것 같습니다. "앙갚음하듯" 독한 마음가짐이 아니었다면, 한 편의 기발한 소설이자 놀랍게 성실하고 독창적인 이 플로베르 전기를 완성할 수는 없었을 테니까요.

『플로베르의 앵무새』는 은퇴한 의사이며 아마추어 플로베르 연구가인 브레이스웨이트가 주인공인 소설입니다. 소설답게 주인공의 죽은 아내의 사인死因을 둘러싼 스릴러적 호기심을 유발하기도 하고, 플로베르와 여자 가정교사의 관계에 대한 흥미진진한 추리로 독자를 들뜨게도 하지만, 딱 거기까지. 소설이라는 장르를 염두에 두고 이 책을 읽는 것은 오히려 독서에 방해가 될 뿐입니다.

연보, 평론, 사전, 심지어 시험문제에 이르기까지 다양한 형태의 글쓰기가 동원된 책의 형식은 전통적인 소설과는 거리가 멉니다. 더구나 내용적으로도 브레이스웨이트라는 가상의 인물이 등장하긴 하지만 소설에서 그가 하는 일이라곤 플로베르의 유적지를 돌아보고 그가 남긴 글을 읽으며 그의 생애를 복원하는 것뿐이니, 말만 소설이지 사실은 플로베르 평전이라 해도 틀리지 않습니다. 아니, 평전도 그냥 평전이 아니라 아주 자유롭고 독특한 방식으로 쓴 뛰어난 평전이지요. 그럼에도 책을 읽고 나서는 평전이 아니라 소설이란 생각이 드니, 쩝…….

시작은 앵무새입니다. 브레이스웨이트는 플로베르가 태어나 자란 루앙을 찾았다가 시립병원 박물관에서 작가가 단편소설 「순박한 마음」3)

 마녀의 연쇄 독서

을 쓸 때 책상 위에 놓아두었다는 박제 앵무새를 봅니다. 작가의 고향을 찾고 그의 흔적을 더듬으면서도 그런 식으로 작가의 실상을 궁금해하는 데에 스스로 뜨악해하던 브레이스웨이트였지만, 작가에게 영감을 준 초록색 앵무새 룰루를 보는 순간 그는 플로베르를 오래 알고 지낸 듯 강한 유대감과 감동을 느낍니다.

하지만 루앙을 떠나 플로베르가 반평생을 넘게 살며 작품 활동을 했던 크루아세에 갔을 때, 그는 그곳에서 또 한 마리의 앵무새 룰루를 만나게 됩니다. 작가가 살았던 별채에 작가의 다른 유품들과 함께 보관된 이 앵무새는 브레이스웨이트에게 의심과 당혹감을 안겨 줍니다. 루앙의 앵무새가 작가를 만난 듯한 실감을 주었다면, 크루아세의 앵무새는 그 모든 감동을 무화시키며 앵무새의 실체에 대해서도 플로베르의 실체에 대해서도 오리무중으로 만들어 버리지요. 혼란에 빠진 브레이스웨이트는 학자들과 편집자들에게, 그리고 룰루를 그린 화가 데이비드 호크니에게 편지를 보냅니다.

플로베르의 책상 위에 있었던 진짜 '플로베르의 앵무새'는 어느 쪽입니까?

전기 겸 비평 겸 소설이라는 이 전대미문의 작품을 관통하는 것은 바로 이 질문입니다. 어느 것이 진짜인가, 무엇이 진실인가라는 질문이지

---

3) 김연권 옮김, 『세 개의 짧은 이야기』(문학과지성사, 1997)에 수록.

요. 처음에 이 질문은 한 호사가의 하릴없는 호기심처럼 보입니다. 두 마리의 박제 앵무새 중 진짜 플로베르의 앵무새가 어느 것이냐니요! 그게 그렇게 긴 시간과 노력을 투여할 만큼, 아니 한 편의 장편소설의 시발이 될 만큼 중요한 일인지 의심스럽습니다. 더구나 플로베르 잡학 사전도 아닌데 앵무새를 찾는다면서 플로베르에 관한 온갖 시시콜콜한 이야기를 늘어놓는 것도 마땅치 않습니다.

하지만 플로베르에 관한 서로 다른 연보들과 증언들, 그리고 그 속에 한숨처럼 흘린 브레이스웨이트의 죽은 아내에 대한 이야기를 읽노라니 어느새 의심과 불만은 사라집니다. 대신 이 모두가 무엇이 진짜인가를 묻는 것이며, 형상 속에 숨은 진실을, 진짜 모습을 만나려는 몸부림이라는 것을 깨닫게 됩니다.

소설에서 '플로베르의 앵무새' 찾기는 독자 브레이스웨이트가 작가 플로베르의 실체를 탐색하는 여정인 동시에, 죽은 아내의 진실에 닿고 싶은 인간 브레이스웨이트의 열망을 표현합니다. 그러니까 무엇이 진짜인가라는 질문은 작품과 작가에 대한 질문이자 실제 삶에 대한 질문인 셈이지요.

그런데 정작 질문을 던지고 좇는 브레이스웨이트는 이 질문에 대해 회의적입니다. 플로베르의 고향을 찾고, 그의 동상과 박물관을 둘러보고, 그가 남긴 일기와 편지는 물론 그의 주위 사람들이 남긴 글까지 모조리 섭렵하면서도, 브레이스웨이트는 그런 노력들이 작가의 진면목을 밝혀 줄 거라고 믿지 않습니다.

 마녀의 연쇄 독서

오히려 "자신에 관해 사람들에게 자세히 이야기하려는 것이 부르주아적 유혹인데 나는 항상 그것에 지지 않으려 했다."고 자부했던 플로베르, "자신의 작품에서 저자는 우주에 존재하는 신처럼 모든 곳에 존재하면서 어느 곳에서도 모습을 드러내지 말아야 한다."고 공언했던 플로베르를 떠올리며, '진짜 플로베르'를 묻는 것의 무의미함을 되새기지요.

이 책에 실린 두 개의 연보가 보여 주듯이, 플로베르의 삶은 하나이지만 그 삶은 득의양양한 성취로 기억될 수도 있고 고통스러운 좌절로 해석될 수도 있습니다. 어느 쪽이 진짜인가는 영원히 오리무중. 그러므로 결국 남는 것은 객관적 진실이 아니라 주관적 시선이 아니냐고 브레이스웨이트는 회의합니다. 진짜 삶, 진짜 인간, 진실이라는 것이 과연 존재하는가? 아니, 설령 존재한다 해도 인간이 그것을 알고 살아 낼 수 있는가에 대해 그는 회의적입니다.

사랑하는 아내를 잃은 뒤 그가 아내의 자취를 찾아 나서는 대신 오래전에 죽은 외국 작가의 흔적을 더듬는 것은 그래서입니다. 그는 엠마 보바리처럼 부정했던 아내, 두 아이의 엄마로 의사의 아내로 안락한 삶을 살 수 있었음에도 그 일상에 만족하지 못했던 아내, 그리하여 끝내 죽음을 택했던 아내의 삶을 이해하지 못합니다. 그 삶의 일부였으나 그 삶의 이방인이었던 그에게, 아내는 해독 불가의 텍스트이며 남편으로서도 독자로서도 무력하기만 한 자신을 비추는 거울입니다.

엘렌. 나의 아내. 죽은 지 1백 년 되는 어느 외국 작가에 대해서 이해한 것보다도 더 이해하지 못한 사람. 이해하지 못하는 것이 이상한 것인가, 정상인가? 책은 그녀가 이러저러했기 때문이라고 말한다. 삶은 그녀가 한 행동만 말한다. 책은 일어난 일을 설명해 주는 곳이고, 삶은 설명이 없는 곳이다. 삶보다 책을 더 좋아하는 사람이 있는 것에 대해 나는 놀라지 않는다. 책은 삶을 의미 있게 한다. 유일한 문제는 책이 의미를 부여하는 삶은 당신 자신의 삶이 아니라 다른 사람들의 삶이라는 점이다.

삶의 오리무중을 감당하기 어려워 책에 의지했건만 그 책이 감당하는 것은 타인의 삶뿐이라는 것, 긴 여정 끝에 브레이스웨이트가 만난 것은 이처럼 가혹한 진실입니다. 그리고 그것은 플로베르에 대한 탁월한 독법을 보여 준 작가 줄리언 반스가 도달한 씁쓸한 진실이기도 합니다. 작가이기 전에 누구보다 성실한 독자인 반스는 플로베르에 관한 이 길고 꼼꼼한 독서를 마무리하며 고백합니다. 삶을 뒤로 물리면서까지 죽도록 읽었지만 그 독서는 내 삶이 아닌 타인의 삶을 보여 줄 뿐이며 아무리 성실하고 열정적인 독서도 독자를 구원할 수 없다고, 결국 책은 책일 뿐 삶이 아니라고 말이지요.

반스는 소설과 평전, 픽션과 논픽션, 작가와 독자를 오가는 독특한 글쓰기를 통해 책과 삶의 경계가 흐릿해진 시대, 씌어진 삶과 실제의 삶이 뒤섞이고 해석과 사실이 자리바꿈을 하며, 모든 것이 텍스트에 자리를 내준 세상을 보여 줍니다. 그리고 그런 세상을 향해 질문을 던집

마녀의 연쇄 독서

니다. '진짜' 플로베르의 앵무새는 어디 있나요?

착종과 혼용의 세상에서 진짜를 묻는 것은 시대착오적으로 보입니다. 하지만 반스의 질문은, 진짜 삶을 의심하며 책과 삶의 경계를 무너뜨린 뒤에도 혹시나 책갈피에 삶이 숨어 있지 않은지 돌아보는 것이 인간임을 드러냅니다. 작가가 쓴 책에 만족하지 않고 책을 쓴 작가의 흔적에 연연하는 독자, 죽도록 책을 읽고도 결국은 책이 아닌 삶을 그리워하는 존재, 그게 바로 인간이라는 것이지요. 지독한 아이러니인데, 어쩌면 그래서 반스는 수많은 작가들 중 플로베르를 끌어들였는지도 모릅니다. 플로베르야말로 아이러니의 달인, 아이러니가 아니고는 생의 진창을 설명할 길이 없다고 믿었던 작가이니까요.

플로베르의 책을 읽으면서 그렇게 쓰지 못하는 내 자신이 절망스러웠습니다. 『플로베르의 앵무새』를 읽으면서 그렇게 읽지도 못하는 내 자신이 또 절망스러웠습니다. 그러나 책장을 덮은 지금 희망이 생깁니다. 잘 쓰지도 잘 읽지도 못하지만 결국 중요한 건 사는 것. 나는 열심히 살겠습니다.

그 많던 앵무새는 다 어디로 갔을까?

토니 주니퍼 지음,
이종훈 옮김,
『스픽스의 앵무새』,
서해문집, 2005

첫 번째 연쇄가 주인공의 이름에서, 두 번째 연쇄가 작가를 매개로 해서 일어났다면, 세 번째는 작품의 키워드가 연쇄의 고리가 된 경우입니다. 다시 말해, 『플로베르의 앵무새』에서 '앵무새'가 연쇄를 일으킨 것이지요.

사실 앵무새가 등장하는 책은 한둘이 아닙니다. 제목에 앵무새가 나오는 책으로는 가장 유명할 듯싶은 하퍼 리의 소설 『앵무새 죽이기』[1]

---

1) 『앵무새 죽이기』(*To Kill a Mockingbird*, 김욱동 옮김, 문예출판사, 2002)는 퓰리처상 수상작이며 현대의 고전으로 꼽히는 작품이지만, 엄밀히 따지면 '앵무새'의 연쇄에 들어가지 않습니다. 옮긴이가 밝히고 있듯이, 원제의 Mockingbird는 앵무새가 아니라 '흉내쟁이지빠귀'라는 새이기 때문입니다. 『플로베르의 앵무새』에서 『앵무새 죽이기』로 연쇄가 일어나지 않은 이유는 이 책이 워낙 유명해서

를 비롯해서, 의사이자 작가인 아르투어 슈니츨러가 1899년에 발표한 그로테스크 단막극『초록 앵무새』,[2] 그리고 앵무새, 아니 동물 지성知性에 대한 통념을 바꿔 놓은 똑똑한 앵무새 알렉스의 이야기를 담은『알렉스와 나』,[3] 멸종 위기의 주홍 마코앵무새를 내세워 환경 파괴의 심각성을 고발한『주홍 마코앵무새의 마지막 비상』[4]에 이르기까지 일일이 열거하기가 숨찰 정도이지요.

하지만 아무리 많은 책이 있어도 앵무새! 하면 나는『스픽스의 앵무새』라는 책이 맨 먼저 떠오릅니다. 토니 주니퍼라는 환경 운동가가 쓴 이 책은 2005년 초판 2천 부가 출간된 뒤 내가 알기로 더 찍은 적이 없습니다. 소수의 '훌륭한' 분들이 정말 좋은 책이라고 찬사를 보내긴 했으나 그뿐, 책이라면 사족을 못 쓰는 열혈 독서가도 아마 모르고 지나쳤을 만큼 판매고도 언론의 조명도 미미하기만 했던 책이지요.

그런데 왜 그런 책을 연쇄 독서의 목록에 올리느냐고요? 그건 이 책이 출판사 편집자로 일하던 시절 내가 기획한 책이기 때문입니다. 다시 말해 산더미같이 쌓인 해외의 신간 소개들 속에서 이 책의 서평과 발췌된 본문을 읽고 감동하여 선뜻 출판 계약을 맺은 것이 바로 나라는 얘기지요. 그러니 여러 앵무새들 중 유독 '스픽스의 앵무새'에 마음이 갈

새삼 소개할 필요가 없다는 점과 함께 이런 사정도 작용했습니다.
2) 아르투어 슈니츨러 지음, 최석희 옮김,『초록 앵무새/아나톨의 망상』(지만지, 2009).
3) 이렌느 페퍼버그 지음, 박산호 옮김,『알렉스와 나』(꾸리에, 2009).
4) 브루스 비콧 지음, 이건 옮김,『주홍 마코앵무새의 마지막 비상』(실림, 2009).

수밖에요.

　물론 단지 이런 개인적인 인연 때문에 몇 해가 지난 지금 이 책을 들추는 것은 아닙니다. 솔직히 출판을 결정한 것은 나이지만 교정·교열 등 실무를 진행한 것은 다른 편집자이기 때문에, 판매 부진의 책임을 덜 만큼 책에 대한 애정도 줄어든 것이 사실입니다. 번역되어 나온 책을 제대로 읽지도 않았으니까요. 그러다 이번에『플로베르의 앵무새』를 읽는데 자꾸 이 책이 떠오르더군요. 마치 다른 앵무새는 다 봐주면서 왜 네가 고른 나는 거들떠도 안 보냐고 타박하는 것 같았습니다. 그래서 읽기 시작했는데 오래전 이 책을 처음 만났을 때의 감동이 새삼 떠오르면서, 이렇게 좋은 책을 내가 골랐구나 하는 뿌듯함과 함께, 이런 책을 나 몰라라 했다니 하는 뒤늦은 죄책감이 가슴을 쳤습니다.

　『스픽스의 앵무새』는 '세상 하나뿐인 앵무새 살리기'라는 부제처럼, 자연에 살아남은 단 한 마리의 앵무새 종에 관한 이야기를 담고 있습니다. '스픽스의 앵무새'로 불리는 이 새는 1819년 바이에른 출신의 과학자 스픽스가 브라질 탐험에서 처음 발견한 뒤 급속히 멸종되어 간 비운의 앵무새입니다. 정식 명칭은 발견자의 이름을 따서 시아노프시타 스픽시, 즉 스픽스유리금강앵무Spix's Macaw로 불리는데, 아마도 앵무새 입장에서는 자신을 박제하고 유럽에 소개해서 멸종의 원인을 제공한 스픽스의 이름으로 불리는 게 못마땅할 것입니다.

　꼬리가 길고 몸집이 작은 이 파란색 앵무새는 유럽에 소개되자마자

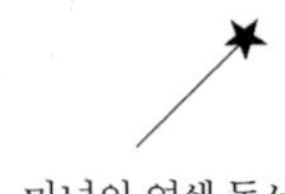

　　　마녀의 연쇄 독서

부유한 조류 수집가들의 관심을 끌었습니다. 아름다운 생김새 때문이기도 하지만 무엇보다 희귀하다는 점이 그들을 자극했지요. 스픽스가 처음 이 새를 잡은 뒤 84년이 지날 동안 누구도 야생에서 이 파란색 앵무새를 보지 못했으니까요.

그러나 1920년대에 이미 희귀조로 분류될 만큼 그 수가 적다는 사실은, 스픽스의 앵무새가 살아남는 데 아무 도움도 되지 못했습니다. 수집가들은 이 희귀조를 갖기 위해 더욱 열을 올렸고, 새의 가격은 암시장에서 4만 달러를 호가할 만큼 천정부지로 치솟으며 포획자들을 유혹했습니다.

1987년 크리스마스이브, 브라질 북동부 내륙의 삼림지대 카팅가에 사륜 구동차가 나타났습니다. 몇 달 전 비슷한 소리가 들린 뒤 수컷 한 마리가 붙들려 갔기 때문에 한 쌍의 파란색 앵무새는 신경을 곤두세웠습니다. 깊은 밤, 그들은 둥지 안에서 꼼짝 않고 갓 낳은 세 개의 알을 지켰습니다.

갑자기 둥지 안으로 뭔가가 들어왔습니다. 놀란 암컷이 밖으로 나가는 순간, 그물이 몸을 덮쳤습니다. 암컷이 몸부림치는 사이 수컷은 간신히 몸을 피했지만, 부화를 기다리던 알들은 밀렵꾼의 우악스러운 손아귀에서 깨져 버리고 말았습니다. 잠시 실망했던 밀렵꾼들은 이내 값비싼 어미 새를 잡은 기쁨에 들떠 숲을 떠났습니다. 그들은 몰랐습니다. 그날의 사냥으로 이제 카팅가에는 단 한 마리의 스픽스유리금강앵무만이 남게 되었다는 것을. 도망간 수컷이 바로 그 최후의 한 마리였지요.

『스픽스의 앵무새』는 이렇듯 처절한 이야기로 시작됩니다. 차례차례 포획되어 세계의 수집가들에게 팔려 가는 앵무새, 그리고 마지막 남은 한 마리. 이 한 마리는 암컷과 새끼와 동료를 모두 잃고 그 뒤 13년을 홀로 살았습니다. 상상해 보세요. 모든 인간이 죽고 오직 나 하나만 살아남았다고. 그 암암한 고독을, 홀로 견뎌야 하는 막막한 두려움을 감당할 수 있을까요.

누구는 그럴지도 모릅니다. 새는 사람처럼 섬세한 감정이나 지능이 발달하지 않았다고, 그러니 우리 인간과는 다르다고. 하지만 이 책의 제3장을 읽고 나면 더는 그리 말하지 못할 겁니다. 앵무새가 인간의 사랑을 받고 그로 인해 멸종 위기까지 겪게 된 이유가 사람과 닮았다는 바로 그 점 때문임을 알게 될 테니까요.

필자에 따르면, 앵무새는 서기전 1400년경에 씌어진 『리그베다』에도 기록이 남아 있을 만큼 일찍부터 인간의 관심을 끌었습니다. 이 새는 고대 로마 시대에는 귀족들의 값비싼 애완동물로, 콜럼버스의 탐험 이후엔 부유한 상류층의 신분을 나타내는 상징물로, 그리고 대중사회가 성장한 19세기엔 동물원의 대표 전시물이자 광고 모델로 인기를 얻었습니다. 물론 그 때문에 약탈의 대상이 되고 고향 숲을 떠나 이국을 떠도는 상품이 되어야 했으니 그에겐 저주와도 같은 인기였지요.

앵무새가 이처럼 시대를 초월해 큰 인기를 끈 것은 무엇보다 사람의

　　　　마녀의 연쇄 독서

목소리를 따라 하는 독특한 능력 때문이었습니다. 앵무새는 사람처럼 물건을 조작하고 말을 따라 할 줄 아는 똑똑한 애완동물로 사랑을 받았지요. 하지만 말을 따라 한다고 해서 앵무새를 흉내나 내는 재롱둥이로 알면 오산입니다. 목소리를 따라 하는 것은 앵무새가 사람과 마찬가지로 사회적인 동물이며, 집단생활을 위해 기억하고 학습하고 의사소통을 하는 능력을 키워 왔다는 것을 보여 주는 증거이니까요.

이뿐만이 아닙니다. 앵무새는 사별하지 않는 한 배우자를 바꾸지 않으며, 맘에 들지 않는 상대와는 절대 관계를 맺지 않는 섬세한 감성의 소유자이기도 합니다. 그것은 사육자에 대해서도 마찬가지여서, 자신이 좋아하는 사람에겐 친밀감과 충성심을 보이고 자신의 경쟁자로 여겨지는 이에게는 질투심을 내보입니다. 주니퍼는 사람과 비슷한 앵무새의 이런 감정 표현이 사람들의 마음을 사로잡았다고 말합니다.

그러고 보면 사람과 전혀 다른 종이 사람과 닮았다고 열광하는 셈인데, 같은 종인 사람과는 관계를 맺지 못한 채 다른 동물에게서 사람의 모습을 찾는 우스운 휴머니즘이랄까요. 최근 들어 애완동물이라는 말 대신 반려 동물이라는 표현을 쓰며 동물의 권리를 옹호하는 목소리가 높습니다. 나 역시 그들에 동의하지만, 어쩌면 애완동물이든 반려 동물이든 결국은 인간 중심의 사랑이고 배려일 수밖에 없다는 회의가 들기도 합니다. 스픽스의 앵무새가 지상에서 사라질 위기에 놓인 것도 결국 인간의 지나친 사랑 때문이었음을 떠올리면 더욱 그렇지요.

물론 스픽스의 앵무새를 비롯한 수많은 앵무새 종이 멸종 위기를 맞

은 것을 오로지 인간의 넘치는 사랑 때문이라고만 할 수는 없습니다. 브루스 바콧이 쓴 『주홍 마코앵무새의 마지막 비상』이 보여 주는 것처럼, 대형 댐 건설과 같은 무분별한 개발로 인한 열대우림의 파괴도 문제입니다. 다양한 생물들의 서식지인 숲이 사라지면 앵무새도 사라질 것은 불 보듯 뻔한 일이지요. 그래서 "[앵무새] 수집가들은 자신들의 소유욕을 탓하기보다 숲을 벌목하는 빈농들이나 개발도상국 정부들을 비난하는 데에 열중"하기도 합니다.

그러나 십여 년간 앵무새의 멸종을 막기 위해 힘써 온 주니퍼는, 앵무새가 지금처럼 위험에 빠진 것은 숲의 파괴보다 부유한 수집가들의 탐욕 때문이라고 단언합니다. 1990년 그가 속한 탐사대는 자연에 사는 유일한 스픽스유리금강앵무의 생존을 확인하고 그때부터 이 새의 멸종을 막기 위해 구체적인 노력을 전개했습니다. 계획이 성공하려면 이 앵무새를 소장한 개인들의 협조가 필수적이었지요. 따지고 보면 애초 그들이 앵무새를 소유한 것부터가 불법이므로 협조는 도의적으로도 법적으로도 당연한 것이었습니다.

하지만 탐사대가 앵무새를 구하기 위해 국제적인 운동을 벌이자 수집가들은 이에 동참하는 척하며 자신들의 앵무새를 번식시켰을 뿐, 소유한 앵무새를 야생으로 돌려보내지 않았습니다. 결국 이 계획은 수집가들의 배만 불린 채 실패로 끝나고 말았지요. 탐욕스러운 수집가들에 대한 주니퍼의 공격이 결코 지나치게 여겨지지 않는 것은 그 때문입니다.

물론 수집가들은 탐욕이 아니라 앵무새에 대한 사랑이라고 말합니

　마녀의 연쇄 독서

다. 책의 에필로그에 나오는 해리 시센처럼 말이죠. 140여 마리의 희귀 앵무새를 키우다 구속되었던 해리 시센은 개인 소장 새들을 브라질 정부에 반환하자는 주니퍼의 주장에 반대하면서, 브라질은 보호 능력이 없고 서식지인 숲은 파괴되고 있으며, 새들을 야생에 풀어 주면 사살되거나 포획될 것이라고 강변합니다. 감옥에 갇혀서도 앵무새 그림을 그리고 자신의 앵무새를 생각하며 눈물을 흘리는 시센. 주니퍼는 그를 보며 말합니다.

> 이러한 사랑은 이기적인 성격을 띨 뿐 아니라 광적으로 좋아하는 이들의 이익에만 기여함에도 불구하고, 사람들은 여전히 그런 사랑이 고상하고 훌륭하다고 믿는 경향이 있다. 나는 해리의 이야기를 듣고서, 인간은 스스로 옳고 정당하다고 확신하면 아무리 사실에 기반한 강력한 증거를 제시해도 생각 자체를 바꾸려 하지 않는다는 생각이 들었다.

그의 말처럼, 동물을 예뻐한다며 동물에게 인간의 생활양식을 강요하고 그걸 사랑으로 착각하는 이들이 참 많습니다. 뜨거운 열대 숲에 사는 앵무새를 차갑고 축축한 영국에 데려다 놓고 자신이 최적의 보살핌을 베풀고 있다고 믿는 시센 같은 이들이지요. 이들의 이기적인 욕망을 사랑이란 이름으로 허용하는 한 동물들의 고난은, 아니, 인간의 고난도 끝나지 않을 겁니다.

자신의 지식과 사랑과 믿음만을 신봉하는 오만과 편견에 가득한 인

간 때문에 지구는 지금 '대멸종의 시대'를 겪고 있습니다. 과거 1백 년에 1종씩 멸종되던 조류는 19~20세기 2백 년간 103종이 사라졌고, 21세기에는 460종이 멸종될 것으로 예측됩니다. 주니퍼가 10년 넘게 전 세계를 돌며 애쓴 스픽스 앵무새 살리기 프로그램도 결코 희망적이지만은 않습니다. 책의 후반부는 이 프로그램이 좌절의 늪으로 빠져드는 과정을 전하는데, 그걸 읽노라면 이런 상황에 대한 유일한 해결책은 인간의 멸종이 아닌가 싶기도 합니다. 그토록 구하고자 했던 마지막 한 마리마저 2001년 이후 자취를 감췄다는 이야기를 접하면 더욱 그렇지요.

우리 종이 멸종한다면 인간에게는 절망이겠지만 지구의 뭇 생명에게는 희망이 되겠구나 싶으니 내가 그 종의 하나인 것이 미안하고 슬프고 부끄럽습니다. 그 부끄러움을 덜기 위해서는 하루빨리 카팅가 숲에 스픽스의 앵무새가 날아다녀야 할 텐데……. 우리네 인간은 언제나 철이 들까요.

마녀의 연쇄 독서

잃어버린
소리를
찾아서

다니엘 네틀·수잔 로메인 지음,

김정화 옮김,

『사라져 가는 목소리들』,

이제이북스, 2003

플로베르의 책상 위에 놓여 있던 앵무새에서 브라질 카팅가 숲의 앵무새로 이어졌던 세 번째 연쇄를 마무리할 즈음, 내 머릿속에 떠오른 책은 인간이 사라진 뒤의 세계를 그린 『인간 없는 세상』[1]이었습니다. 앵무새가 살 수 없을 만큼 세상을 위태롭게 만든 주범인 인간이 사라진다는 설정 자체가 통쾌하기도 하고, 또 정말 인간이 없어지면 어떤 세계가 펼쳐질까 궁금하기도 했지요.

『인간 없는 세상』을 쓰기 위해 비알로비에자 원시림, 체르노빌, 아

---

1) 앨런 와이즈먼 지음, 이한중 옮김, 『인간 없는 세상』(랜덤하우스코리아, 2007).

프리카, 아마존, 북극, 한반도의 비무장지대까지 전 세계를 누빈 저널리스트 앨런 와이즈먼의 예견에 따르면, 인간이 사라진 이틀째엔 지하철이 물에 잠기고, 1년 뒤엔 고압전류에 매년 10억 마리씩 희생되던 새들이 번성하며, 20년쯤 뒤엔 5천 명이 목숨을 바쳐 가며 만든 파나마운하가 막혀 아메리카 대륙이 다시 합쳐질 거랍니다. 사람이 없어지고 나면 사람이 공들여 만든 것들도 무너지고 사라질 거란 얘기지요. 물론 플라스틱 용기처럼 5백 년 뒤까지 남아 있는 것도 있지만 수십만 년, 수백만 년 뒤에는 그것도 새롭게 진화한 미생물에 의해 분해될 것이며, 그렇게 자연은 인간의 흔적을 부지런히 지울 거라고 하네요.

인본주의자에게는 서운한 얘기지만, 그렇게 인간의 흔적이 지워진 세상은 인간이 있을 때보다 더 잘 돌아가는 것 같습니다. 진짜 '인간 없는 세상'인 비무장지대가 날 선 대립의 한복판에서도 평화롭게 생명을 키우고 있는 것처럼 말이지요. 그래서인지 와이즈먼은 "해피엔딩을 위하여"라는 제목 아래 '자발적 인류 멸종 운동'을 소개하고 적극적인 산아제한을 제안합니다. 지구도 살고 인간도 살려면 지구의 문제아인 인간의 숫자부터 줄여야 한다는 것이지요.

아이를 많이 낳아야 애국자라고 하는 세상이지만, 그것은 민족과 국경에 사로잡힌 사고이고 지구인의 관점에서 보면 인구과잉이 분명합니다. 그런데도 국가 경쟁력을 앞세워 너도나도 출산을 장려하고 있으니 (인구 13억의 중국도 산아제한을 완화하는 중입니다.)……. 인간이 늘면서 앞으로 더 황폐해질 지구를 생각하면 와이즈먼이 말한 '자발적 인류 멸종

   마녀의 연쇄 독서

운동'을 힘차게 전개하는 수밖에 없겠다 싶습니다.

그런데 생각이 여기에 이르자 더 이상 『인간 없는 세상』으로 연쇄를 이어갈 수가 없더군요. 인류 멸종까지 운운한 마당에 무슨 염치로 책을 읽느니 연쇄 독서를 하느니 하겠습니까. 독서란 것도 살자고, 잘살자고 하는 일인데요. 그래서 『스픽스의 앵무새』에서 『인간 없는 세상』으로의 연쇄는 접고 다른 책을 찾았습니다. 마침 눈에 확 띄는 책이 있었습니다. 진화심리학과 인류학을 공부한 다니엘 네틀과 언어학자인 수잔 로메인이 함께 쓴 『사라져 가는 목소리들』이 그것입니다.

『스픽스의 앵무새』에서 『사라져 가는 목소리들』로의 연쇄의 빌미는 '멸종'이란 키워드입니다. 앞선 책이 멸종 위기에 놓인 앵무새 이야기라면, 이번 책은 멸종 위기에 처한 언어 이야기입니다. 즉, 생물종만 사라지는 게 아니라 사람들의 언어도 그만큼 빠르게 사멸하고 있음을 보여 주는 책이지요. 『스픽스의 앵무새』와는 다른 내용을 다루고 있지만, 『사라져 가는 목소리들』을 읽노라면 멸종이라는 주제만이 아니라 무섭고 슬픈 현실을 담고 있다는 점에서 두 책이 사뭇 비슷하다는 생각이 듭니다.

테비크 에센크

붉은천둥구름

로라 소머설

아서 베넷

네드 매드럴

로신다 놀라스케스

　이 사람들이 누구냐고요? 바로 한 언어의 마지막 생존자들입니다. 인종도 성별도 나이도 사는 곳도 모두 달랐지만, 그들이 죽으면서 그들이 쓰던 언어도 함께 죽었다는 운명만은 똑같은 사람들이지요. 아마존 숲에서 홀로 13년을 살았던 스픽스의 앵무새처럼, 그들은 침묵 속에서 홀로 자신의 모국어를 간직하다가 그 언어를 데리고 무덤으로 갔습니다.

　책을 읽으며 그 마음이 어땠을까 헤아립니다. 요람에서부터 배운 말을 아무도 이해하지 못할 때, 내가 쓰던 말이 세상에서 오직 나 하나만 쓰는 말이 되었을 때, 그 마음이 어땠을까⋯⋯. 알래스카의 마지막 에야크 원주민이며 유일한 에야크어 사용자인 마리 스미스는 이렇게 말합니다.

　"그게 왜 나인지, 왜 내가 그런 사람이 된 건지 나는 몰라요. 분명히 말하지만, 마음이 아파요. 정말 마음이 아파요⋯⋯."

　그게 왜 나인지, 왜 내가 이런 운명을 겪어야 하는지, 아마 홀로 남겨진 스픽스의 앵무새도, 최후의 한 사람과 함께 사라진 우비크어語·쿠페뇨어·와포어·맹크스어·음바바람어도 묻고 싶을 겁니다. 자신이 택하지도 원하지도 않았던, 너무나 갑작스러운 죽음이었으니까요.

　그래서 이 책의 필자들은 '언어 살해'라는 표현을 씁니다. 자연스러운 죽음이 아니었다는 점을 분명히 하기 위해서이지요. 캘리포니아의

　　　　　마녀의 연쇄 독서

원주민 야히족 언어가 백인들에 의한 살육으로 종말을 맞고, 테비크 에센크와 함께 사라진 우비크어가 러시아의 대학살로 사멸에 이른 것처럼, 수많은 언어들이 정복과 탄압으로 죽음을 맞았으니 소멸이 아니라 '살해'라는 겁니다.

물론 사멸했거나 사멸 위기에 놓인 언어들이 전부 살해당한 것은 아닙니다. 개중에는 아일랜드 작가 플랜 오브라이언의 말처럼 사용자들이 스스로 내버려 '자살'에 이른 언어도 있고, 인도네시아의 탐보란어처럼 화산 폭발로 사용자들이 모두 죽는 바람에 어쩔 수 없이 사멸한 언어도 있습니다. 만약 한국의 영어 공용화론자들이 주장하는 대로 이 땅에서 영어가 국어國語가 된다면 한국어는 자살한 셈이 되겠지요.

하지만 세계 인구의 90퍼센트가 1백 개 언어를 사용하고 나머지 5천, 6천 개의 언어(언어학자들은 오늘날 대략 5천 개에서 6천7백 개의 언어가 있다고 추정합니다.)를 세계 최변방에 사는 10퍼센트만이 사용하는 상황에서, 수많은 언어가 사라지고 언어적 다양성이 실종되는 현실을 자살이나 천재지변만으로 설명할 수는 없습니다. 요컨대, 사라진 언어들이 전부 살해당한 것은 아니지만 대부분의 언어가 불평등한 사회구조에 의해 죽음을 맞은 것은 분명합니다.

그래도 별 수 없다고, 이런 죽음을 당연시하는 이들도 있습니다. 언론 재벌 루퍼트 머독은, 다중 언어는 분열을 조장하고 비효율적이므로 하나의 언어로 통일되는 것이 바람직하다고 주장합니다. 또한 영어 같은 몇몇 언어가 세계적인 지배어가 된 것은 적자생존에 따른 자연스러운 결과이므로 문제될 것 없다는 시각도 있습니다. 한국어 '자살'을 주장하는 영어 공용화론자들과 유사한 주장이지요.

그러나 영어가 지배어가 된 것은 그들의 주장처럼 자연스러운 적자생존의 결과도, 공평한 경쟁의 결과도 아닙니다. 제국주의적 팽창에 이은 선진국과 개발도상국 간의 자원 불균형이라는 역사적 조건에서 기인한 것이니까요. 다중 언어가 분열을 조장한다는 주장 역시 억견에 불과합니다. 필자들 말대로, 단 하나의 언어만 사용하지만 정치적 단합은 이루지도 못하는 나라가 얼마나 많은지, 우리 자신만 봐도 알 수 있지요.

『사라져 가는 목소리들』은 이처럼 불평등한 사회구조로 인해 일어나는 언어 살해를 막아야 한다고 역설합니다. 하지만 그것은 단순히 정의감 때문이 아니라 언어 자체가 가진 가치 때문입니다. 언어에는 인간이 자신의 경험을 체계화하고 분류하는 창조적인 방식이 담겨 있습니다. 따라서 하나의 언어가 사라진다는 것은 인간을 이해하는 창窓 하나가 영원히 닫히는 것을 뜻합니다. 더구나 언어에는 수만 년간 인간이 체득해 온 자연환경에 대한 상세한 지식도 담겨 있습니다. 열대우림이나 극지방에 사는 토착민들은 언어를 통해 이런 지식을 구전해 왔는데, 그 언어가 사라지면 첨단 과학도 알지 못하는 이 인류의 지식이 사라지게 됩니다.

그러나 이른바 문명인들은, "토착 언어와 문화를 원시적이고 후진적이라고 무시하면서 그것을 서구의 언어와 문화로 대치하는 것이 현대화와 진보의 선행조건이라고 생각"합니다. 지난 수십 년간, 선진국들은

마녀의 연쇄 독서

이런 믿음 아래 개발도상국들에게 자신들과 똑같은 중앙집권적 국민국가 체제를 강요하고 유럽식 단일 영농, 서구식 교육 등을 실시하도록 추진해 왔습니다. 덕분에 세계의 부는 증가했습니다. 문제는 그 부가 부자들, 특히 선진국 부유층에게 집중된 부라는 겁니다. 즉, 파이의 전체 크기는 커졌지만 그걸 먹은 사람은 소수의 부자일 뿐, 그걸 키우기 위해 삶의 터전을 내주고 말과 행동까지 바꾼 사람들은 파이는 구경도 못한 채 자기 땅에서 내몰린 것이지요.

때문에 필자들은 언어의 사멸을 막기 위해서라도 서구식 경제 발전 대신 지역사회 주민들이 주체가 된 개발을 해야 한다고 주장합니다. 또한 토착어를 배제하고 다중 언어 사용을 억누르는 언어정책도 바뀌어야 한다고 강조합니다. 이들은 미국이나 영국 언론이 다중 언어 사용에 부정적인 이유는, 딱히 무슨 문제가 있어서가 아니라 단지 "지배계급이 통제하지 못하는 지식이나 조직을 받아들이고 싶지 않기 때문"이라고 비판합니다.

미셸 푸코가 말했듯이 지식은 권력입니다. 그리고 언어는 지식을 전달하는 가장 중요한 수단입니다. 그러니 지배 엘리트들이 자신의 권력을 유지하기 위해 언어를 통제하는 것도 당연한 일입니다. 식민지 엘리트들이 독립이 된 뒤에도 식민 본국의 언어를 표준어로 정해 민중을 지배한 것처럼 말이지요. 그래서 필자들은 토착어와 다중 언어 사용을 옹호합니다. 중심부 지배층이 변방의 주민과 그들의 언어를 죽음으로 내몰지 못하도록 하기 위해서이지요.

『사라져 가는 목소리들』은 사멸하는 언어를 다루고 있지만, 언어보다도 정치·경제·역사·생물학에 관한 이야기가 더 많이 나옵니다. 심지어 신석기 농업혁명까지 거슬러 올라가 농업 발전의 역사를 더듬을 정도이지요. 언어학에 관한 책이 왜 이런가 이상할 수도 있지만, 언어 생태학을 주장하는 필자들은 당연하고 자연스러운 일이라고 말합니다. "희귀 생물이 생태계에 얽혀 있듯이 언어 역시 사회적·지리적 기반에 얽혀" 있으므로, 사멸하는 언어를 살리기 위해서는 지역 생태계를 살려야 한다는 것이지요.

언어를 살리는 것과 지역 생태계를 고려하는 것 사이에 어떤 관계가 있냐고요? 필자들은 오지 언어를 살린다며 사전이나 문법 정리 사업에 거액을 쏟아 붓는 경우를 예로 듭니다. 문법과 사전은 중요하지요. 하지만 실제 언어생활이 불가능한 상태에서 이런 활동은 근본 대책이 될 수 없습니다. 희귀 앵무새를 살리기 위해서는 동물원의 앵무새를 잘 키우는 것보다 앵무새의 서식지를 보존하고 새가 자연에서 번식할 수 있도록 하는 것이 최우선이듯이, 언어를 살리기 위해서는 그 언어를 사용하는 집단이 유지될 수 있도록 하는 것이 가장 중요합니다. 언어를 지키기 위해서는 먼저 생태계를 지켜야 한다는 주장이 나오는 건 그래서입니다. 다음 인용문은 언어의 보존에서 언어 생태학적 관점이 왜 중요한지 잘 보여 줍니다.

언어와 문화들의 사멸을 방치하면 이 세계에 대해 우리가 알고 있는 지식의 총량이 직접적으로 줄어들게 된다. 왜냐하면 이 세계의 풍부함과 다양함을 이야기하던 목소리들이 없어지기 때문이다. 이것은 어떤 종이 멸종하면 환경의 어느 고유한 부문도 함께 희생되는 것과 마찬가지다. …… 목소리들이 하나하나 사라지면서 우리는 자신이 누구였는지, 누구인지, 어떤 존재가 될 것인지를 조금씩 잃게 된다.

유명한 생물학자 에드워드 윌슨에 따르면 해마다 약 2만7천 종의 생물들이 멸종되고 있습니다. 시간당 약 세 종이 사라지는 셈이지요. 생물종만이 아닙니다. 현재 6천 개가 넘는 언어 중 절반 이상이 21세기 안에 사멸할 것으로 예상됩니다. 사라지는 생물종과 언어들, 그것은 우리를 살게 해준 세계이며 우리가 누구인지 말해 주던 목소리들입니다. 그 세계가 죽고 그 목소리가 사라진 뒤 과연 우리가 살아남을 수 있을까요?

지난 세기가 저물 무렵, 죽은 시인은 노래했습니다. "나와 함께 모든 별이 꺼지고/ 모든 노래가 사라진다면/ 내가 어찌 마지막으로/ 눈을 감는가."[2]라고. 우리가 지금처럼 산다면 시인이 노래했듯 우리와 함께 모든 노래가 사라지는 날이 올 겁니다. 물론 입을 떠나면 말은 흩어지고,

2) 김남주 시인의 유고시 「나와 함께 모든 노래가 사라진다면」에서.

그 무엇도 영원을 약속할 순 없습니다. 그래서 말을 붙잡아 돌에 새기고 문자를 만들어 훗날을 기약하는 것이지요. 그러나 돌에 새긴 글이 천년을 간다 해도 그걸 소리 내 읽어 줄 목소리가 없다면 무슨 소용이 있겠습니까.

생물학과 언어학, 인류학과 정치경제학을 오가는 이 야심만만한 저작이 보여 주는 건 그것입니다. 말은 서로를 부르는 목소리이고 글은 그 말의 뒤를 좇는 그림자라는 것. 그러므로 아무리 많은 글을 남긴다 해도 함께 나눌 말이 없다면, 아니, 말을 나눌 사람이 없다면, 그 삶은 캄캄한 침묵에 머물 뿐이라는 것이지요. 그러니 이제 더는 우리를 부르던 목소리들이 사라지지 않도록, 우리가 살던 세계가 무너지지 않도록 우리 모두 마음을 모아야 하지 않을까요.

마녀의 연쇄 독서

나는 나를
벗할 뿐
남을 바라지
않노라

김성남,　　　　박희병,
『허난설헌』,　　『나는 골목길 부처다』,
동문선, 2003　　돌베개, 2010

돌아보니, 엠마라는 이름에서 시작한 독서가 플로베르와 앵무새를 거쳐 사라져 가는 언어들로 이어져 왔습니다. 연쇄가 일어난 속사정을 본다면, 캐릭터 연쇄 → 작가 연쇄 → 주제(어) 연쇄가 일어난 셈이고요. 앞서 연쇄 독서의 유형을 작가·책·인물(캐릭터)·주제(어)의 네 가지로 나누었는데, 대충 그에 부합하는 연쇄가 이루어졌다 하겠습니다. 하지만 이번 연쇄는 좀 다릅니다. 선명한 인과성을 제시하기 힘든, 분위기의 연쇄 혹은 제목이 환기喚起한 연쇄랄까요.

　사실, 사멸하는 언어와 언어 생태계의 회복을 주장한 『사라져 가는 목소리들』을 읽고 애초에 떠올린 책은 사라진 고대 언어를 탐구한 앤드루 로빈슨의 『로스트 랭귀지』1)였습니다. 유사한 주제를 다룬 책이니

누가 봐도 무난한 연쇄였지만, 문제는 비슷한 노래를 이어 부르는 것 같아 신명이 안 나는 것이었습니다. 대신 자꾸 눈길이 가는 것은 허난설헌. 어설픈 한문 실력으로 그녀의 시편을 한 자 한 자 읽어 내리는데, 그 뜨거운 열정과 애끓는 슬픔과 호방한 기상이 마음을 사로잡더군요. 그래서 결심했습니다. 『사라져 가는 목소리들』에 이어 허난설헌을 읽기로.

연쇄치곤 너무 뜬금없다고요? 그럴지도 모릅니다. 하지만 가만 생각하면 '죽은 언어'와 '죽은 시인' 사이에 인연이 없는 것도 아니지 싶습니다. 스물일곱에 스스로 자신의 작품을 불사르고 죽은 허난설헌이야말로 '사라져 가는 목소리'의 위태로움을 대변하는 존재라고 할 수도 있을 터. 노래할 목소리도 재주도 다 가졌지만 노래할 무대를 갖지 못한 채 침묵 속에서 사라진 사람이니까요.

한데 이상한 일은 그렇게 사라져 간 목소리가 허난설헌 하나가 아니란 겁니다. 허난설헌(1563~89)보다 근 2백 년 뒷사람인 이언진(1740~66) 역시 신산한 인생에 시만을 벗하다가 스물일곱에 자신이 쓴 글을 불태우고 죽었으니 말입니다. 탁월한 시재詩才, 스물일곱의 요절, 분서, 그리고 당대는 물론 오늘날에도 어엿한 대접을 못 받고 있는 점까지 그 둘의 불우한 공통점에 마음이 흔들려 다섯 번째 연쇄 독서는 허난설헌과 이언진을 읽기로 했습니다. 다행히 두 사람의 삶과 문학을 보여 주는

---

1) 앤드루 로빈슨 지음, 최효은 옮김, 『로스트 랭귀지』(이지북, 2007).

 마녀의 연쇄 독서

맞춤한 안내서들이 있어 독서를 도와줍니다.

　허난설헌에 관한 책은 번역 시집, 평전, 연구서, 소설, 아동서까지 다종다양합니다만, 그중 내가 고른 것은 그녀의 문학 세계를 살뜰하게 소개한 김성남의 『허난설헌』입니다. 허난설헌이 살았던 시대에도 그랬지만, 지금도 그녀를 이야기할 때는 대개 문학적인 평가보다 그 비극적 삶에 대한 공명이나 비판이 앞서곤 합니다. 솔직히 내가 그녀에게 처음 관심을 가진 것도 불행한 결혼 생활 끝에 요절한 여성 시인이라는 개인사와 무관하지 않았지요.

　하지만 김성남의 책은 불우한 운명만이 아니라 시작詩作에 초점을 맞추어, 그 생애로 갈음할 수 없는 빼어난 문학적 성취를 조명합니다. 특히 여기서 눈에 띄는 것은, 허난설헌의 시 세계에서 중심적 위치를 차지함에도 이제껏 제대로 평가받지 못한 유선시遊仙詩를 꼼꼼히 해석한 부분입니다. 유선시는 허난설헌이 심취했던 도교적 세계관이 한껏 드러난 시편들인데, 도교가 허난설헌뿐 아니라 동생 허균의 사상에서 갖는 의미를 고려할 때 그 의의는 자못 크다 하겠습니다. 조선의 도교 사상을 다룬 책들이 많지 않은 점을 떠올리면 더욱 그렇지요.

　유선遊仙이란 속세를 벗어나 선계에서 노닌다는 뜻으로, 중국의 위진 시대부터 시작되어 유행한 전통적 시제詩題입니다. 하지만 여성으로서 유선시를 쓴 이는 중국과 조선을 통틀어 허난설헌이 처음이랍니다.[2] 대부분의 여성 시인들이 규방에서 이를 소재로 시를 쓰던 시절, 허난설헌은 규방을 훌쩍 넘어 신선의 세계로 날아올랐고 무려 87편이나 되는 유선시를 남겼습니다. 누구는 현실과 동떨어진 선계仙界를 노래했으니 결국 현실도피가 아니냐고 할지도 모릅니다. 그러나 그녀의 유선시는 금기와 억압으로 가득한 조선 사회에서 자신의 뜻을 말하기 위한 저항의 은유요 전복의 상상이었습니다.

김성남에 따르면 허난설헌의 유선시 87편의 주인공은 모두 여신들입니다. 최고 여신 서왕모, 남편 몰래 불사약을 먹은 달의 여신 항아, 선비에게 먼저 구애한 상원 부인, 은하계 여신 강궐 부인, 서왕모의 시녀이자 시에 능한 허비경까지, 허난설헌은 풍부한 도교 지식을 바탕으로 다양한 여신들을 등장시켜 자신의 꿈을 펼칩니다.

그의 시에서 여신들은 마음에 드는 남성에게 직접 구애하고, 복숭아가 익은 기념으로 즐거운 술판을 벌이고, 한가한 봄날 함께 시를 짓고 경전을 읽습니다. 당시 조선에서 어느 누구도, 남성은 물론 여성조차 감히 상상하지 못한 자유분방하고 지성적인 여인의 모습이지요. 허난설헌은 이처럼 선계와 신이라는 은유를 통해, 답답한 규방을 넘어 너른 세상으로 나아가고픈 자신의 꿈을 언어로 표현했습니다.

하지만 그것은 이루어질 수도, 아니, 함께 나눌 수도 없는 꿈이었습

2) 김성남은 허난설헌이 유선시를 쓴 유일한 여성 시인이라고 했지만, 허난설헌 사후에 그녀를 흠모한 허소설헌이 그녀의 시편 하나하나에 차운(次韻)하여 유선시 55편을 썼으므로 유일하다고 할 순 없습니다. 허소설헌이 남긴 차운시는 김명희의 『소설헌 허경란의 시와 문학』(국학자료원, 2000)에서 확인할 수 있습니다.

 마녀의 연쇄 독서

니다. 그녀가 죽고 백 수십 년이 지난 뒤, 당대 최고의 문장가요 실학의 기수였던 박지원은 이렇게 말합니다.

규중 여인이 시를 짓는다는 것이 본디 좋은 일은 아니나 이름이 중국에까지 퍼졌으니 대단히 유명하다고 할 수 있다. 그러나 우리나라 부인들은 이름이나 자(字)가 본국에서 나타난 이를 찾아볼 수 없으니, 난설헌 호 하나만으로도 과분하다! 하물며 이름이 경번으로 잘못 알려져 여기저기 기록되어 있으니 천년에도 씻기 어려운 일이다. 후에 재능 있는 여자들이 이를 밝혀 경계의 거울로 삼지 않으면 안 된다!

박지원의 벗이며 조선 최초로 지구 자전설을 주창했을 만큼 열린 사상가였던 홍대용 역시 중국 여행길에 만난 중국 학자들이 허난설헌을 거론하자 단호하게 말합니다. "[여자가] 시로 명성을 얻는다 해도 이는 결코 바른길이라 할 수 없습니다." 조선에서는 나름 선각자로 꼽히던 18세기 지식인들이 이럴 때 허난설헌이 살았던 16세기 사회가 어떠했을지 미루어 짐작이 가지요.

다행히 그녀에게는 시작詩作을 독려하고 그 꿈에 공감한 형제들이 있었습니다. 오빠 허봉과 그녀의 시 2백여 편을 외워 남긴 동생 허균이 그들입니다. 특히 아끼던 두보의 시집 『두율』杜律을 건네며, "내가 권하는 깊은 뜻을 저버리지 않아 두보의 소리가 누이의 손에서 다시 나오기를 바랄 뿐"이라고 격려했던 허봉은 그녀의 재능을 알아준 지음知音과도

같은 존재였습니다. 그러나 유일한 벗이요 의지였던 오빠가 유배 끝에
객사하고, 설상가상 사랑하는 두 아이와 뱃속의 자식마저 세상을 뜨면
서 허난설헌은 삶의 희망을 잃습니다.

> 오동나무 한 그루가 역양에서 자라나
>
> 차가운 음지에서 몇 년을 견디었던가.
>
> 다행히 귀한 장인을 만나
>
> 베어져 거문고로 만들어졌다오.
>
> 거문고로 만들어져 한 곡조를 타보았지만
>
> 세상에 알아듣는 사람이 없어,
>
> 그래서 광릉산의 노래가
>
> 끝내 전해지지 못했는가 보오
>
> ——「견흥」遣興

세상에 자신도 자신의 시도 알아주는 이가 없다는 절대 고독 속에서
그녀는 수백 편의 시를 불태우고 죽음을 맞습니다. 일곱 살에「광한전
백옥루 상량문」을 썼다는 전설이 조선은 물론 중국에도 전해질 만큼
천재적인 문재文才를 보였던 시인, 여자는 이름도 없던 시절 스스로 이
름과 자, 호를 붙일 만큼 당찬 기개를 가졌던 여성은 그렇게 조선 땅에
여자로 태어난 한을 품은 채 완고한 시대에 무릎이 꺾였습니다.

　그러나 시대에 배반당한 천재는 허난설헌 하나가 아니었습니다. 몇 해

　　　마녀의 연쇄 독서

전 박희병이 평전『나는 골목길 부처다』3)와 시 평설『저항과 아만』4)을 펴내면서 세상에 이름이 알려진 시인 이언진도 그와 다르지 않았지요.

하나는 우상 하나는 해탕

나는 나를 벗하지 남을 벗하지 않는다.

시인으론 이백과 동성

그림으론 왕유의 후신

허난설헌이 죽은 지 160여 년 뒤, 영조 시대 역관 시인 이언진이 쓴 6언시입니다. 우상虞裳은 그의 자고 해탕蟹湯은 별호이니 모두 그 자신을 가리킵니다. 아무도 알아주지 않는 고독한 삶, 시인은 그래도 좋다고, 남이야 뭐라든지 나는 이백과 어깨를 겨룰 시인이라고 자부합니다. 하지만 이백과 왕유를 끌어오는 기백 뒤에는, 방안에서 홀로 자고자대自高自大(스스로 높고 위대하다고 여김)하는 자신에 대한 자괴감이 숨어 있습니다. "나는 나를 벗하지 남을 벗하지 않는다."我友我不友人라는 고독의 선언은 사실 내 벗이 되어 주는 이가 없다는 쓸쓸한 고백과 다름없지요.

그도 그럴 것이, 반쪽 양반인 서얼도 차별을 받는 조선 사회에서 중인은 문장을 해봐야 비웃음을 살 뿐이었습니다. 실제로도 생전에 이언진의

3) 박희병, 『나는 골목길 부처다』(돌베개, 2010).
4) 박희병, 『저항과 아만』(돌베개, 2009).

학식과 문장을 인정한 것은 조선이 아니라 일본이었습니다. 1763년 조선통신사의 통역관으로 일본에 갔던 그는 1년간 현지에 머물며 주요 문사들과 필담을 나누고 시문을 지어 문명文名을 날렸습니다. 훗날 그의 전기를 쓴 박지원에 따르면, 당시 이언진이 일본인에게 써준 시가 귀국할 무렵엔 벌써 일본에서 책으로 출간될 만큼 큰 인기를 끌었다고 합니다. 또한 그의 활약상을 전해 들은 세도가 김조순은, "해가 저물기 전에 천 개의 부채에 시를 적고 5백 수의 율시를 짓고, 자기가 지은 시를 하나도 착오 없이 외자, 일본인들은 경탄하여 혀를 내두르면서 신으로 여겼다. 이에 이언진의 이름이 일시에 유명해졌다."는 기록을 남기기도 했지요.

그러나 일본에서 거둔 성공에도 불구하고 조선의 그는 여전히 세상의 인정을 받지 못한 한미한 중인일 뿐이었습니다. 마치 허난설헌의 시가 중국에서 선풍적인 인기를 끌며 문사들의 입에 오르내렸음에도 조선에서는 끝내 그를 인정하지 않은 것처럼, 조선에서 이언진은 여전한 아웃사이더였지요.

귀국한 이듬해, 이언진은 당대 최고의 문장가로 꼽히는 박지원에게 자신의 글을 보냅니다. 세상과 소통하고픈 열망, 다른 이는 몰라도 박지원은 자신을 알아줄 거라는 기대에서 나온 행동이었지요. 하지만 돌아온 대답은 "잗다랗기에 진기할 게 없다."[5]는 한마디. 즉, 중국 공안파

---

5) 박지원은 「우상전」에 쓰기를, 자신이 "오농의 가는 침"이라고 비판했더니 이언진이 화가 나 "창부가 남의 기를 돋구네." 하며 "내가 이 세상에 오래 있을 수가 있으랴." 하고 탄식했다 합니다. 한문학자

　　　　마녀의 연쇄 독서

를 모방한 범작이라는 혹평이었습니다. 이언진은 큰 충격을 받았고, 얼마 뒤 오랜 병고를 이기지 못한 채 세상을 떠났습니다. 세월이 흐른 뒤 박지원은 "나는 속으로 우상의 재주를 남달리 아꼈다."며 「우상전」을 지어 그를 기렸습니다. 그러나 세상의 냉대와 고독 속에서 자신의 작품을 불태우고 죽은 시인에겐 그저 부질없는 상찬일 뿐이었지요.

그나마 다행인 것은 허난설헌에게 형제들이 있었듯이 이언진에게도 그를 알아주는 지음, 이용휴가 있었다는 사실입니다. 이용휴는 실학의 대부인 성호 이익의 조카로, 서른 살이나 어린데다 신분도 낮은 이언진을 기꺼이 제자이자 벗으로 삼은 인물입니다. 그는 평소 "이언진은 종이에 붓을 대기만 하면 세상에 전할 만한 작품이 되었다. 하지만 세상에 알려지기를 구하지 않았으니 그를 알아줄 만한 사람이 세상에 없었기 때문이다. 또 남에게 이기기를 구하지 않았으니 이길 상대가 아무도 없었기 때문이다." 하고 그 천재성을 높이 평가했지요.

『나는 골목길 부처다』에서 박희병은 이용휴를 통해 이언진이 중국의 이단 사상가 이탁오를 접한 것에 큰 의의를 둡니다. 그에 따르면, 당시 조선에서 이탁오 사상을 수용한 지식인은 허균과 이용휴가 유일한데, 바로 이 이탁오를 이언진이 배우면서 미천한 신분적 제약을 넘어

강명관은 『공안파와 조선후기 한문학』(소명출판, 2007)에서, 오농과 창부란 원굉도로 대표되는 중국 공안파를 가리키는 것으로, 박지원이 공안파에 근거한 경박한 작품이라고 비판하자 이언진이 너도 마찬가지 아니냐며 반박한 것이라고 설명합니다. 강명관의 책은 학술서라 읽기 쉽지는 않지만, 박지원을 비롯한 조선 후기 문학을 이해하는 데 큰 도움이 됩니다.

주체적인 자아, 평등한 세상에 대한 전망을 갖게 되었다는 것이지요. 허난설헌이 도학주의가 공고해지던 조선 중기에 도교에서 탈脫유학의 길을 찾았다면, 도학주의의 폐단이 드러날 대로 드러난 조선 후기에 이언진은 이탁오의 급진적 양명학에서 그 길을 찾은 셈이랄까요.

하지만 그들은 그 길을 다 가지 못하고 세상을 떴고, 그들이 추구했던 탈유학도 실패합니다. 그리고 완고한 도학주의의 늪에 빠져 허우적대던 조선왕조는 외부의 힘에 의해 무너지고 맙니다. 이언진이 노래했듯이 진작 "이따거의 쌍도끼를 빌려 와 확 부숴 버렸으면"6) 그 뒤의 역사가 보여준 치욕과 고통은 없었으련만, 스스로 쇄신할 힘을 잃은 체제는 그렇게 비참한 최후를 맞았습니다. 그러고 보면 정말로 사라진 것은 불우했으나 당찬 시인들이 아니라 그들의 목소리를 억눌렀던 권력인 셈이지요.

27년의 짧은 생애 내내 시대와 불화했던 허난설헌과 이언진. 둘이 한 시대를 나란히 살았으면 서로 지음이 되었을까요? 아마 그들도 신분과 성별의 벽을 넘어서지는 못했을 겁니다. 천재에게도 시대는 무거운 것이니까요. 하지만 긴 시간이 흐른 오늘, 오직 자신만을 벗하는 아우아我友我의 생애는 또 다른 아우아의 노래에서 희망을 봅니다. 영 사라질 뻔했던 혼자만의 쓸쓸한 노래도 지금까지 남아 위로가 되고 있으니 아직은 지치지 말자고, 책장을 덮으며 스스로의 등을 두드립니다.

---

6) 이언진의 시집 『호동거실』 제104수. 『호동거실』은 『저항과 아만』에 전부 번역, 해설되어 있습니다.

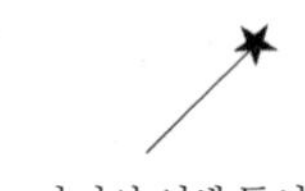

조선의
문장 종결자
박지원

박지원 지음,
김혈조 옮김,
『열하일기』 전3권,
돌베개, 2009

앞선 연쇄에서는 제 안에 담긴 말을 다 풀어내지 못한, 그래서 간신히 살아남은 그 말이 더욱 처연하게 다가오는 허난설헌과 이언진 두 시인을 다뤘습니다. 그러나 그 둘을 인연 삼은 이번 연쇄의 주인공은 자유자재로 붓을 휘둘러 세상을 놀래고, 당대는 물론 지금까지도 뭇사람의 입에 오르내린다는 점에서 그들과는 전혀 다릅니다. 늘 사라져 버릴 위태로움을 느꼈던 허난설헌이나 이언진과 달리, 그는 임금이 견제할 만큼 인정을 받은 문장가였고 그 명성과 영향이 시대를 넘어 이어진 보기 드문 지식인이었습니다. 바로 연암 박지원입니다.

대작 『열하일기』에서 두 차례나 허난설헌에 대해 부정적 소견을 밝힌 것, 또 생전의 이언진에게 혹평을 하여 살맛을 잃게 했으나 죽은 뒤

에는 그의 전기를 써서 그 재능을 길이 전한 것이 허난설헌·이언진→
박지원으로 이어진 연쇄의 빌미입니다. 과문한 탓인지 몰라도, 내가 아
는 한 박지원을 빼면 두 시인과 이 정도 인연을 가진 사람은 '책 읽는
바보'看書痴로 유명한 이덕무가 유일한 것 같습니다.

이덕무는 홍대용과 중국 문사들의 만남을 기록한 『천애지기서』1)와
문집 『이목구심서』에서 각각 허난설헌과 이언진에 대한 소견을 밝혔
습니다. 『천애지기서』 '필담' 편에서 그는 허난설헌을 언급하며, 경번敬
樊이라는 호는 허난설헌을 희롱하는 뜻으로 남들이 붙인 것인데도 홍대
용이 이를 바로잡지 않았다고 지적하는 한편, 맹랑하다고 비판을 받은
그녀의 시 또한 중국 시가 잘못 알려진 것이니 그녀의 운명이 기박하다
고 평합니다. 한마디로, 허난설헌이 쓰지도 않은 시와 잘못 알려진 일
때문에 욕을 먹었으니 불쌍하다는 것이지요.

이는 여자가 이름을 짓고 시를 쓴 것은 잘못이라고 비판한 홍대용이
나 허난설헌의 시를 문란하다고 평한 이수광 등과는 다르지만, 중국에
서도 높이 평가한 그녀의 시를 객관적으로 비평하지 않고 중국 시의 표
절로 단정 짓는 오류를 범한 것이었습니다. 누구보다 꼼꼼한 서지학자
요 비평가였던 이덕무가 이런 오류를 범한 걸 보면 역시 '여자' 허난설
헌에 대한 선입견이 컸다고 하겠습니다.

---

1) 『천애지기서』(天涯知己書)는 이덕무가 선배 홍대용과 중국 선비들이 나눈 필담과 서간들을 기록하
여 그 우정을 기린 책으로, 한국고전종합DB에서 번역문을 볼 수 있습니다.

마녀의 연쇄 독서

반면, 이언진에 대한 그의 평가는 매우 호의적입니다. 그는 『이목구심서』에 이언진의 시 여러 편을 싣고, "그의 시는 심오하고 활달하나 넘치지 않고, 매우 뛰어나지만 공허하지 않고, 고상하고 우아하며 굳세다."[2]고 극찬했습니다. 또한 이언진의 죽음에 얽힌 이런저런 이야기를 전하면서, 뛰어난 재능을 다 펴기도 전에 요절한 것을 몹시 안타까워했지요.

요절한 두 시인과 이덕무의 이런 인연 때문에 처음엔 이덕무로 연쇄를 이어갈까 생각도 했습니다. 하지만 남긴 기록의 양과 영향에서 박지원 쪽이 좀 더 무거운 데다, 이덕무에게 치우쳤던 그간의 내 독서 편향을 바로잡을 필요도 있겠다 싶어 이번 연쇄는 박지원으로 결정했습니다. 그리고 『열하일기』를 읽기 시작했습니다. 예전에 박지원의 산문들을 가려 뽑은 김혈조의 『그렇다면 도로 눈을 감고 가시오』[3]나 정민의 『비슷한 것은 가짜다』[4] 같은 편역서들로 일부 맛을 보긴 했지만 『열하일기』를 통독하기는 이번이 처음이었습니다. 5백 쪽이 넘는 두꺼운 책이 한 권도 아니고 세 권씩이나 되더군요. 어느 세월에 이걸 다 읽나 막막했습니다.

그러나 결론부터 말씀드리면, 보리 출판사에서 나온 북한 학자 리상호의 번역본과 돌베개에서 나온 김혈조 번역본을 오가며 근 3천 쪽의 독서를 착실히, 그리고 즐겁게 했습니다. 게다가 내친 김에 『연암집』[5]

---

2) 『이목구심서』를 번역한 『청장, 키 큰 소나무에게 길을 묻다』(이화형 옮김, 국학자료원, 2003), 66쪽.
3) 박지원 지음, 김혈조 옮김, 『그렇다면 도로 눈을 감고 가시오』(학고재, 1997).
4) 정민, 『비슷한 것은 가짜다』(태학사, 2000).
5) 박지원 지음, 김명호·신호열 옮김, 『연암집』(전3권, 돌베개, 2007).

전3권과 박지원의 아들 박종채가 쓴 『나의 아버지 박지원』[6]을 읽고 김명호의 『열하일기 연구』[7]를 비롯한 여러 관련 서적까지 섭렵했으니, 박지원이란 이름 아래 꽤 긴 연쇄 독서가 이루어진 셈이지요. 애초 박지원에 대한 호감이 거의 없던 내가 그에 관한 책을 이리 많이 읽은 것은 글이 워낙 재미있기도 하거니와 그의 정체가 궁금했기 때문입니다.

박지원의 글은 재미있습니다. 1천5백 쪽이 넘는 『열하일기』를 읽는 동안 하품을 깨문 적은 딱 한 번. 음악을 논한 「망양록」을 읽다가 뭔 소린지 몰라서 어영부영 책장을 넘긴 것이 유일한데, 그때조차도 혹 재미난 대목을 놓칠까 봐 아주 건너뛰지는 못했을 정도이지요.

소설책에 버금가는 이런 재미는 무엇보다 박지원의 탁월한 유머 감각에서 나옵니다. 유명한 「호질」(관내정사 편에 수록)과 「허생전」(옥갑야화 편)은 물론이요, 『열하일기』의 도처에서 그는 풍자와 해학을 능수능란하게 구사합니다. 슬그머니 능치다가 문득 뒤통수를 딱 때리고, 그러곤 다시 시치미를 뚝 떼는 솜씨가 그야말로 타의 추종을 불허하지요. 특히 심각하고 장황하게 북학론을 설파해서 지루해질 즈음 익살과 우스개로 독자의 긴장을 풀어 줄 때는 감탄이 절로 나옵니다.

가령 『열하일기』 첫머리에 실린 「도강록」에서 박지원은 동행한 정

6) 박종채 지음, 박희병 옮김, 『나의 아버지 박지원』(돌베개, 1998).
7) 김명호, 『열하일기 연구』(창비, 1990).

 마녀의 연쇄 독서

진사가 벽돌을 사용한 중국식 축성법보다 돌로 쌓는 조선의 축성법이 낫다고 하자 이를 비판하며 벽돌의 우수성을 역설합니다. 하지만 박지원이 핏대를 올리는 사이 정 진사는 꾸벅꾸벅 졸고, 발끈한 박지원이 "어른이 말씀하시는데 졸고 있는 게요?" 하고 타박하자 정 진사는 태연히 대꾸합니다. "다 들었습지요. 벽돌은 돌만 못하고 돌은 잠만 못하다면서요." 능청스러운 정 진사에게 보기 좋게 한 방 맞은 셈인데, 박지원은 자신의 이런 굴욕담(?)을 통해 진지한 이용후생론을 읽느라 긴장한 독자들에게 쉴 틈을 줍니다. 이는 문장의 강약을 조절하는 기법임과 동시에, '북벌'에 익숙한 당시 독자들이 '북학'이라는 새로운 시각을 거부감 없이 받아들일 수 있게 하는 장치이기도 합니다. 긴장과 갈등을 푸는 데 웃음만큼 좋은 건 없으니까요.

수많은 연행록 중에서 『열하일기』가 예나 지금이나 최고의 인기를 누리는 것은 웃음을 활용한 이런 재미가 한몫한 게 분명합니다. 하지만 바로 그 점이 『열하일기』가 정조를 비롯한 당시 지식인들로부터 비난을 받고 폄하당한 이유이기도 했으니, 유머를 즐기는 박지원도 웃어넘길 수만은 없었던 모양입니다. 박종채의 『나의 아버지 박지원』에는 이런 세태에 대한 박지원의 탄식이 담겨 있습니다.

나는 중년 이후 세상일에 대해 마음이 재처럼 되어 골계(滑稽)를 일삼으며…… 매양 사람을 대하면 우언과 우스갯소리로 둘러대고 임기응변을 했지만 마음은 우울하여 즐겁지 못했다. …… (중국) 견문한 사실 가운데 기록할 만한 것이 있어서 생각나는 대로 적어 나갔다. 늙어 한가해지면 심심풀이 삼아 읽을까 해서였다. 그런데 누가 알았으랴? 책을 절반도 집필하기 전에 남들이 돌려 가며 베껴 책이 세상에 널리 유포될 줄을.

한마디로, 평소 골계, 즉 익살과 우스개를 즐겼고 『열하일기』에 그런 점이 있는 것도 사실이지만, 이는 책으로 내기 전 초고라 그렇지 세상에 전할 작정이었다면 더 정리해서 문제의 소지를 없앴을 거라는 변명 섞인 항변인 셈입니다. 아들 박종채 역시 "인정물태를 곡진히 묘사하려다 보니 부득불 우스갯소리를 집어넣을 수밖에 없었다."고 변호하면서, 우스개로 세상을 조롱하고 깨치려 한 아버지의 본뜻을 몰라주는 독자들에 대해 비통한 심경을 토로합니다. 도학주의가 판치던 조선에서 웃음이 비례非禮와 경박의 표현으로 백안시되었음을 알 수 있는 대목이지요.

박지원은 그런 세상을 살아야 했습니다. 웃음조차 허용치 않는 세상에서 웃음을 변명하며 살아야 했지요. 그러니 웃음이 한숨이 되고 한숨이 눈물로 흐르는 것은 당연한 일일 터. 한밤중 홀로 만리장성을 찾은 박지원은 술을 부어 먹을 갈고 성벽에 자신의 이름을 씁니다. 그리고 크게 웃으며 탄식합니다. "나는 한갓 서생일 뿐이로구나. 머리가 희어서야 한번 장성 밖을 나갈 수 있단 말인가!"

책과 재물이 넘쳐흐르는 북경 유리창의 장관 앞에서도 그는 탄식을 금치 못합니다.

 마녀의 연쇄 독서

지금 나는 유리창 안에 홀로 외롭게 서있다. 내가 입은 옷과 갓은 천하 사람들이 알지 못하는 것이다. 내 용모는 천하 사람들이 처음 보는 모습이다. 이렇게 천하 사람들이 나를 몰라보게 되었으니 나는 성인도 되고 부처도 되고 호걸도 된 셈이다. …… [그러나] 누구와 함께 이 지극한 즐거움을 논할 수 있으랴?

말로만 듣던 만리장성, 꿈에도 그리던 유리창에서 그가 느낀 것은 감탄과 황홀이 아니라 자괴와 고독입니다. 조선 사대부 박지원의 자부심은 드넓은 중국 땅을 대하여 속절없이 흩어집니다. 천하의 책들이 산처럼 쌓인 유리창은 문장에 대한 그의 자부심을 흔들고 자기 존재의 미미함을 일깨웁니다. 나를 알아주는 이가 없으니 오히려 자유롭다 말하고 싶지만 그 자유조차 혼자만의 자위가 아니냐고, 그는 상처받은 자의식을 드러냅니다. 거침없는 언행과 말술의 애주가로 알려진 박지원이 실은 섬세하고 예민한 감성의 소유자임을 보여 주는 대목이지요.

누구보다 웃음을 사랑했던 그가 누구보다 절절한 울음의 문장을 남긴 것은 그래서일 텐데, 죽은 누이를 그리며 쓴 「맏누님 증 정부인 박씨 묘지명」(『연암집』 제2권 수록)은 특히 절창입니다. 강가에서 저 멀리 사라지는 상여를 바라보다가 그는 어린 시절 누님과의 추억을 떠올리고 탄식합니다. "먼 산은 검푸르러 누님의 쪽 찐 머리 같고 새벽달은 고운 눈썹 같으니, 남매가 되어 지낸 날은 어찌 그리도 빨리 지나갔던고!"

두 쪽짜리 짧은 묘지명이 읽는 이의 눈물을 자아냅니다. 그러나 더

가슴 아픈 것은 그 글에 붙여, "지금의 문장을 기준 삼아 읽으면 의아할 테니 상자 속에 감추어 두라."고 경계한 처남 이재성의 평어評語입니다. 정조는 인간의 희로애락을 표현한 소품문을 '문체반정'文體反正의 이름으로 배격했고 박지원을 그 원조로 지목했는데, 이재성의 평어는 바로 그런 시대 사정을 반영합니다. 그러고 보면 풍자와 해학은 물론 슬픔과 비애도 박지원에게는 허락되지 않았던 셈입니다. 웃지도 울지도 못하는 세상, 감정과 욕망을 그릴 수 없는 세상에서 그 자유자재의 붓이 겪었을 울울함이 조금은 짐작이 가지 않는지요.

박지원의 울창한 문장 속에서 울고 웃기를 한 달여, 이제 나는 기꺼이 그를 조선 최고의 문장가로 꼽습니다. 맑은 시냇물 같은 이덕무의 소품을 사랑하고 서늘한 대숲 같은 정약용의 기상을 흠모하지만, 솔직히 문장은 박지원이란 생각이 듭니다.

그러나 문장가 박지원에 대해서처럼 지식인 박지원에 대해서도 흔쾌한 것은 아닙니다. 실학의 대명사요 북학파의 거두로 불리는 그이지만 그가 사상적으로나 정치적으로 당대 사회의 모순에 정면으로 대응했다고는 생각지 않습니다. 임금의 사위를 배출한 노론 명문가의 일원이었던 그는 균역법과 탕평책을 배척한 당론에 철저했고, 당시 복색이 오랑캐의 습속에 물든 것이라며 자기 집에서는 중국식 복식을 고집하기도 했습니다.

물론 이런 한계가 박지원에게만 해당되는 것은 아닙니다. 박지원과

     마녀의 연쇄 독서

더불어 18세기 개혁 사상의 대표 주자로 손꼽히는 정약용 역시 성리학과 당파의 굴레를 벗어나지 못했습니다. 그러니 좁은 조선 땅에서 서로의 문명文名을 익히 들었을 두 사람이 (더구나 이덕무, 박제가 등이 정약용의 규장각 동료요 박지원의 절친으로 교집합을 이루었음에도) 함께 머리를 맞대고 시대를 고민하기는커녕, 서로에 대해 언급도 꺼리고 만나지도 않은 것이겠지요.

쓸쓸한 얘기지만, 노론과 남인이라는 당파의 벽조차 넘지 못한 그들이 과연 신분과 사상의 벽을 넘을 수 있었을까, 새삼 의문이 듭니다. 학창 시절 실학은 근대사상의 맹아라고 입이 닳도록 외었지만, 또 한때는 강단에 서서 학생들에게 그리 가르치기도 했지만, 막상 실학의 대표작으로 꼽히는 책들을 읽을수록 의심스러워집니다. 박지원의 빼어난 문장과 정약용의 곧은 지성을 의심하는 것이 아닙니다. 아무리 뛰어난 예술도, 아무리 정직한 지성도, 그것만으로 시대와 역사로부터 면죄부를 받을 수 있는 것은 아니기 때문입니다.

박지원은 탁월한 문장가였지만, 해 아래 새로운 문장이 없듯이 그의 문장 역시 앞선 이들의 고민과 성취를 담고 있습니다. 백화문을 활용해 현장감을 살린 『열하일기』의 묘사에선 당대를 풍미한 『수호전』의 영향이 보이고, 호랑이를 내세워 인간을 질타하는 「호질」에서는 선조 때 문장가 유몽인의 「호정문」이 읽히며, 또한 참된 문장을 어린아이의 순수함으로 설명하는 대목에선 중국의 이단 사상가 이탁오의 동심설童心說이 떠오릅니다. 멀리는 사마천의 『사기』로부터 가까이는 명말明末 공안파에 이르기까지, 박지원은 다양한 문학을 연구하며 자신의 세계를 완성해 갔습니다. 그 자신이 말한 법고창신法古創新(옛것을 본받고 새로운 것을 창조한다)의 문학론을 스스로 실천한 것이지요.

안타까운 것은 그가 자신의 문학에 거름이 된 앞선 성취들을 공개적으로 인정하지 않은 점입니다. 물론 주자학을 숭상하는 조선에서 양명좌파인 이탁오와 그를 이은 공안파를 언급하기는 어려웠겠지요. 또한 임금이 정책적으로 배척하는 패설 문학의 영향을 인정하기도 힘들었을 겁니다. 더구나 그는 이들 모두를 비판적으로 극복했다고 믿고 있었으니 더욱 말할 필요를 못 느꼈겠지요.

그러나 2백 년이 지나서 그의 글을 읽는 나는, 그가 이탁오와 공안파와 『수호전』에서 영감을 얻어 자신의 문학을 개진했노라고 말했으면 어땠을까 싶습니다. 그들의 한계를 비판하기 전에 그들을 낳은 주자학의 한계를 먼저 비판했으면 어땠을까 상상해 봅니다. 그랬다면 십중팔구 사문난적으로 몰렸겠지만 거기서 또 다시 새로운 역사가 열리지는 않았을까요.

물론 다 부질없는 상상이지요. 허나 박지원을 만나 그의 목소리와 그의 붓놀림에 흠뻑 빠져들고 나니 박지원에 대해, 그가 살던 세상에 대해, 그 시대와 조선의 근대에 대해, 지식인의 삶에 대해, 부질없는 상상을 포함하여 이런저런 생각이 많아집니다. 그나저나 박지원 때문에 많아진 게 이뿐만이 아닙니다. 수천 쪽이 넘는 책을 읽느라 눈병이 나고 허리가 쑤시고 어깨가 결리니⋯⋯. 에구구, 고전이 사람 잡네!

 마녀의 연쇄 독서

민주주의의
두 얼굴을
말하다

알렉시스 드 토크빌 지음,
임효선·박지동 옮김,
『미국의 민주주의 I·II』,
한길사, 1997

한 달 동안 박지원의 자유자재 능수능란한 붓놀림에 홀려 『열하일기』
와 『연암집』을 합쳐 수천 쪽을 읽고 나니 눈은 침침하고 속은 울렁울렁
한 것이 책 멀미가 나더군요. 그래서 다음 연쇄는 무조건 5백 쪽 이하
만 읽기로 작정했는데 마침 문예 이론가 발터 벤야민이 쓴 『모스크바
일기』[1])가 눈에 띄었습니다. 벤야민이 1926년 12월부터 1927년 2월까
지 모스크바를 여행하며 쓴 글인데 부록까지 다 합쳐도 340쪽이 채 안
되는데다, 조선 지식인 박지원의 중국 여행기에서 독일 철학자 벤야민

---

1) 발터 벤야민 지음, 김남시 옮김, 『모스크바 일기』(그린비, 2005).

의 모스크바 여행기로의 연쇄라면 제법 그림이 될 것 같았지요.

하지만 사흘간의 정독 끝에 독후감을 쓰는 것은 포기했습니다. 벤야민의 예리한 감성과 섬세한 통찰이 매혹적이긴 하지만 그의 문제의식을 내 것으로 하지 못한 상태에서, 그의 사유가 오늘 내게 갖는 의미가 모호한 상태에서 뭔가를 쓴다면 그건 벤야민이라는 이름을 내건 허영의 독서가 될 뿐이란 생각이 들었기 때문입니다.

그러곤 이 책 저 책 뒤적였으나 인연 닿는 책은 없이 시간은 흐르고 더는 '5백 쪽 이하'를 고수할 수가 없게 되었습니다. 결국 두꺼워도 좋다고 맘먹자 그 순간 기다렸다는 듯이 책 한 권이 떠올랐습니다. 알렉시스 드 토크빌의 『미국의 민주주의』. 19세기 프랑스 정치사상가 토크빌이 미국을 돌아보고 쓴 두 권짜리 대작인데 『열하일기』의 연쇄서로는 제격이다 싶더군요. 『열하일기』는 중국 여행, 『미국의 민주주의』는 미국 여행이 책을 쓴 계기라는 것도 그렇고, 박지원은 중국을 다녀와 북벌에 사로잡힌 조선에 북학을 일깨웠고 토크빌은 미국을 여행한 뒤 민주주의의 시대를 선언했으니 꽤 어울리는 짝이란 생각이 들었습니다.

아무튼 이리하여 『미국의 민주주의』를 읽기로 하였으나 책을 펼치자 한숨이 나옵니다. 눈이 시릴 만큼 빼곡한 활자들이 기를 꺾고 요령부득의 번역 문장이 독서를 심란하게 합니다. 그런데 이상하지요. 이 모든 난관에도 불구하고 책장을 덮고 싶지가 않습니다. 오히려 읽으면 읽을수록 모든 불만이 잊히면서 감탄과 놀람이 이어집니다. 19세기 초 민주주의가 막 싹을 틔우던 시기에 민주주의에 대해 이런 심도 있는 연

 마녀의 연쇄 독서

구를 했다는 게 놀랍기만 합니다. "타는 목마름으로 민주주의여 만세"2)를 외치던 한 시대를 살았음에도, 정작 민주주의의 정체를 놓고 이리 고민하기는 처음이 아닌가 싶습니다. 어쩌면 '민주주의' 하면 '만세!' 했던 기억 때문에 이 책이 말하는 민주주의의 이중성이 더욱 새롭고 놀라운지도 모르겠습니다.

알렉시스 드 토크빌(1805~59)은 박지원처럼 명문 귀족 출신이었습니다. 노르망디의 유서 깊은 귀족 가문인 그의 집안은 프랑스 대혁명으로 큰 타격을 입어, 외증조부를 비롯한 친척들은 단두대에서 목숨을 잃고 부모는 사형 집행 직전에 간신히 살아났습니다. 비록 나폴레옹이 몰락한 뒤 그의 아버지가 지위를 다시 회복하긴 했지만 토크빌은 혁명과 반혁명이 교차하는 혼돈과 불안 속에서 어린 시절을 보냈습니다. 어지간한 사람이라면 혁명을 부정하고 혁명의 주역인 인민에게 증오심을 불태울 만한 조건이지요.

그러나 토크빌은 귀족 지배가 끝났다는 것을, 싫든 좋든 혁명이 시대적 흐름이며 민주주의가 미래라는 것을 인정했습니다. 그리고 왕정과 공화정을 오가며 혼란을 겪는 프랑스 현실에서 어떻게 하면 좀 더 평화롭고 안정적인 민주주의 체제를 수립할 수 있을까 고민했습니다. 미국

---

2) "신새벽 뒷골목에 네 이름을 쓴다, 민주주의여"로 시작하는 김지하의 시 「타는 목마름으로」의 마지막 연입니다.

여행을 생각한 것도 그래서입니다. 그는 민주주의가 실제로 어떻게 작동하는지 살펴보기 위해 친구인 귀스타브 드 보몽과 함께 미국행을 계획했고, 감옥 제도를 시찰한다는 명목으로 여행길에 올랐습니다. 그리고 1831년 5월 뉴욕에 도착해서 이듬해 2월 떠날 때까지 총 9개월간 뉴잉글랜드로부터 켄터키를 거쳐 남부의 여러 주들을 둘러보며 미국 사회를 연구했습니다.

토크빌은 이 여행을 토대로 1835년 『미국의 민주주의』를 내놓았고, 1840년에는 2권을 발표했습니다. 1권이 여행에서 취재한 내용을 바탕으로 실제 미국의 정치·사회 제도를 탐구했다면 2권은 민주주의가 문화·습속에 미친 영향과 대중 독재의 위험성을 경고했는데, 엄청난 인기를 끈 1권에 비해 2권은 큰 호응을 얻지 못했습니다. 하지만 시간이 흐르면서 민주주의가 고독한 군중을 낳고 전체주의로 흐를 수 있다는 2권의 분석이 이후 역사와 맞물려 관심의 대상이 되었고, 결국 두 권 모두 놓칠 수 없는 책이 되었지요.

책의 첫머리에서 "미국에 머무는 동안 내 관심을 끈 신기한 일들 가운데 국민들 생활 상태의 전반적인 평등만큼 나를 놀라게 한 것은 없다."고 고백했듯이, 토크빌이 미국 여행에서 가장 충격을 받은 것은 국민들이 누리는 평등한 생활 상태였습니다. 그는 미국 사회에 대한 연구를 통해 이런 전반적인 평등이 모든 것의 원천이자 핵심이며, 미국은 물론 유럽에서도 역사는 평등을 향해 움직여 왔다는 것을 확인합니다.

마녀의 연쇄 독서

그래서 그는 민주주의의 본질은 평등이며 평등의 진전은 "신의 섭리"이므로 민주주의를 막으려는 것은 "신의 의지를 거역하는 것"이라고 선언합니다. 즉, "계급의 차별이 사라지고 재산은 나누어지며, 권력은 여러 사람들이 나누어 가지고, 지성의 빛이 퍼지고, 모든 계급의 능력이 평등을 향해 움직이는" 민주주의가 바로 인류의 미래라고 보았지요. 민주주의의 본질은 자유(엄밀히 말하면 시장, 아니 자본의 자유이지요.)라며, 역사 교과서에도 '민주주의'가 아니라 '자유민주주의'로 써야 한다고 야단인 현 정부와 일부 보수파들이 이걸 보면 뭐라 할지, 토크빌도 좌파라고 하지나 않을지 모르겠습니다.

아무튼 이처럼 토크빌은 평등한 민주주의에서 미래를 보았지만 그것을 유토피아로 여기진 않았습니다. 그는 현실주의자였습니다. 토크빌은 계급이 사라지고 권력이 분산되고 지성이 대중화되는 평등에는 불가피하게 어두운 그림자가 따른다는 것을 알았습니다. 또한 미국식 정치형태가 유일무이한 지고의 민주주의 체제라고 생각하지도 않았습니다. 그는 민주주의로부터 얻을 수 있는 이익과 폐해를 분석하여 이익은 늘리고 폐해는 교정하는 방안을 모색했지만, 동시에 어떤 법과 정치 제도도 상식과 도덕을 대신할 수는 없다고 믿었습니다.

먼 이국땅에서 갖은 고생을 하며 취재하고 그것을 바탕으로 1천 쪽에 달하는 방대한 정치학을 저술했음에도, 그는 정치(학)의 한계를 알았고, 인간도 정치도 끊임없이 유동하는 존재라는 걸 잊지 않았습니다. 이 책이 2세기가 지난 오늘날에도 매력적으로 다가오는 이유는 바로

이 유동성에 대한 인식, 획일성을 부정하는 정신, 한계를 인정하는 의식 때문일 겁니다.

미국식 민주주의에서 토크빌이 특히 주목한 것은, 권력 분산을 이끄는 지방자치와 개인의 권익을 보장하는 다양한 결사체들이었습니다. 그에 따르면, 상층에서 시작되어 아래로 내려가는 유럽식 정치와 달리 미국에선 행정과 권력의 기초인 "타운 제도가 카운티보다 먼저, 카운티가 주보다 먼저, 주가 연방the Union보다 먼저 조직"되었으며, 따라서 중앙집권화된 정부는 있어도 중앙집권화된 행정은 없었습니다. 즉, 미국에서는 자발적인 지방자치가 "개인들에게 이익과 관심의 원천을 제공"하여 정치에 대한 적극적인 참여를 이끌어 낸 것이지요.

지방자치만이 아닙니다. 시민들은 다양한 자발적 결사를 통해 자신의 이해가 사회적 이해와 연결되어 있다는 공공 의식을 갖게 되며 스스로 질서 유지에 동참합니다. 물론 결사의 자유를 무제한적으로 허용하거나 남용한다면 "나라를 무정부 상태로 빠트릴" 수도 있습니다. 하지만 토크빌은 그 때문에 결사의 자유를 부정한다면 "전제專制를 막을 방책은 찾을 수 없"으며, 인민은 정치에 무관심한 개인으로 전락할 것이라고 역설합니다. "전제는 일반적인 무관심을 조장"하기 때문이지요.

토크빌은 미국 고유의 지방자치, 자발적 결사, 배심제도 등에서 주권재민主權在民이 가진 힘을 보았습니다. 하지만 그는 주권재민이 가진 이런 긍정성 뒤에는 위험성도 숨어 있다는 걸 알았습니다. 일례로 토크빌은 절대왕정에서는 정부에 적대적인 사상이 은밀히 유포될 수 있지만, 미

        마녀의 연쇄 독서

국에서는 일단 다수의 결정이 정해지면 모두 입을 다문다고 지적합니다. "군주의 권한은 실질적인 것으로서 사람들의 행동은 통제하지만 그 의지는 억제할 수 없다. 그러나 다수는 실질적이면서 윤리적인 권력을 갖고 있어서 행동은 물론 의지에도 작용하며 모든 토론까지 억압한다."는 겁니다.

때문에 그는 역설적으로 "미합중국만큼 사상과 언론의 진정한 자유가 결여된 나라는 없다."고 말합니다. 나아가 이런 민주공화정은 "억압을 마음의 문제로 만들었다."고 비판합니다. 자본과 권력이 숱한 매체를 통해 대중의 영혼까지 지배하는 현대사회를 떠올릴 때, 억압의 내면화를 예견한 이 같은 통찰은 놀랍기만 합니다.

긴 독재 시대를 겪은 탓인지 한국 사회에서는 아직도 '민주냐 반민주냐' 식의 질문과 선택이 주를 이룹니다. 이 경우 민주주의는 절대 선으로 전제되어 민주주의 자체에 대한 질문이나 토론은 이루어지기 힘듭니다. 하지만 토크빌은 민주주의를 시대의 대세로 인정하면서도 민주주의의 이중성을 논하고 평등의 폐단을 천착했습니다. 누구는 이를 두고 반민주적인 토크빌의 귀족 성향이 표현된 것이라 하지만, 그의 논의를 단지 출신 성분에서 나온 불만이나 까탈로 치부하는 건 지나치게 일면적인 시각입니다.

토크빌이 누구보다도 민주주의가 추구하는 평등의 위험성에 민감했던 것은 분명합니다. 그가 보기에 민주사회에서 평등은 개인의 독립을 보장함과 동시에 개인주의를 확산시켜 고독한 인간을 양산합니다. 사회가 평등해지면 "자신의 욕구를 충족시킬 만한 교육과 재산을 가진 사람의 수는 증가"하는데, 그들은 "빚진 것도 없고 기대하는 것도 없"기에 "항상 홀로 지낸다고 생각하며 자신의 운명은 자신의 손에 달려 있다고 생각"합니다. 그 결과 "민주주의는 자기 자신에게만 매달리게 하며 마침내 인간을 완전히 고독한 존재로 가둘 위험을 안게" 되지요.

문제는 이런 개인주의 때문에 개인이 오히려 다수 대중의 영향에 취약해진다는 것입니다. 사회가 평등할 때 사람들은 특정 계급보다 대중을 신뢰하게 되고 여론이 가장 큰 힘을 갖게 됩니다. "대중은 설득을 통해 각각의 시민으로 하여금 대중적 신념을 받아들이도록 하는 것이 아니라, 전체 의사라는 일종의 거대한 압력을 통해 대중적 신념을 강제로 받아들이게 하기" 때문입니다. 그래서 토크빌은 '다수결'과 '여론'이라는 민주주의적 원칙들이 소수에 대한 다수의 지배를 정당화하고 사상의 획일성을 낳는다고 경고합니다.

20세기 파시즘의 역사는 그가 경고한 다수의 전제정치가 얼마나 위험한지를 생생히 보여 주었습니다. 또한 의식주 같은 생활 방식부터 사고방식에 이르기까지 전 세계가 표준화되고 규격화된 오늘날의 민주사회를 생각하면, 사상의 획일성과 그로 인한 몰개성을 우려한 토크빌의 예견력에 놀라지 않을 수 없습니다. 하지만 그가 살아 있다면 자신의 불길한 예견이 현실로 나타난 데 누구보다 절망했을 듯합니다. 긴 여행과 방대한 저술 작업을 하며 그가 꿈꾼 것은, 모든 사람이 군주에게도 대중에게도 종속되지 않는 자유로운 민주주의였으니까 말이지요.

 마녀의 연쇄 독서

『미국의 민주주의』를 읽던 어느 날, 활자에 지친 눈을 쉬려고 도서관에서 DVD를 빌렸습니다. 로버트 레드퍼드가 감독에 연기까지 하고 톰 크루즈와 메릴 스트립이 나온다는 데 혹해서 고른 영화는 〈로스트 라이온스〉. 원제는 '양떼를 위한 사자'Lion for Lambs인데, 제2차 세계대전 당시 독일 장교가 영국군은 어수룩한 양 같은 장교들 때문에 사자같이 용감한 병사들이 희생된다고 꼬집은 데서 나온 말이랍니다. 사실 처음엔 그 뜻도 모른 채 그저 배우들이 좋아서 봤는데, 영화 보는 내내 『미국의 민주주의』가 떠오르고 민주주의가 무엇인지 고민하게 되더군요. 책에서 영화로 뜻밖의 연쇄가 일어난 셈이랄까요.

특히 이 영화에서 인상적이었던 것은, 유색인종인 두 학생이 정치적 실천에 무관심한 앵글로아메리칸 학생들을 비판하며 아프가니스탄 전쟁에 참전하겠다고 선언하는 대목입니다. 그들은 전쟁의 정당성을 의심하면서도 미국 민주주의에서 유색인인 자신들의 지분을 확보하기 위해 참전을 결심합니다. 교수는 무의미한 희생이라며 그들을 말리지요. 하지만 학생들은 단호합니다. 민주사회에서 발언권을 갖기 위해선 희생을 감수해야 하며, 정치적 자유를 얻기 위해선 말뿐인 정의를 넘어 죽음을 무릅쓴 행동이 필요하다고 믿기 때문입니다.

토크빌의 책을 읽고 레드퍼드의 영화를 보면서 민주주의는 피를 먹고 자란다는 말이 단순한 시적 수사가 아니라는 생각이 들었습니다. 피를 흘려 얻은 민주주의가 또 다른 피를 부르는 현실 때문에 혹자는 민주주의의 정당성을 의심하고 정치적 허무주의를 설파하기도 합니다.

하지만 정치란 지고의 선을 행하는 것이 아니라 지고의 선을 향해 나아가는 것, 그 나아감을 위해 기꺼이 현재의 흔들림을 감수하는 것이 아닐까요?

아니, 정치만이 아니라 삶도 마찬가지일 겁니다. 완전을 꿈꾸는 불완전한 존재로서 우리는 비틀거리며 나아갑니다. 비틀거리기 싫어 그 자리에 머물 것인지, 비틀대는 존재들끼리 어깨를 걸고 한 걸음 한 걸음 나아갈 것인지, 판단은 개인의 몫이지만 결과는 우리 모두의 몫입니다. 지금은 어쨌거나 민주주의의 시대이니까요.

마녀의 연쇄 독서

연
쇄

8

베르나르 앙리 레비 지음,
김병욱 옮김,
『아메리칸 버티고』,
황금부엉이, 2006

어지러워도
버티자고!

알렉시스 드 토크빌의 『미국의 민주주의』에서 이어진 독서는 내가 선택했다기보다 선택을 당했다고 해야 맞을 것 같습니다. 연쇄 독서가 일어나기 전에 먼저 연쇄 저술이 있었기 때문인데, 프랑스 철학자 베르나르 앙리 레비가 쓴 『아메리칸 버티고』가 바로 그 책입니다.

레비는 스물아홉 살 때 발표한 처녀작 『인간의 얼굴을 한 야만』[1]을 비롯해 『보들레르의 마지막 나날들』,[2] 『사르트르 평전』,[3] 『공공의 적

---

1) 베르나르 앙리 레비 지음, 박정자 옮김, 『인간의 얼굴을 한 야만』(프로네시스, 2008).
2) 베르나르 앙리 레비 지음, 박혜영 옮김, 『보들레르의 마지막 나날들』(책세상, 1997).
3) 베르나르 앙리 레비 지음, 변광배 옮김, 『사르트르 평전』(을유문화사, 2009).

들』,4) 메디치상을 수상한 장편소설 『머리 속의 악마』5) 등 장르를 넘나
든 다양한 저술로 유명한 프랑스의 대표적인 지식인입니다. 그가 2006
년 발표한 『아메리칸 버티고』는 '반反-반미주의자'를 자처하는 레비가
토크빌의 발자취를 따라 미국 전역을 여행하며 쓴 일종의 미국 견문기
입니다. 여기서 레비는 토크빌이 감옥 시찰을 명분으로 미국 여행을 한
데 착안하여, 그 유명한 앨커트래즈 감옥부터 쿠바에 있는 관타나모 수
용소까지 미국 전역의 여섯 개 감옥들을 탐사하며 충실히 토크빌의 도
정을 좇습니다.

하지만 그가 처음부터 토크빌에게 관심이 있었던 것은 아닙니다. 토
크빌의 자취를 따라간다는 책의 기획도 그가 아니라 연재를 의뢰한 『월
간 애틀랜틱』의 발상이었지요. 사실 레비는 『월간 애틀랜틱』이 "토크
빌의 발자취를 따라가 보면 어떻겠느냐는 제안을 했을 때만 해도 그에
관해 평균 수준의 교양을 갖춘 미국인들보다도 아는 게 적었"습니다.
마오 사상과 구조주의가 유행하던 1960년대 말 청춘을 보낸 레비에게
토크빌은 관심도 없는 "이류 저술가"일 뿐이었지요.

그러나 『월간 애틀랜틱』의 제안을 받고 토크빌의 저작을 읽은 레비
는 "이 계몽의 사절이 지닌 가치를 좀 더 일찍 깨달았다면 무의미한 논
쟁들로 세월을 허비하는 일은 없었을지도 모른다."라고 고백합니다. 그

---

4) 베르나르 앙리 레비·미셸 우엘백 지음, 변광배 옮김, 『공공의 적들』(프로네시스, 2010).
5) 베르나르 앙리 레비 지음, 김병욱 옮김, 『머리 속의 악마』(프로메테우스출판사, 2005).

 마녀의 연쇄 독서

리고 그는 토크빌의 책·노트·편지들, 알제리와 영국을 여행한 기록은 물론 함께 미국을 여행한 친구 보몽이 쓴 글까지 모조리 읽은 뒤 미국 여행길에 오릅니다. 토크빌이 민주주의의 모델이라고 생각했던 나라를 둘러보며 과연 미국의 민주주의는 어떤 모습이며 반미주의자들의 비판은 정당한지, 미국의 실상을 제대로 탐사하겠다는 야심 찬 목적을 갖고 떠난 여행이었지요.

레비가 도착한 곳은 토크빌이 첫발을 내딘은 미국 동부 연안의 뉴포트. 그곳에서 그가 맨 처음 만난 것은 깃발들입니다. 거리에, 건물 정면에, 자동차 보닛에, 심지어 젊은이들의 티셔츠에까지, 도처에서 펄럭이는 성조기를 보며 "깃발이 사라진 나라"에서 온 그는 당혹감을 느낍니다. 그는 이 깃발의 홍수가 어떤 의미인지 묻습니다. 하나의 국가가 되는 데 어려움을 겪는 미국인의 복잡한 애국심을 반영한 것일까? 아니면 토크빌이 지적했듯이, 역사가 오래된 나라들에서 나타나는 "본능적"인 애국심이 아닌 "의도된 애국심"이기에 오히려 과잉 표현된 것일까?

질문은 이어지고, 레비는 깨닫습니다. 자신이 이 나라를 모르고 있다는 것을. 좋아했던 나라이고 방문한 적도 있으며, 젊어서는 그 문학과 영화와 문화에서 많은 영향을 받았음에도 정작 이 나라에 대해 아는 것이 없음을 그는 절감합니다. 『아메리칸 버티고』*American Vertigo*, 즉 '미국의 현기증'은 이렇게 시작됩니다.

여행의 시작, 레비가 처음 찾은 곳은 뉴욕의 섬 감옥 라이커스 아일

랜드입니다. 지도에도 없는 이 "절망의 섬"에선 갇힌 자도 지키는 자도 대부분 흑인과 히스패닉. 그들은 한때 거대한 쓰레기장이었던 이곳에서 매일 맨해튼의 스카이라인을 바라보며 살고 있습니다. 레비는 이 잔인한 현실 앞에서 이곳이 감옥이 맞느냐고, "사람들을 신종 쓰레기로 탈바꿈시키는" 쓰레기 처리장이 아니냐고 의심합니다. 그리고 의심은 악명 높은 앨커트래즈를 거쳐 라스베이거스의 말끔한 사설 감옥에서 확신으로 바뀝니다.

…… 몸은 사육되지만 정신은 만신창이가 된다. 영혼은 정지되고 망실된다. 인간적 빛의 종말, 인간쓰레기가 된다. 라이커스 아일랜드에서 시작되었고 앨커트래즈에서 다시 보았던 그 제거와 배척의 제스처의 완성 단계다.

제거의 제스처가 최종적으로 완성되는 곳은 레비가 마지막으로 찾아간 관타나모 수용소입니다. 레비는 그곳에서 "타자를 미친 짐승처럼 다룰 때조차 그의 '영적 욕구'까지 신경 써주는 체하는 태도"를 접합니다. 그가 미국의 감옥들에서 익히 보아 온 전형적인 태도였지요. 그래서 그는 "관타나모야말로 미국 교도소 체계의 압축판"이며 미국에 대한 분석은 여기에서 출발해야 할 것이라고 말합니다. 폭력과 배려가 공존하는 이 이중성이야말로 현기증 나는 미국의 정체이자 현실이니까요.

물론 레비가 감옥이라는 극한의 공간만 갖고 미국을 논하는 것은 아닙니다. 그는 1년 동안 미국 전역을 돌며 대도시와 사막, 야구 박물관과

　　　마녀의 연쇄 독서

총기 전시회장, 매음굴과 교회, 아미쉬 공동체와 인디언 보호구역, 공화당과 민주당 전당대회장 등 다양한 장소에서 각계각층의 사람들을 만납니다. 창조론을 설파하는 헬기 조종사, 히스패닉 출신으로 멕시코인 밀입국자를 잡는 순찰 장교, 감옥에서 죽음을 기다리는 말기 암환자, 이혼한 레스토랑 여종업원…… 모순되고 불안하지만 확신에 찬 필부필부匹夫匹婦에게서 레비는 미국의 모습을, 의심과 믿음이 뒤섞인 현재를 봅니다.

그리고 또 다른 모습, 샤론 스톤, 워런 비티, 조지 부시, 힐러리 클린턴, 버락 오바마, 조지 소로스, 프랜시스 후쿠야마, 새뮤얼 헌팅턴 등 이름만 대면 알 만한 유명인들이 보여 주는 모습도 있습니다. 평범한 필부들을 볼 때와 달리 그들을 보는 레비의 시선엔 날이 서있습니다.

그는 "잘못 자란 어린아이" 같은 조지 부시의 "시커먼 유치함"에, 유색인종을 증오하는 새뮤얼 헌팅턴의 비열함에, 통일교의 지원을 받는 아메리카 원주민 행동주의자 러셀 민스의 이중성에 노골적인 혐오를 드러냅니다. 심지어 르윈스키 사건을 일으킨 저널리스트 데이비드 부록에 대해선 "가장 역겨운 변절자"이며 이런 자들의 "정크(쓰레기) 정치"를 끝내기 위해 언론사들은 윤리 헌장을 만들어야 한다고 목소리를 높입니다.

하지만 칼날 같던 그의 펜도 워런 비티와 버락 오바마 앞에서는 솜방망이로 변합니다. 전미 노동 총연맹 회의실에서 영화배우 워런 비티를 만났을 때, 그는 "이 교양 있는 휴머니스트 미국인"에게 홀딱 반해서 그가 정계 진출을 하지 않는 것을 누구보다 애석해합니다. 또한 2004년 7월 27일 밤 11시 민주당 전당대회에서 처음 오바마를 보았을 때, 그는 "흑인 클린턴" 같은 이 신인 정치가에게 매혹당해 "이 이름을 기억해야 할 것"이라고, 어쩌면 그가 "아메리카에 대한 비난 대신 아메리카의 희망이고자 한 최초의 흑인" "미래의 혼혈 대통령"이 될지도 모른다고 전망합니다. 단 한 번의 연설과 짧은 만남을 통해 최초의 흑인 대통령을 예감한 레비의 통찰력도 놀랍지만, 처음 본 이방인을 단숨에 사로잡은 정치인 오바마의 매력도 놀랍기만 합니다.

레비는 이처럼 자신이 만난 정치인·경제인·학자·영화배우·언론인 등 숱한 인물들에 대해서 때론 속 시원하고 때론 간담이 서늘해질 만큼 신랄한 품평을 해댑니다. 남의 말 하는 것도 재밌지만 남의 말 하는 걸 듣는 재미도 쏠쏠해서, 처음엔 킬킬대며 읽었습니다. 그런데 어느 순간 마음 한편이 석연치 않더군요. 그가 공정한 듯 내민 평가의 잣대가 사실은 한쪽으로 치우쳐 있다는 생각이 들었기 때문입니다.

정크 언론인과 이중적인 운동가들에게 진저리를 치지만, 사실 책의 전편에 걸쳐 레비가 가장 진저리를 치는 것은 반유대주의입니다. 유대계 프랑스인인 그는 기독교 문명과 이슬람 문명의 대립을 강조하는 새뮤얼 헌팅턴의 문명 충돌론을 비판하고, 9·11사태 이후 이라크 전쟁을 정당화하는 네오콘에 반대한다는 점에서 완고한 유대 민족주의자들과는 거리가 있습니다. 그러나 모든 억압과 차별의 현장에서마다 어김없이 유대 민족의 희생을 떠올리는 그가, 분열을 부추기는 시온주의자와

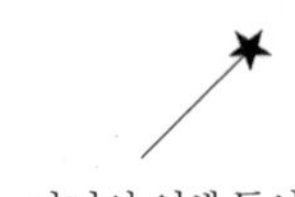

　마녀의 연쇄 독서

이스라엘의 팔레스타인 억압정책에 대해선 한결같이 침묵을 지키는 걸 보면, 그 거리란 것이 그리 멀지만도 않다는 생각이 듭니다.

이 점을 뒷받침하는 에피소드 하나. 유대교가 활발한 도시 브루클린에서, 레비는 지지를 부탁하러 온 공화당원들(그중에는 공화당 대선 주자로 급부상했던 복음주의자 릭 샌토럼도 있습니다.)과 유대교 랍비들이 만나는 현장을 함께합니다. 그는 "고도의 영적 차원과 표를 구걸하는 이들의 아둔한 무관심이 맞닥뜨린 이 꼴사나운 대면"을 전하며, 누굴 더 비난해야 할지 모르겠다고 말합니다. 하지만 그는 환심을 사려는 공화당원들은 한껏 조롱하면서도, "역사와 지혜를 가진 이의 입장에서 판촉 사원들을 지켜보는" 랍비들에 대해선 말을 아낍니다.

대신 그는 유대 공동체가 약해지면 지원을 청하던 공화당원이나 미국 모두 이스라엘에 등을 돌릴 것이라며, 이스라엘에 불변의 지지를 보내지 않는 미국 정가의 기회주의적인 태도를 비판합니다. 이스라엘에 대한 미국의 확고한 지지가 서남아시아에서 갈등과 분열을 부추기고 전 세계적으로 근본주의가 득세하는 데 일조한 것이 분명한데도 지지의 필요성을 의심하는 대신 당위성만을 주장하다니! 나는 그 모습에서 지식인 레비가 아닌 유대인 레비를 보았고 불편함을 느꼈습니다.

하지만 이보다 더 불편했던 것은 프랑스 지식인 레비의 서구 중심주의입니다. 1년여에 걸친 긴 여행의 막바지에서 그는, 미국은 '타자'이지만 "동양이나 아프리카, 아메리칸인디언 타자" 같은 타자는 아니며 "우리(유럽인)에 대해 말하는 타자"라고 고백합니다. 한마디로 그에게 '우리'란 '유럽인과 앵글로아메리칸'을 가리키며, 거기 유대인은 포함되지만 다른 민족, 다른 인종은 포함되지 않는다고 할 수 있지요.

바로 그 때문에 나는 그가 수단·아프가니스탄·이라크 등에 대한 미국의 개입을 비판하는 반미주의를 "무능한 정신병자"라고 공격할 때, 또 일부 아랍권에서 일고 있는 테러리즘을 제3세대 파시즘으로 규정하고 강력한 반전체주의 투쟁을 촉구할 때, 그에게 선뜻 동의할 수 없었습니다. 수단과 파키스탄, 아프가니스탄 등에서 벌어지는 반인도적 범죄에 치를 떠는 만큼, 그가 팔레스타인에 대한 이스라엘의 반인도적 폭력에 분노하지 않는 건 분명합니다. 형평성을 잃은 시각이고 명백한 이중 잣대이지요.

그러나 단지 이런 이중성 때문에 그를 비판하는 것은 아닙니다. 팔은 안으로 굽는다고, 제 민족에 기우는 마음을 이해 못할 것도 없지요. 문제는 테러를 주동하는 세력들을 싸잡아 파시즘이라 할 수 있는지, 또 설령 그의 말처럼 파시즘이라 해도 파시즘을 응징하기 위해 타국이 군사력을 동원해도 되는지, 어떤 나라가 독재정치를 할 때 다른 나라가 군사적으로 개입하는 것이 정당한지, 그런 식으로 민주주의를 발전시킨다는 발상 자체가 서구 중심적이고 패권주의적인 시각은 아닌지…… 해결되지 않은 질문들이 너무나 많다는 사실입니다.

『아메리칸 버티고』에서 보여 주는 건 미국의 현기증이지만 따지고 보면 그것은 단지 미국만의 현기증이 아닙니다. 레비가 지적하듯이, 위

　　　　　　마녀의 연쇄 독서

기의 증후들은 도처에서 나타납니다. 다인종·다민족 국가인 미국도 증가하는 디아스포라들로 인해 곤란을 겪고 있으며, 극단적 빈곤의 확대로 민주주의가 위협받고, 인종과 계급에 따른 부족화(부자와 노인을 위한 보호구역들이 그런 예이지요.)가 심해지면서 공동체주의는 해체되고 있습니다. 그리고 한국을 비롯한 많은 나라들이 똑같은 문제들로 어려움을 겪고 있습니다.

더구나 위기는 이런 현실만이 아니라 현실을 보는 우리의 시선에서도 나타납니다. 자유, 평등, 인권, 박애, 민주주의…… 지난 수 세기 동안 우리가 믿고 의지했던 가치들이 의심스러워지면서 우리의 내부에서 분열이 일어나고 있습니다. 자신도 모르는 새 인종적·민족적 편견을 드러내는 레비는 물론이요, 머리로는 민족을 의심하면서도 가슴은 국기에 대한 경례를 하는 식민지 후예인 나 역시 현기증에 시달리는 존재입니다.

그리고 지난해부터 이집트·리비아·예멘·시리아 등지에서 벌어진 민주화 투쟁은 또 다른 현기증을 부릅니다. 리비아 사태로 수천 명의 희생자가 났을 때 국제사회는 독재 정권을 비난했고 프랑스 등 서방국가는 다국적군을 투입해 직접 개입했습니다. 또한 비슷한 일이 벌어지고 있는 시리아에 대해서도 적극적인 군사개입을 촉구하는 목소리가 높습니다. 정권 유지를 위해 갖은 악행을 저지른 독재자를 몰아내는 데 도움을 주는 것, 도움을 청하는 손길을 외면하지 않는 것은 늘 정당한 행위로 여겨졌으니까요.

그러나 보스니아와 아프가니스탄, 이라크와 리비아의 경험은 문제가 그리 간단치 않음을 보여 줍니다. 반인도적 권력을 응징한다는 명분 아래 감춰진 이권 다툼과, 인도주의의 이름으로 이루어진 군사개입이 또 다른 반인도적 결과를 낳는 딜레마를 알기에 민주주의와 인권을 내세우는 이들조차 무엇이 정의인지 확신하지 못합니다. 현기증은 바로 거기서도 일어납니다.

하지만 이런 현기증이나 딜레마가 새삼스러운 건 아닙니다. 토크빌이 민주주의의 내부에서 이미 독재의 가능성을 보았던 것처럼, 살아 움직이는 것치고 딜레마 없는 것은 없지요. 그러니 중요한 건 그에 대처하는 사람일 겁니다. 정치도 민주주의도 결국 사람이 하는 일이고 사람이 사는 일이라면, 중요한 건 정답을 내세워 냉소하는 지성이 아니라 정답을 만들려는 의지요 관심일 테니까요.

토크빌에서 시작해 레비까지, 보스턴에서 출발해 샌디에이고까지 이르는 긴 민주주의의 여정을 마무리하며, 빈약한 지성으로 너무나 냉소적이었던 내 자신을 돌아봅니다. 핑그르르, 현기증이 납니다.

견딜 수 없는
나를 읽다

서경식 지음,
박광현 옮김,
『시대의 증언자 쁘리모 레비를 찾아서』,
창비, 2006

베르나르 앙리 레비의 미국 여행기 『아메리칸 버티고』를 덮을 즈음 머릿속에 떠오른 이름은 에드워드 사이드였습니다. 유대계 프랑스 지식인 앙리 레비를 읽었으니 균형을 맞추기 위해서 팔레스타인 출신의 문화 비평가 사이드를 읽으면 좋겠다는 생각이 들더군요. 그리고 국내에 번역된 사이드의 책들을 살펴보았는데 아무래도 그의 대표작인 『오리엔탈리즘』으로부터 시작해야 할 것 같았습니다. 서구가 다른 지역을 타자화한 역사를 분석해 서구 중심적 시선에 균열을 일으킨 그 책을 제쳐 두고 사이드를 말할 순 없으니까요.

하지만 『아메리칸 버티고』에서 『오리엔탈리즘』으로의 연쇄는 일어나지 않았습니다. 한 문장 한 문장 읽을 때마다 자꾸 교열을 보게 되니

도무지 책장이 넘어가야 말이지요. 결국, 지금보다 가독성 높은 한국어 문장으로 개정되길 바라면서 사이드 독서는 다음으로 미뤘습니다. 그러고 대신 고른 것은 재일 조선인 서경식이 쓴 『시대의 증언자 쁘리모 레비를 찾아서』(이하 '시대의 증언자'로 약칭)입니다.

왜 하필 이 책이냐고요? 우선, 여기 나오는 프리모 레비[1]가 『아메리칸 버티고』를 쓴 베르나르 앙리 레비와 같은 유대계인데다 성姓도 똑같은 겨레붙이이기 때문입니다. 또 '프리모 레비를 찾아서'라는 제목에서 알 수 있듯이 이 책은 아우슈비츠 수용소의 생존자였던 프리모 레비의 무덤을 찾아가는 적막한 여정을 담고 있으니, 일종의 유사 여행기로서 『아메리칸 버티고』와 상통하기도 합니다. 연쇄 독서의 빌미로는 제법 그럴듯한 공통점이지요.

그런데 솔직히 말해서 내가 서경식의 책을 떠올린 것은 이런 공통점보다는 차이점 때문이었습니다. 자유·인권·반전체주의의 가치를 믿고 자신이 그 가치의 대변자임을 확신하는 베르나르 앙리 레비와 달리, 프리모 레비와 서경식은 20세기의 대학살 이후에도 과연 인간이 또한 자신이 이런 가치를 말할 수 있는지 의심하는 이들이었고 그게 마음을 끌었습니다. 앙리 레비의 자기 확신에 현기증이 난 터라 회의하는 그들에

---

1) 창비에서 나온 서경식의 책에선 '쁘리모 레비'로 표기했으나, 외래어표기법과 레비의 책들을 펴낸 다른 출판사들이 모두 '프리모 레비'로 표기하고 있는 점들을 고려해 여기서는 '프리모 레비'로 표기합니다. 뒤에 나오는 '엘리 비젤' 역시 '엘리 위젤'로 고쳐 표기합니다.

 마녀의 연쇄 독서

게 더 끌렸다고나 할까요. 아무튼 이런 닮은 듯 다른 점들이 작용해『아메리칸 버티고』에서『시대의 증언자』로의 연쇄가 일어났습니다.

나는 서경식의 글을 좋아합니다. 하지만 그의 책을 빠짐없이 섭렵하거나 아무 때고 꺼내 읽거나 하지는 못합니다. 그의 글을 읽으면 자꾸만 '견딜 수 없는' 심정이 되기 때문입니다. 손발을 어디다 두어야 할지 모른 채 모든 게 막막해지는 마음이랄까요. 아홉 번째 연쇄 독서 책인『시대의 증언자』는 더욱 그랬습니다. 숨이 막혀서 책장을 덮고 눈을 감는 일이 잦았지요. 그렇게 눈을 감고 있으면, 견딜 수 없는 생을 강요받은 프리모 레비와, 소처럼 그 삶을 밀고 가는 서경식이 떠올라 눈물이 났습니다. 하지만 울기조차 미안했습니다. 그런 이들의 희생과 안간힘에도 불구하고 아무것도 배우지 못한 인간에 대해, 인간인 나 자신에 대해 견딜 수 없이 화가 났습니다. 하지만 어떡하나요, 이것이 인간인데.

이탈리아 토리노의 유대계 가정에서 태어난 프리모 레비는 자신이 유대인이라는 걸 별로 의식하지 않고 살았습니다. 그러나 1943년 12월 13일 파시스트 민병대에게 체포되어 '빨치산이냐 유대인이냐'라는 질문을 받는 순간, '유대인이기 전에 인간'이라 믿고 살았던 그때까지의 인생은 끝이 납니다. 대신 그날부터 '유대인' 레비의 삶이 시작됩니다. 아우슈비츠로 이송된 그의 팔뚝엔 174517이란 숫자가 새겨졌고, 1945년 1월 해방될 때까지 그는 174517로 불립니다. 그리고 174517은 죽음에서 살아 돌아온 그가 스스로 죽음을 택한 뒤 그의 무덤에 다시 등장합니다.

PRIMO LEVI

174517

1919-1987

검은 묘석에 새겨진 짧은 비명碑銘은, 보편적 인간이기를 희구했던 한 사람이 끝내 "유대인이 되어 유대인으로 묻히고" 말았음을 보여 줍니다. 174517로 살았던 시절은 68년의 생애 중 불과 1년 남짓. 그러나 '절멸의 수용소'에서 살아 돌아와 화학자로, 작가로, 사랑하는 남편이자 아버지로 누구보다 성실하게 살았던 마흔 해 동안 그는 그 무명無名의 그늘에서 벗어나지 못합니다. 유대인이냐 아니냐는 "주근깨 정도의 사소한 차이에 불과하다."고 믿었던 그였으나, 죽을 때까지 그는 유대인이라는 정체를 떠나 자신을 생각하지 못합니다. 레비만이 아니라 레비의 삶에서 자신을 보는 서경식 역시 마찬가지입니다. 재일 조선인이기 전에 인간이라는 사고는 그에게 불가능합니다.

과거에 얽매인 미망이나 민족을 넘지 못한 편협이 아니냐고요? 아니요, 아닙니다. 그것은 너무도 당연한 듯 자연스럽게 사용되는 '인간'이라는 말 속에 얼마나 많은 차별과 억압과 배제와 폭력이 숨어 있는지 그들이 알았기 때문입니다. 그 폭력에 온몸이 상처투성이가 되었지만 그럼에도 끝내 인간이 되고 싶은 소망을, 모든 사람이 인간이 되어 인간으로 사는 희망을 버리지 않았기 때문입니다. 유대인, 재일 조선인, 무슬림, 여자, 동성애자, 이주 노동자…… 그 무엇도 인간임을 부정하

마녀의 연쇄 독서

는 딱지가 되지 않는 세상에서만 인간은 인간으로 살 수 있다는 걸 알았기 때문입니다.

아우슈비츠에서 돌아와 22년이 지난 어느 날, 레비는 우연히 수용소에서 만났던 독일인 뮐러와 연락이 닿습니다. "복수를 위해서가 아니라 인간의 마음을 알고 싶어서" 독일인과 대화하고 싶었던 레비는 처음엔 자신의 책 『이것이 인간인가』를 보내 주며 적극적으로 다가갑니다. 하지만 뮐러가 아우슈비츠를 증언한 그 책에 대해 감동을 받았다면서 만나자고 하자 그는 뒤로 물러납니다. 나치의 범죄를 묵인하고 수혜를 입은 인물이 '원수에 대한 사랑' '인간에 대한 신뢰'를 말하며 '과거의 극복' 운운하는 것을 견딜 수 없었던 까닭이지요.

서경식은 이 일화를 전하며 자신이 만난 일본의 뮐러들을 떠올립니다. 식민지 지배에 대해 이런저런 변명을 늘어놓고는 "왜 그렇게 화가 났습니까?" "언제까지 사과하면 되지요?" 하고 묻는 이들, "'어느 나라 사람'이라는 구별에 구애받지 않고 같은 인간이라고 생각하면 좋지 않은가요? 당신이 '일본인'이라는 말을 사용하는 건 오히려 당신 자신이 과잉된 민족의식에 집착하기 때문이 아닌가요?" 하며 보편적 휴머니즘을 내세우는 이들에게 그는 분노합니다.

그들은 자기 자신도 그 불안과 분노, 슬픔의 원인과 관련되었을지 모른다는 상상을 해보지도 않는다.

따지고 보면 그런 밀러들은 독일과 일본뿐 아니라 우리 안에도 있습니다. 몇 해 전 어느 모임에서 있었던 일입니다. 이야기를 나누던 중에 전라도 출신인 한 분이 광주민주화운동이 남긴 개인적인 상처에 대해 털어놓았습니다. 평소 부잣집 사모님으로만 보였던 이가 그런 말을 하니 모두들 깜짝 놀랐지요. 그이는 어디서 이런 말을 해봐야 이해는커녕 나만 이상해지더라며 눈시울을 붉혔습니다. 좌중은 조용해졌고, 나는 그 침묵이 고마웠습니다. 그때 누군가 말했습니다. "그 일은 잘못됐지만 이젠 민주화도 됐고 개인적으로도 사회적으로도 원망에서 벗어나는 게 좋을 것 같네요." 욱하지 말자는 평소의 다짐도 잊고 분통을 터뜨렸습니다만, 자리가 파한 뒤에도 내내 기분이 좋지 않았습니다. 아마 처음 말을 꺼낸 이는 더 참담했겠지요. 하지만 그이는 두 번 다시 아무 말도 하지 않았습니다.

야만적인 폭력에 의해 상처 입은 이들은 말을 하면 할수록 오히려 외롭고 초라해지는 이상한 현실 앞에서 침묵을 택합니다. 대신 입을 여는 것은 밀러들입니다. 언제까지 과거에 얽매일 겁니까, 정말 나쁜 놈은 처벌받아야 하지만 다른 사람들은 몰랐잖아요, 살기 위해 어쩔 수 없이 한 건 이해해 줘야지요, 분노도 원망도 그만 내려놓으세요……. 자신의 말이 상처 입은 이들의 상처에 새로 소금을 뿌리고 모욕을 더하는 일이라는 걸 그들은 모릅니다.

프리모 레비가 죽음의 수용소에서 돌아와 한 일은, 바로 그들에게 그들의 죄를 일깨우는 것이었습니다. 그것은 유대인이 독일인에게 죄를

마녀의 연쇄 독서

묻는 것이 아니라, 인간이 인간의 죄를 묻는 것이며 인간으로서 인간인 내 죄를 고백하는 것이었지요. 피해자인 레비는 가해자인 나치와 동조 자인 밀러들에게 죄를 묻지만, 그들과 똑같은 인간이기에 "인간인 것에 죄가 있다고" 느낍니다. 때문에 그는 그런 짓을 한 자들은 인간이 아니 라고 말하는 대신, 이것이 인간이라고, 그러니 이런 인간인 우리는 어 떻게 살아야 하느냐고 묻습니다.

그가 죽는 날까지 끊임없이 아우슈비츠를 증언한 이유는 그 물음에 대한 답을 찾기 위해서였습니다. 사람들이 인간이 만든 이 세계의 지옥 을 인정하고 대면하기를, 그리하여 자기 안의 지옥을 정면으로 응시하 기를 바랐던 것이지요. 그 지옥에 머무르기 위해서가 아니라 다시는 이 세상에 그런 지옥을 만들지 않기 위해서, 더 이상 인간이라는 말을 쓸 수 없을 만큼 끔찍해진 '인간'을 회복하기 위해서 말입니다.

그러나 레비는 40년의 고투 끝에 스스로 목숨을 버립니다. 서경식은 자살한 레비의 무덤을 찾아가며, 처음 『이것이 인간인가』를 읽던 때를 떠올립니다. 두 형은 끔찍한 고문을 받은 뒤 감옥에 갇히고, 광주에선 시민 학살이 일어나고, 어머니는 암으로 죽어 가던 시절이었지요. 그때 서경식은 레비의 책을 읽으며 "인간은 인간의 가치를 한층 보편적인 것 으로 높이기 위해 무언가를 해낼 수 있다. 그가 그랬듯이 옥중에 있던 내 형들에게도, 나아가서는 나 자신에게도 언젠가는 인간 세상으로 살 아 돌아와 증언할 날이 올 것이다."라는 희망을 가졌습니다. 극한의 나 락으로 떨어지면서도 여전히 인간이 살아 있음을 보면서 그는 용기를 얻었습니다.

하지만 레비의 자살은 그렇게 얻은 희망과 용기에 의문을 제기합니다. "꼭 살아남아 우리가 목격하고 찾아낸 일들을 정확히 이야기해야 한다는 의지"2)를 불태웠던 레비가 무엇 때문에 그토록 애써 쟁취한 삶을 버린 것일까? 그는 왜 자살한 걸까? 이것은 어떤 죽음일까? 떠오르는 질문들을 좇아 죽은 레비의 흔적을 따라가던 서경식은 긴 여행의 끝에서 문득 질문을 멈춥니다. 그리고 죽음의 이유를 알려고 하는 대신 그저 침묵하겠다고 말합니다. 질문에 답해야 할 사람은 죽은 레비가 아니라 살아 있는 자신임을 깨달았기 때문이지요.

그는 "죽은 자들이 당신들을 구원하러 온다고 기대하지 않길 바란다."는 엘리 위젤3)의 말을 인용하며, 이제는 살아남은 자들이 답해야 할 때라고 말합니다. 레비가 자신의 몸을 돌바닥에 내동댕이치는 순간 그가 짊어졌던 짐은 우리의 짐이 되었으니, 이제 희망을 만들고 인간을 지탱해야 하는 건 살아남은 우리들이라고요.

물론 쉽지 않은 일입니다. 『교양, 모든 것의 시작』4)이라는 책에서 서경식이 지적했듯, 프리모 레비의 죽음은 '인간은 덕과 지혜를 구하기

---

2) 프리모 레비 지음, 이현경 옮김, 『이것이 인간인가』(돌베개, 2007), 307쪽.
3) 아우슈비츠의 생존자이며 노벨평화상 수상자이기도 한 엘리 위젤은, 프리모 레비의『이것이 인간인가』와 함께 대표적인 증언 문학으로 꼽히는 『나이트』(김하락 옮김, 예담, 2007), 『이방인은 없다』(정혜정 옮김, 산해, 2003) 등의 작품을 남겼습니다.
4) 서경식 지음, 이목 옮김, 『교양, 모든 것의 시작』(노마드북스, 2007).

 마녀의 연쇄 독서

위해 산다. 인간은 짐승이 아니다.'라는 신념에 의지해 살아온 인간이 스스로 목숨을 버릴 수밖에 없는 시대가 바로 우리가 사는 시대임을 보여 줍니다. 이런 시대에 과연 우리가 희망을 일굴 수 있을까요? 서경식조차 "나의 예견은 비관적"이라고 고백합니다. "인류가 스스로 경험하고도 아무것도 배우지 못하는 어리석음"에서 벗어나리라 기대할 근거는 어디에도 없으니까요.

그럼에도 그는 절망을 토로하는 대신 "죽어 가는 증인들의 경고에 귀 기울이고 방죽이 무너지는 것을 막"아야 한다고 말합니다. 나아가 "외부에 참혹한 현실이 존재하고 있다 해도 애써 그것을 못 본 체"하는 평화에 안주하는 대신 자신의 안과 밖을 "타자의 시선으로 볼 수 있는" 교양을 역설합니다. 그것이 살아남은 자의 책임이고 인간의 피할 수 없는 의무이며, 노예가 아닌 자유인이 되기 위한 최소한의 조건이기 때문이지요.

서경식과 프리모 레비의 책을 읽는 동안, 이 세상에선 끊임없이 견디기 힘든 일들이 벌어졌습니다. 자신이 살아남아 죽음의 '저편'이 아닌 '이편'에 있는 것은 단지 운이 좋기 때문임을 인정하지 않은 채 '저편'을 사갈시하는 인간, 원자폭탄과 체르노빌을 겪었음에도 또다시 후쿠시마의 위기를 부르는 인간, 수백만 마리의 짐승을 생매장하고도 다시 똑같은 환경에서 짐승을 키우고 먹겠다는 인간, 경쟁을 내세워 죽음을 부르는 교육을 하고 죽음을 낳는 노동을 강요하는 인간, 그 모든 걸 현실이

견딜 수 없는 나를 읽다

란 이름으로 수용하는 인간, 그것이 인간입니다.

그토록 어리석고 그토록 오만하고 그토록 탐욕스러운 인간에게 희망이 있을까, 차라리 기적을 바라야 하는 건 아닐까, 고개를 흔들다가 문득 소스라칩니다. '그런 것이 인간'이라는 말 속에 담긴 내 자신의 오만이 나를 얼어붙게 합니다. 너야말로 그런 인간이거늘……. 이 봄, 죽은 땅에서 피어난 꽃들이 아우성칩니다.

마녀의 연쇄 독서

나에게
죽을 자유를
달라!

장 아메리 지음,
김희상 옮김,
『자유 죽음』,
산책자, 2010

책을 읽다 보면 유별나게 연쇄 독서를 부추기는 책을 만나게 됩니다. 가령 지난 독서기의 주인공이었던 서경식의 『시대의 증언자 쁘리모 레비를 찾아서』가 그런 예입니다. 그 책이 도화선이 되어 같은 작가의 『사라지지 않는 사람들』[1]과 『교양, 모든 것의 시작』을 읽고, 또 거기 소개된 프리모 레비의 『이것이 인간인가』, 『주기율표』, 『지금이 아니면 언제』, 장 아메리의 『자유 죽음』 등을 이어 읽었지요. 한국에서 『시대의 증언자』가 출간된 이후 프리모 레비의 책들이 봇물 터지듯 번역된 것[2]

---

1) 서경식 지음, 이목 옮김, 『사라지지 않는 사람들』(돌베개, 2007).
2) 『이것이 인간인가』와 『주기율표』(이현경 옮김, 돌베개, 2007)가 2007년 1월 나란히 출간된 뒤, 2010

을 보면 이런 연쇄는 나만의 사정은 아닌 듯합니다. 돈의 세계에서는 악화惡貨가 양화를 구축할지 몰라도 책의 세계에서는 양서가 양서를 부른다고나 할까요.

그 책들로 출판사들이 큰 이득을 본 것 같지는 않지만, 독자로서는 이런 양서 출판의 연쇄 덕분에 자칫 모르고 지나칠 뻔한 프리모 레비의 책들에 장 아메리의 책까지 읽을 수 있었으니 참으로 고마운 일입니다. 특히 자유롭게 죽을 권리를 역설한 아메리의 『자유 죽음』은 이런 연쇄가 아니었다면 만날 수 있었을까 싶어 반가움이 더합니다. 자살률 세계 1, 2위를 다투면서도 자살은 물론 죽음에 관한 논의 자체가 척박하기 그지없는 이 사회에서, '자살'이 아니라 '자유 죽음'을 이야기하는 아메리의 책을 읽을 수 있었던 것을 나는 행운으로 여깁니다.

물론, 안 그래도 자살이 늘어 걱정인데 자유롭게 죽을 권리라니 무슨 말도 안 되는 소리냐고 발끈할 분들도 있겠지요. 하지만 자살을 금하는 숱한 언어들에도 불구하고 자살이 는다면 문제는 금지의 부족이 아니라 금지의 과잉이며, 당연하게 여기는 도덕률이 사실은 인간을 옥죄는 굴레일지도 모릅니다. 내가 『자유 죽음』을 읽으며 거듭 고개를 끄덕인 것은 그래서입니다. 윤리·과학·종교라는 이름으로 인간 개체의 독립적 사고와 판단을 금지하는 현실에 대한 아메리의 분노에 '완전' 공감했

년에는 『지금이 아니면 언제』(김종돈 옮김, 노마드북스), 『휴전』(이소영 옮김, 돌베개)이 나왔고 2011년 2월에는 시선집 『살아남은 자의 아픔』(이산하 옮김, 노마드북스)이 번역되었습니다.

   마녀의 연쇄 독서

거든요.

　자살은 나쁜 짓이며 허용할 수도 허용해서도 안 된다고들 합니다. 21세기 한국에서만 그런 것이 아니라, 서기전 4세기 스스로 독배를 든 소크라테스조차 자살은 신들의 허락 없이 신의 소유물에 해를 입히는 행위이므로 용납될 수 없다고 했지요. 이런 시각은, 자살은 신의 계율을 어기는 것이라며 죄악시한 기독교가 세력을 떨치면서 더욱 보편화됩니다. 그런데 아메리는 거기에 반기를 듭니다. 십자가에 매달려 죽은 예수의 죽음도 "잠재적 자살"로 볼 수 있다는 신성모독까지 감행하면서, 그는 사람은 자유롭게 죽음을 선택할 권리가 있다고 선언합니다. 이런 선언이 얼마나 큰 반감과 비난을 부를지 알면서도 그는 물러서지 않습니다. 왜 그랬을까요?

　250쪽짜리 짧다면 짧은 책을 읽고 나서 내가 얻은 답은 그가 투사였다는 겁니다. 『자유 죽음』은 자살을 주장하는 책이 아니라, 누구보다 인간을 사랑하기에 인간의 아픔 앞에서 침묵하지 못하는 투사가 인간을 위해 벌이는 한 바탕의 싸움입니다. 질 걸 알면서 싸우는 쓸쓸한 싸움이지요. 마치 아메리가 젊은 날을 바쳤던 파시스트와의 싸움처럼 말입니다. 하지만 그의 싸움이 없었다면 인간의 역사는 더욱 쓸쓸하고 초라했을 터이니 어찌 그 싸움을 모른 척할 수 있겠습니까.

　오스트리아에서 태어난 장 아메리(1912~78)의 원래 이름은 한스 차임 마이어. 그는 독일어가 모국어였고 독일 문학과 철학을 연구해 박사

학위까지 받은 지식인이었습니다. 하지만 나치의 발흥은 그의 인생을 송두리째 바꿔 놓았습니다. 유대인이란 의식조차 없었던 그는 반유대주의로 인해 유대인이 되었고, 문학을 사랑하는 책상물림 한스 마이어에서 총을 든 저항 운동가 장 아메리로 변신했습니다.

아메리가 된 그는 나치에 맞서 누구보다 치열하게 싸웠고 그 때문에 게슈타포에 붙잡혀 뼈가 부서지고 항문에 오물을 집어넣는 끔찍한 고문까지 당한 뒤 아우슈비츠로 끌려갔습니다. 살아 있다는 것 자체가 치욕이고 고통인 시간이었지요. 그리고 그 시간에서 살아남은 그는 자유 죽음을 주장하는 투사가 되었습니다.

『자유 죽음』에서 아메리는 다양한 고전과 철학·문학·사회학·심리학 저작들을 인용하며 자유 죽음의 정당성을 옹호합니다. 자료는 풍부하고 분석은 치밀하며 문체는 섬세합니다. 하지만 이 모든 것에도 불구하고 책장에서 읽히는 것은 분노입니다. 자살자의 "하잘 것 없는" 동기를 비웃는 과학에 대해, "구조된" 자살 기도자에게 일장 훈계를 늘어놓는 전문가에 대해, 노동력으로서의 인간이 필요하기에 자유 죽음을 범죄시하는 사회에 대해, 아메리는 분노를 숨기지 않습니다.

(부부 싸움 뒤에 자살을 시도했던 남자에게) 의사는 부부 싸움으로 눈물 흘리고 화해하는 것은 어디까지나 보드빌(통속 희극)에 지나지 않음을 유념하라고 하더란다. 의사는 작지만 결정적인 오류를 저지르고 있다. 뭐가 보드빌이며 무엇이 진짜 비극인지는 작품의 저자, 즉 당사자만이 안다. ……

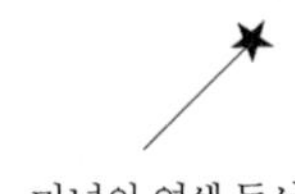

　　　　　마녀의 연쇄 독서

이제 남은 것은 고통뿐이라 하지 않았던가. 이런 게 뛰어내리기 직전의 상황이다. 여기다 대고 감히 비웃음을 흘리거나 훈계를 해도 좋을까? 도대체 과학이 죽음에 관해 무얼 알 수 있단 말인가.

어디서 감히 훈계냐, 도대체 과학이 죽음에 대해 뭘 아느냐는 아메리의 질타가 가슴을 칩니다. 돌아보면 꽤 오래전부터 죽음에 관한 책들을 찾아 읽고 죽음에 대해 고민해 왔지만 죽음에 대해 나는 아무것도 모릅니다. 나만 그런 게 아니라 죽음학을 논하는 전문가들도, 죽음을 다루는 의사들도 죽음에 대해 딱히 아는 것 같지는 않습니다. 죽는다는 사실은 알아도 죽음을 겪지는 못했으니 산 자로서는 당연한 무지이지요. 그런데도 나를 포함한 많은 이들이 마치 죽음을 아는 듯 죽음을 말하고 훈계를 해왔다는 걸 아메리의 글을 읽으며 비로소 깨닫습니다.

고백하건대, 나는 그랬습니다. 자살 소식을 들으면 맨 먼저 왜 죽었는지를 묻고, 동기의 타당성을 따지고, 그만한 일로 죽은 이를 나무라거나 혹은 그럴 수밖에 없던 그의 처지를 동정했습니다. 청춘의 자살 앞에선 젊은 시절 자살을 생각했던 내 경험을 떠올리며 순간의 격정을 참지 못한 섣부름을 안타까워했고, 가족을 두고 떠난 가장의 죽음 앞에선 무책임을 성토하며 그를 그렇게 만든 트라우마와 우울증을 운운했습니다. 아메리의 말처럼, 뛰어내리기 직전의 절망과 고독에 대해선 알지도 못하고 관심도 없으면서 감히 비웃고 비평하고 훈계하기를 멈추지 않았습니다. 나는 살아 내는데 그들은 살아 내지 못했으니 실패자라고 보는 오만이 내 마음속에 숨어 있었습니다.

그러나 어쩌면 오만이 아니라 불안인지도 모릅니다. 산 자들의 사회에서 자살은 삶을, 어쨌든 살아야 한다는 믿음을 위태롭게 만듭니다. 자살자는 "사회의 법이든 자연법이든 나는 더 이상 인정하지 않겠다."는 선언으로 사회의 존재 근거를 부정합니다. 불안해진 삶과 사회는 반격에 나섭니다. 과거엔 자살을 죄악시하는 종교가 선봉에 섰다면, 현대엔 자살을 병든 정신의 발로로 보는 자살 심리학이 반격을 주도합니다.

당연히 아메리는 종교와 심리학 둘 다에 비판적입니다. 특히 그는 심리학에 노골적인 불신을 드러내면서, 자살에 대한 심리학적 접근의 "목적은 (자살하려는) 본인보다는 가족, 나아가 사회의 보상 심리에 달려 있다."고 진단합니다. 자살 심리학이 관심을 갖고 지키려는 것은 죽음을 택한 사람이 아니라 그로 인해 불안해진 삶이라는 거지요. 인간적으로 보면 자살에 실패한 이들을 따뜻하게 품어야 마땅한데도 오히려 정신병원에 가두고 정상/비정상을 심판하는 "어처구니없는 상황"도 그래서 생겨납니다.

아메리는 그런 상황을 바꾸기 위해서는 "자유 죽음을 택할 자유를 인간의 양보할 수 없는 권리로 인정받고자 하는 운동"이 일어나야 한다고 역설합니다. 하고 많은 운동 중에 왜 하필 죽을 자유를 위한 운동이냐고 반문한다면, 그것은 삶과 죽음이 인간의 근본 문제이기 때문입니다. 인간이 인간의 근본 문제를 질문하고 답하고 선택할 자유를 갖지 못한다면, 그런 부자유를 용인하는 자유란 이미 자유가 아니기 때문입

　　　　　마녀의 연쇄 독서

니다. 그리고 자유를 뺏긴 삶은 더 이상 삶일 수도 없기 때문입니다.

그가 자살이라는 익숙한 표현 대신 자유 죽음이라는 낯선 조어造語를 사용하는 이유도 이 자유를 강조하기 위해서입니다. '자기를 죽인다'는 자살自殺이란 말에는 자신을 향한 공격성이 담겨 있습니다. 그래서 정신 분석학에서는 타인에 대한 증오가 자기 파괴로 나타난 것이 자살이라 설명하기도 하지요. 하지만 아메리는 바로 그 때문에 자살이란 표현을 유보합니다. 자유 죽음의 본질은 타인과의 관계가 아니라 자신과의 대면이요 자기 자신의 자유로운 결단이며 "스스로 손을 내려놓는 행위"인데, '자살'은 그 점을 드러내지 못한다는 것이지요.

자유 죽음은 타인의 시선과 사회의 도덕률로부터 벗어나 스스로 결단하는 것입니다. 스스로 결단한다는 것은 자유로운 인간이기에 가능한 행위이지요. 따라서 비록 그것이 죽음이라 해도 그 행위는 존중되어야 한다고 주장하면서, 아메리는 그것이 부정당했을 때의 모멸감을 이렇게 토로합니다.

(의식불명 상태에서 깨어났을 때) 나는 팔다리를 묶인 죄수나 다름없었다. 무시무시한 기구들이 몸 곳곳에 구멍을 뚫어 놓았다. 영양분을 공급하기 위한 조치였다. 나는 간호사들에게 무방비로 내맡겨진 몸이었다. 나는 '하나의 물건'이었다. 나를 돌본 사람들을 상대로 쓰디쓴 분노가 솟아올랐다. 의사가 자랑스러워하는 구조 활동이란 내게는 최악의 상황이었다. 사람들이 지금껏 내게 안긴 그 어떤 것보다도 더 큰 고통이었다. 이렇게 이야기해도

사람들은 납득하기 힘들 것이다. 지금 내가 죽음에 대해 펼치는 이런저런 이야기가 별다른 설득력을 갖지 못하는 것처럼. 하지만 나는 지금 증언을 하는 것이지 설득하려는 게 아니다.

죽음을 빼앗긴 고통과 그 고통을 이해받지 못하리라는 절망이 느껴지지 않는지요. 자유로운 인간의 실존을 위해 자유 죽음은 인정되어야 한다고 역설하면서도, 그는 자신의 말이 사람들을 설득하리라고 기대하지 않습니다. 그는 "자유 죽음이든 아니든 죽음을 철학으로 변호할 수 없다."는 걸 압니다. 그런데도 자유 죽음을 위해 책까지 쓴 이유는, "자살할 뜻을 가진 사람이 소수파에 속한다 해서 마땅히 누려야 할 권리를 훼손당하는 일이 없기를 바라는 마음" 때문입니다.

"소수라 해서 권리를 침해받아도 되는가?"라는 그의 물음에는, 소수라는 이유로 인간 이하의 취급을 받았던 자신의 경험과 아픔이 배어 있습니다. 나치가 유대인, 집시, 사회주의자, 동성애자 같은 사회의 소수파에게서 돈과 명예와 가족과 목숨까지 모든 것을 빼앗을 때 사회의 다수는 침묵했습니다. 그 시절 다수의 침묵과 외면 속에 고문을 당하고 수용소로 끌려갔던 아메리는 비관을 버리지 못합니다. 치열하게 글을 쓰면서도 자신의 글이 사람들을 설득하지는 못할 거라고 그는 비관합니다. 그리고 자유 죽음은 그 비관 속에서 싹틉니다.

인간존재를 실존적으로 고찰하고 죽음을 금기시하는 문명의 허위를 고발하며 죽을 자유를 역설하는 아메리이지만, 그가 『자유 죽음』에서

 마녀의 연쇄 독서

말하고자 하는 것은 죽음이 아니라 삶, 죽음조차도 너그럽게 포용하는 열린 삶입니다. 이 책에서 그가, 숭고한 대의를 위해 제 몸을 던진 영웅의 죽음 대신 톱스타를 연모하다가 죽은 가정부 처녀를 예로 드는 것도 그 때문입니다. 겨우 그런 이유로 죽느냐고 사자死者를 모욕하는 사회, 죽음에도 명분을 따지고 우열을 논하는 세상의 야박함. 그는 바로 이런 세상이 죽음을 부른다고 말합니다.

"개인의 에셰크écheс(돌이킬 수 없는 실패)를 포용하지 않는 사회가 자살을 낳는다."는 아메리의 말은 『자유 죽음』이 무엇을 지향하는지 보여 줍니다. 그의 책을 읽는 동안, 쌍용자동차에서 대량 해고와 폭력 진압으로 고통을 겪은 해고 노동자 12명(2012년 6월 현재)이 자살했습니다. 또한 한 해 353명(2010년 기준)에 달하는 청소년이 스스로 죽음을 택했으며, 소위 일류 대학이라는 카이스트에서도 학생들이 잇달아 목숨을 끊었습니다. 그들은 왜 죽었을까요? 막다른 벽에 부딪힌 절망 때문에, 미래에 대한 불안 때문에, 어린 시절의 결핍 때문에, 심해진 우울증 때문에…… 저마다 죽음을 택한 이유가 있겠지요.

하지만 살아남은 우리가 맨 먼저 할 일은 이유를 따지는 것이 아니라 미안하다고 말해야 하는 게 아닐까, 『자유 죽음』을 읽고 나니 그런 생각이 듭니다. 그들의 에셰크를 포용하지 못하는 사회를 만든 한 사람으로서 미안하다고 잘못했다고 용서를 구하는 것이 죽음을 줄이는 최선의 길이 아닐까요. 진단과 치료는 그런 뒤에 천천히 조심스럽게 해도 좋을 겁니다.

낯선
시간들에서
삶을
발굴하다

로렌 아이슬리 지음,
김정환 옮김,
『그 모든 낯선 시간들』,
강, 2008

앞서 장 아메리의 『자유 죽음』으로 연쇄 독서기를 쓸 때만 해도 그다음 연쇄는 걱정하지 않았습니다. '죽음'을 키워드로 삼으면 이어갈 책은 많다고 생각했지요. 아메리가 말했던 "죽음에 끌리는 성향"이 있는 것인지, 나는 오래전부터 죽음에 관한 책들을 찾아 읽어 왔습니다. 젊을 때는 자살이나 요절, 살인 같은 극한의 죽음에 마음이 끌렸다면 나이가 들면서 안락사와 존엄사, 죽음을 맞는 방식과 역사 등에 더 눈길이 가는 차이는 있지만, 죽음에 관한 관심만큼은 한결같았고 덕분에 꽤 많은 책들을 읽었지요.

『자유 죽음』을 읽다 보니 그렇게 읽은 책들 중에 연쇄서로 맞춤한 것이 떠올랐습니다. 바로 네덜란드의 의사 베르트 케이제르가 쓴 『죽음과 함께 춤을』[1]이란 책이지요. 케이제르가 요양원에서 안락사를 시

마녀의 연쇄 독서

행한 자신의 경험을 솔직하게 기록한 이 비망록은, 충격과 유머와 사색을 동시에 경험할 수 있는 보기 드문 책입니다. 『자유 죽음』이 죽을 자유를 역설한 책이라면 이 책은 죽을 권리를 적극적으로 실천한 사람들의 이야기이니 연쇄서로는 제격이다 싶더군요.

그러나 막상 『자유 죽음』에 이어서 『죽음과 함께 춤을』의 독후감을 쓰려니까 내키지 않았습니다. 67세에 목숨을 끊은 프리모 레비와 65세에 자유 죽음을 실행한 장 아메리의 책을 거듭 읽는 동안 나도 모르게 내 안에서 죽음의 그림자가 성큼 자란 것을 깨달았지요. 안 그래도 견디기 힘든 계절, 더는 안 되겠다는 생각이 들더군요. 그래서 '죽음'을 키워드로 한 연쇄는 접고 죽음에서 삶으로 눈을 돌리기로 마음먹었습니다. 하지만 만약 그때 도서관 서가에서 아이슬리의 책에 눈길이 머물지 않았다면, 그 책의 뒤표지에서 다음과 같은 구절을 읽지 못했다면, 삶을 읽겠다는 다짐은 다짐으로 끝났을 것입니다.

세상에는 세상을 설명해 줄 것이 아무것도 없다. 생명의 필요를 설명해 줄 아무것도, 생명이 되려는 요소들의 굶주림을 설명할 아무것도 …… 없다. 그렇다면 숭배하라, 마야인처럼. 그 알려지지 않은 영(靈)을, 시간을 낳는 신들의 행렬을.

1) 베르트 케이제르 지음, 오혜경 옮김, 『죽음과 함께 춤을』(마고북스, 2006).

낯선 시간들에서 삶을 발굴하다　　　　111

왜 생명이 생겨나고 사멸하는지 설명할 방도가 없다는, 어쩌면 무기력한 그 고백을 읽는 순간, 삶과 죽음의 이유에 골몰하던 시간들이 먼지처럼 흩어지며 마음이 홀가분해졌습니다. 그리고 궁금해졌습니다. 모호하면서도 왠지 마음을 끄는 이 문장들이 도대체 어떤 맥락에서 등장하는지. 그래서 로렌 아이슬리(1907~77)라는 사람에 대해선 아무것도 모르는 채 그의 자서전『그 모든 낯선 시간들』을 읽기 시작했습니다.

책을 펼치자 제사題詞로 쓴 로버트 브라우닝의 시구와 아이슬리 부부의 묘비 사진이 눈길을 끕니다. 소박한 반구형 돌 비석에 새겨진 "우리는 대지를 사랑했으나 머물 수 없었다."라는 묘비명. 삶에 대한 애정과 죽음을 향한 흔쾌함이 담긴 문장이 가슴을 울립니다.

책날개에 적힌 필자 소개를 보니 아이슬리라는 사람, 사막과 고원에서 발굴로 세월을 보낸 인류학자요 박물학자라는데, 브라우닝의 시구에서도 묘비명에서도 남다른 감수성이 읽힙니다. 과연, 책을 읽을수록 짧고 함축적인 문장에 담긴 문학적 깊이가 놀랍기만 합니다. 시인의 재능을 가진 과학자, 헨리 데이비드 소로우에 비견되는 에세이를 쓴 자연주의자라는 상찬이 빈말이 아니구나 싶습니다.

그럼에도 감탄과 달리 책을 읽기는 쉽지가 않습니다. 자서전이라고 하지만『그 모든 낯선 시간들』은 자신의 생애를 시간 순으로 회고하는 통상적인 형태의 자서전과는 사뭇 다릅니다. 책의 전체 구성만 보면, 1부 '떠도는 나날'은 집을 떠나 학문에 입문하기까지의 어린 시절을, 2부

마녀의 연쇄 독서

'생각의 나날'은 가난한 고학생에서 인정받는 인류학자로 학계에 자리 잡은 청장년기를, 3부 '의심의 나날'은 책을 쓰던 당시의 상념들을 적고 있으니 시간적으로 구성되어 있다고도 할 수 있지요.

하지만 그런 시기적 구분은 희미한 윤곽에 불과할 뿐, 생을 돌아보는 아이슬리의 펜은 끊임없이 직선의 시간을 흔들고 교란시킵니다. 가령 책의 첫머리에서 이야기는 죽은 이모의 유품인 손거울에서 시작해 1974년 텍사스의 강연장으로 훌쩍 뛰었다가, 거기서 다시 50여 년 전 집을 떠나 기차를 훔쳐 타고 방랑하던 소년 시절로 이어집니다. 손거울에서 강연장으로, 육순의 연사에서 떠돌이 소년으로, 시간을 엇갈려 이어지는 기억에 또렷한 연유가 있는 건 아닙니다. 그저 하나의 이미지가 상념을 낳고 상념들이 또 다른 이미지로 이어지는 식이지요. 그렇게 과거와 현재는 공존과 역전을 계속하고, 작고 사소한 것들이 크고 중요한 사건들을 대치합니다. 의식의 흐름을 연상시키는 낯선 글쓰기인데, 때문에 책은 쉬 읽히지가 않습니다.

그리하여 더디게 읽히는 문장들에 조바심이 날 즈음, 문득 '어떤 생의 발굴'이라는 이 책의 부제가 떠올랐습니다. 비로소 아이슬리가 자신의 삶을 이런 식으로 기록한 이유를 알 것 같더군요. 긴 세월 폐허를 더듬으며 희미한 흔적들을 발굴하고 그 흔적들에서 광대한 인간의 역사를 상상해 온 사람답게, 아이슬리는 자신의 생을 회고하는 대신 '발굴'합니다. 그러니 부서진 뼛조각과 작은 조개껍질에서 수백만 년의 역사를 읽듯이, 그가 켜켜이 쌓인 기억의 고원에서 우연처럼 드러난 찰나의 인상과 사소한 편린들을 통해 자신의 역사를 쓰는 것은 당연하다 할 수 있지요.

인간의 역사는 연대기로 기록되지만 그 역사를 구성하기 위한 발굴은 연대기적으로 이루어지지 않습니다. 발굴된 유물 역시 과거에서 미래로 뻗은 직선의 시간을 거부하긴 마찬가지입니다. 백악기의 화석은 현대 인간의 비밀을 품고 있고, 그 풀리지 않은 수수께끼는 미래를 향해 열려 있지요. 이런 시간에 익숙한 아이슬리는 자신의 생을 과거→현재→미래의 여정으로 그리지 않습니다. 미숙한 아이에서 성숙한 어른으로 성장했다고 말하지도 않습니다. 대신 그는 이 독특한 자서전을 통해, 미래가 과거에게 덜미를 잡히고 현재에서 과거가 솟아오르는 것이 시간이요 삶이라고 말합니다.

어제에서 내일로 흐르는 시간에 길들여진 내게는 좀 뜨악한 이야기였지요. 하지만 아름다운 문장에 이끌려 책장을 넘기다 보니 이슬비에 옷 젖듯, 조금씩 그의 낯선 시간과 글쓰기에 익숙해지면서 그의 말에 고개를 끄덕이게 되더군요. 돌아보면 내게도 시간은 그런 것이었습니다. 지나간 시간들은 지나간 것이 아니라 내 안에 묻힌 것이며 다가올 시간은 지금의 내게서 나와 내게로 돌아오는 것, 그러므로 "아무것도 다시 시작하지 않고 아무것도 사라지지 않는" 것이었지요.

그걸 깨닫는 순간, 문득 어느 날 아침의 기억이 떠올랐습니다. 파주의 출판사로 출퇴근하던 시절이었습니다. 여느 날처럼 FM 방송을 들으며 안개 긴 자유로를 달리는데, 라디오에서 '루시의 아기'가 발견되었다고 하더군요. 고인류학자 도널드 요핸슨이 최초의 인간 '루시'를 발굴한

　마녀의 연쇄 독서

에티오피아의 하다르 인근 지역에서 루시와 유사한 특징을 보이는 어린아이의 화석이 발견되었다는 소식이었지요. 갑자기 눈앞이 흐려졌습니다. 아마도 불어난 강물을 피하지 못해 죽은 것 같다는 루시의 아기가, 수십만 년 전 잠시 지구에 머물렀던 그 어린 인류의 조상이 마치 내가 아는 아이인 듯, 아니 바로 나인 듯 느껴졌습니다. 눈물이 흘렀습니다. 존재는 무력하지만 또한 수백만 년의 간극도 순식간에 무화시킬 만큼 강력하다는 사실에 가슴이 벅찼지요.

아이슬리가 발굴하는 기억들을 읽노라니 잊고 있었던 그때 그 마음이 선명하게 되살아납니다. 사람들을 이해시킬 수 없어 입을 닫고 기억의 셔터를 내렸던 그날을 떠올리자 그의 이야기가 더 이상 낯설게 여겨지지 않습니다. 시간을 넘어 죽은 이들과 소통하는, 쓸쓸하지만 벅찬 그 심정을 어쩐지 알 것 같습니다. 너무도 분주하여 서로를 쓸쓸하게 만드는 삶과 너무도 적막하여 감당하기 어려운 죽음, 그래서 이미 사라진 이들에게 자신을 의탁하는 마음을 알 것도 같습니다.

와이오밍 주를 탐사하던 어느 날, 아이슬리는 가게에서 파는 괭이며 고약병 등이 화살촉과 박편 따위로 가공된 것을 발견합니다. 백인이 버린 현대의 부산물을 아메리카 원주민 사냥꾼들이 애초의 쓸모와는 상관없이 원시적으로 재활용한 흔적이었지요. 그는 이 흔적들을 보며 첨단의 컴퓨터 앞에서 무력감을 느끼는 자신을 떠올립니다. 그리고 시대는 다르지만, 낯선 문명을 이해하려 애쓰는 그들과 자신이 전혀 다를 바 없음을 깨닫습니다. 그들이 사라졌듯 자신도, 자신을 외롭게 만드는 지금의 현실도 사라질 것을 알기에 그는 말합니다.

생은 여행이고 결국은 죽음이다. 나의 생도 남들과 다를 것은 없었다.

모든 것은 사라지고 결국 죽음이라니, 너무도 쓸쓸하게 들립니다. "나는 누구나이고 또 아무도 아니다."라는 구절까지 보태면 더욱 그렇지요. 그러나 허무로 빠지기엔 아직 이릅니다. 아이슬리는 말합니다. "나는 단지 살았을 뿐이다. 그리고 매일 낮과 매일 밤이 각각 달랐다." 남과 다르지 않은 삶을 살았으나 아무도 아닌 그 삶이 매일 다르게 빛났다고 말하는 사람을 허무주의자라 할 수는 없겠지요.

'누구나이면서 아무도 아닌' 나는 과거/현재/미래의 경계가 지워진 시간 속의 존재입니다. 어디에나 있지만 또한 어디에도 없는 존재, 편재遍在하면서 부재不在하는 존재이지요. 부재는 허무를 부르지만 편재는 소통으로 이끕니다. 아이슬리는 시간과 공간을 따라서 살지만 또한 시간과 공간의 경계를 넘어 존재하는 것이 나라는 존재이며, 그렇게 경계를 뛰어넘을 수 있는 것이 인간이라고 말합니다.

말만 그렇게 한 것이 아니라 실제로 그는 세상이 그은 경계를 지우며 살았습니다. 뱀이 꿩을 칭칭 감고 있는 걸 봤을 때는 꿩을 살리기 위해 제 팔을 내주었고, 겨울밤 길에서 만난 '말하는 고양이'와는 진지한 대화를 나누었지요. 이성과 감성, 인간과 동물의 경계를 잊은 아이슬리의 삶을 몰랐다면 읽고도 믿지 않았겠지만 이제 나는 그 모든 일이 가능하

     마녀의 연쇄 독서

다고 생각합니다. 과학적으로는 고양이가 말을 한다는 게 말도 안 되는 일이지만 과학이라는 것도 인간의 노릇이니 늘 옳을 수는 없지요.

오랜 세월 과학을 연구하고 자연을 탐사해 온 아이슬리이지만, 그는 인간의 이성이 자연의 비밀을 풀 수 있다는 과학의 믿음에 대해 의심과 우려를 표합니다. 그리고 "나는 이 세상에 이 세상을 설명해 주는 것은 아무것도 없다고 믿게 되었다."고 고백합니다. 그렇게 믿는 이유는, "자연 속에는 존재하는 것과 잠재하는 것을 분리할 수 있는 것이 아무것도 없"기 때문입니다. 아니, 존재에는 잠재만이 아니라 부재도 관여합니다.

다시 한 번 경계가 흔들립니다. 시간과 공간의 경계, 인간과 동물의 경계, 삶과 죽음의 경계가 끊임없이 작동하며 무너지는 곳, 그곳이 우리가 사는 세계입니다. 그러니 이 세계에 필요한 것은 과학의 확신이 아니라 "무지를 견디는" 용기와 "알려지지 않은 영零"을 받아들이는 겸손일 겁니다. 그 겸허한 용기로 아이슬리는 자신의 대표작 『광대한 여행』[2]에서 다음과 같이 고백합니다.

> 나를 구성하는 모든 원자와 분자는 그 위치를 변화시켜 왔고 춤추며 사라졌다가 다른 것들의 일부가 되었다. 풀과 다른 동물의 뼈에서 나온 새로운 분자들이 한동안 나의 일부가 되었고, 하루살이 떼처럼 경쾌한 이 회전 속에

2) 로렌 아이슬리 지음, 김현구 옮김, 『광대한 여행』(강, 2005).

내 기억은 보존되어 있으며…… 이 기억들은 현실 세계에서 가졌던 것보다 훨씬 더 큰 영원성을 갖는다.

그러므로 다시, 나는 누구나이면서 아무도 아닙니다. 나는 온종일 공원에서 해바라기하는 저 할머니일 수도, 그분의 머리맡에서 춤추는 하루살이일 수도, 오래전에 죽은 루시의 아기일 수도 있습니다. 나와 너, 우리와 그들의 경계는 의미를 잃습니다. 그 순간, 고양이가 말합니다.

왜냐하면 나는
사랑한다 내 자신의 형태 너머 형태들을
그리고 유감이다 우리 사이 경계들이.

'말하는 고양이'가 아이슬리에게 전한 이 메시지를 언젠가 나도 내 귀로 들을 수 있을까요? 아마도 그러기 위해서는 먼저, 꿩을 살리려고 뱀에게 자기 팔을 내준 아이슬리처럼 경계가 부여하는 두려움으로부터 자유로워져야 할 겁니다. 그렇게 두려움으로부터, 경계로부터, 존재와 허무로부터 하나둘 자유로워진다면 언젠가는 내게도 말하는 고양이가 찾아오겠지요. 아니, 아마 그때는 저 바다의 고래로부터 귓가에서 윙윙대는 모기에 이르기까지, 뭇 생명들의 이야기를 듣느라 책 읽을 짬이 안 날지도 모릅니다. 하지만 광대한 자연을 읽을 수 있다면야 까짓 책 좀 못 읽는 게 뭐 그리 대수겠습니까!

오버
더
레인보우!

조안 러프가든 지음,
노태복 옮김,
『진화의 무지개』,
뿌리와이파리, 2010

로렌 아이슬리의 독특한 자서전 『그 모든 낯선 시간들』에서 이어진 열두 번째 연쇄는 조안 러프가든의 『진화의 무지개』입니다. 칠순의 고인류학자가 쓴 자서전이 트랜스젠더 생물학자가 쓴 진화론 비판서로 연결된 셈인데, 이렇게 둘이 맺어진 데는 숨은 중매자가 있습니다. 아이슬리의 책 『광대한 여행』이 그것입니다.

사실, 『그 모든 낯선 시간들』이 일으킨 최초의 연쇄 독서는 아이슬리의 또 다른 저작들이었습니다. 워낙 낯선 작가라서 독후감을 쓰면서 다른 책들을 찾아보았더니 『시간의 창공』[1]과 『광대한 여행』이라는 책이 번역되어 있더군요. 예전부터 '시간'이란 주제에 관심이 많았던 터라 먼저 『시간의 창공』을 읽었는데 기대가 너무 컸는지 생각만큼 재미있

진 않았습니다. 하지만 생명이 낳고 자란 진화의 역사를 담백한 문체로 써내려 간 『광대한 여행』을 읽고선 인간 아이슬리뿐 아니라 과학자 아이슬리에 대해서도 신뢰를 갖게 되었습니다. 특히 인간의 진화를, 서로 경쟁하는 생존 투쟁이 아니라 상징적 의사소통을 통한 사회적 두뇌의 창출로 설명하는 데 큰 감명을 받았지요.

그래서 『그 모든 낯선 시간들』로부터 자서전이나 평전류의 책으로 연쇄를 이어가려던 애초 계획을 바꾸었습니다. 진화론을 따르면서도 그것이 설명하지 못하는 한계를 끊임없이 환기시키는 『광대한 여행』을 읽고 나니 진화론을 새롭게 조명하는 책을 읽고 싶었지요. 처음엔 진화론에 관한 책들이 많으니까 그런 책도 쉬 찾을 수 있을 줄 알았습니다. 하지만 적자생존을 강자 생존으로 이해하고 약육강식의 경쟁만 강조하는 진화론 책은 많아도 새롭게 진화론을 해석하는 책은 찾기가 힘들더군요. 어쩌나 고민하던 중, 때마침 도서관 신간 코너에서 발견한 『진화의 무지개』. 머리글을 몇 줄 읽는 순간 유레카!를 외쳤습니다. 도그마가 된 진화론을 넘어 새로운 진화의 세계를 보여 주는 이 책이야말로 자유인 아이슬리에서 이어지는 연쇄서로는 제격이란 생각이 들었습니다.

1) 로렌 아이슬리 지음, 한창호 옮김, 『시간의 창공』(강, 2007).

 마녀의 연쇄 독서

『진화의 무지개』에는 '자연과 인간의 다양성, 젠더와 섹슈얼리티'라는 긴 부제가 붙어 있습니다. 보통 제목이 애매할 때 부제를 보면 무슨 책인지 대충 감이 오는데 이 책은 부제를 봐도 또렷한 상이 잡히지 않더군요. '자연과 인간의 다양성'이라니 생물학 책 같은데 '젠더' 운운한 걸 보면 여성학 책 같습니다. 나만 헷갈린 게 아닌 듯, 도서관에서는 사회과학, 그중에도 여성학 관련서들이 있는 곳에 꽂혀 있던 책인데 서점에서는 과학 분야에 진열되어 있습니다. 정체가 의심스러워지는 대목이지요.

하지만 필자의 정체를 생각하면 이건 당연한 일인 듯합니다. 스탠퍼드 대학교 생물학 교수인 필자 조안 러프가든은 여성으로 성전환한 트랜스젠더입니다. 즉, 남성으로 태어나 여성으로 살고 있는 그녀에게 타고난 성sex과 사회적 성gender은 분리될 수 없는 문제이고, 따라서 이 책이 보여 주는 생물학과 사회학의 결합은 당연한 귀결이라 할 수 있지요. 문제는 그 바람에 나처럼 변변히 아는 것도 없는 독자가 생물학·인류학·사회학·심리학을 종횡으로 넘나드느라 숨이 턱에 찬다는 점입니다. 그러나 아무리 괴롭다 한들 이런 전방위의 책을 쓰고 그런 책을 써야만 하는 삶을 사는 사람의 괴로움에 비하겠습니까. 그걸 생각하면 그저 감사하며 읽어야지요.

그런데 괴롭다는 건 엄살일 뿐, 사실은 이 책 정말 재미있습니다. 앞서 말했다시피 자연과학과 인문사회과학을 두루 섭렵하는 필자를 따라가느라 숨이 차고 6백 쪽 넘는 분량이 버겁기도 하지만, 『진화의 무지개』에는 이 모든 걸 상쇄하고도 남을 만큼 흥미로운 이야기들이 가득합니다. 동물계에도 트랜스젠더가 있고 동물들도 동성애를 즐긴다는 등, 이제까지의 상식을 깨는 이야기들을 읽노라면 손에서 책을 놓을 수가 없습니다. 과학 책 알레르기가 있는 내가 이 두꺼운 책을 사흘 만에 다 읽었으니 알 만하지요.

책에서 제일 먼저 눈을 사로잡은 것은 다윈의 공작새 진화론을 비판한 부분입니다. 다윈은 『종의 기원』[2]에서 성(性)선택에 의한 진화를 이야기하며 공작을 예로 듭니다. 즉, 수컷 공작이 암컷에겐 없는 화려한 깃털을 가진 것은 암컷의 눈길을 끌어 자신의 새끼를 번식하기 위해서이며, 암컷은 가장 멋진 깃털을 가진 최상의 수컷을 골라 짝짓기를 한다는 것이지요. 『종의 기원』을 안 읽은 사람도 다 아는 유명한 이야기인데 필자는 바로 여기에 딴지를 겁니다.

러프가든은 이런 식의 설명은 종이 가진 유전적 다양성을 부정하고 엘리트 유전자를 상정하는 것이며, 나아가 자연을 치열한 경쟁만 있는 살벌한 곳으로 단순화한다고 비판합니다. 대신 그녀는 변화하는 조건에서 종이 생존할 수 있는 건 다양성 덕분이므로 대부분의 다양성은 좋은 것이고, 암컷은 가장 뛰어난 수컷보다 가장 궁합이 잘 맞는 수컷을 선택한다고 주장합니다. (내게 맞는 수컷이 가장 뛰어난 수컷이라고 믿는 암컷

2) 찰스 다윈 지음, 송철용 옮김, 『종의 기원』(동서문화동판, 2009).

 마녀의 연쇄 독서

으로서 나는 이 대목에서 옳소! 하고 외치고 싶었습니다.)

하지만 아무리 좋은 이야기라도 근거가 없다면 소용없겠지요. 다행히 유럽 해변에 사는 모래망둥이가 그녀의 주장을 뒷받침합니다. 과학자들은 수조 양쪽에 싸움에서 이긴 수컷과 진 수컷을 넣은 다음, 가운데에 암컷을 집어넣고 암컷 망둥이가 누구를 선택하는지 실험했습니다. 또 두 수컷 모두와 산란을 시켜서 어느 수컷이 알을 더 잘 보호하는지도 알아보았습니다. 기존의 설명대로라면, 암컷은 힘센 수컷을 택하고 힘센 수컷은 자기 새끼를 잘 지켜야 마땅했지만 결과는 정반대! 암컷은 수컷들의 싸움에는 전혀 관심이 없었으며, 또한 싸움에서 이기는 것과 알을 보호하는 것도 아무 상관이 없었습니다. 암컷의 관심은 오로지 어떤 수컷이 알을 잘 보호하느냐로, 놀랍게도 암컷은 한눈에 알을 잘 보호할 좋은 아빠 수컷을 알아보고 그 수컷과 열심히 짝짓기를 했습니다.

모래망둥이 암컷처럼 첫눈에 배필을 알아보는 투시력이 없는 경우, 암컷은 교미를 무기로 삼았습니다. 가령 바위종다리 암컷은 번식과 상관없이 여러 번(한 번의 알 낳기당 무려 250차례나!) 교미를 해서 자꾸 둥지를 떠나려는 수컷을 붙잡아 두었지요. 일부일처제를 취하는 청둥오리와 바다오리도 난자와 정자가 생산되기 전에 미리 짝짓기를 했는데, 이는 동물들이 번식과 상관없이 정기적인 짝짓기를 통해 성적인 기쁨을 누리고 관계를 돈독히 한다는 것을 보여 줍니다. 동물이 짝짓기 하는 것은 단지 번식 때문이라는 통념과는 전혀 다르지요.

『진화의 무지개』에는 이처럼 성역할에 관한 고정관념을 깨는 다양한 사례들이 제시되어 있는데 그중 몇 가지를 살펴볼까요.

첫째, 생물체는 평생 수컷 아니면 암컷이다.

아니다. 대부분의 식물과 절반가량의 동물이 일정 시기에 수컷이면서 암컷이다.

둘째, 암컷이 새끼를 낳고 기른다.

아니다. 많은 종은 암컷이 수컷의 주머니에 알을 넣어 두면 수컷이 부화할 때까지 품으며, 수컷이 둥지를 돌본다.

셋째, 수컷은 음경을 갖고 암컷은 젖을 만든다.

아니다. 점박이하이에나 암컷에겐 음경과 비슷한 기관이 있고, 말레이시아와 보르네오의 큰박쥐 수컷은 젖샘이 있다.

넷째, 암컷은 일부일처제를 선호하고 수컷은 바람피우기를 원한다.

아니다. 종에 따라 둘 다 혹은 어느 한 성만 바람을 피우며, 평생 일부일처제를 유지하는 종은 드물다.

다섯째, 수컷은 암컷의 유혹을 뿌리치지 않으며 최대한 정자를 퍼뜨린다.

아니다. 붉은털원숭이나 사자꼬리마카크원숭이 암컷은 교미를 원하지만 수컷에게 외면당하는 일이 잦다. 짝짓기가 번식을 위한 도구만이 아니라 공적인 상징이기 때문이다.

마녀의 연쇄 독서

암컷은 모성애를, 수컷은 바람기를 타고난다는 생물학적 설명이 의심스러워지지 않나요? 남녀 성역할에 관한 고정관념을 비웃는 사례는 이뿐만이 아닙니다. 가령, 북극해 근처에 사는 실고기는 다윈의 공작새와는 정반대 성역할을 보여 줍니다. 암컷이 수컷보다 덩치도 크고, 짝짓기 때는 밝은 색을 띠며, 일처다부제로 수컷 하렘을 거느니니까요. 늘어진살자카나 물고기 역시 암컷이 수컷 하렘을 거느리는데, 이 하렘에서 수컷들은 하렘 바깥의 다른 수컷에게서 낳아온 새끼들까지 키웁니다.

더욱 흥미로운 것은 동물계에 만연한 동성애 관계입니다. 다윈에 따르면, 짝짓기는 번식을 위해 정자를 전달하는 행위인데 동성 짝짓기는 새끼를 낳을 수 없으므로 동성애는 진화론으로 설명이 안 됩니다. 그래서 대부분의 생물학자들은 동성애는 극히 드물며, 있다 해도 그것은 수컷과 암컷을 착각해서 생긴 오류라는 식으로 설명합니다. 하지만 러프가든은 이런 주장을 정면으로 반박합니다.

무엇보다 그녀는 동성애가 무척추동물부터 영장류에 이르기까지 수많은 종에서 수없이 발견된다는 점을 분명히 합니다. 심지어 백년해로의 상징으로 널리 알려진 기러기도 동성애자로서, 회색기러기의 15퍼센트가 수컷끼리 맺어진 동성애 커플이며 그중에는 15년이나 함께 지내는 쌍도 있습니다. 동성애 행동은 1백 종 이상의 포유류에서 관찰되며, 인간과 가까운 친척인 영장류에서도 드물지 않습니다. 특히 인간과 가장 가까운 보노보 사회에서 암컷 보노보는 레즈비언이 아니면 생존이 위태로울 정도이지요.

필자는 자연계에 만연한 동성애야말로 다윈의 성선택 이론이 오류임을 보여 준다면서, "이성애든 동성애든 짝짓기의 목적은 정자 전달보다도 관계를 맺고 이어가는 측면이 더 크다."고 주장합니다. 다시 말해, 섹슈얼리티는 사회 통합의 유효한 수단이며, 바로 그 점에서 동성애가 진화에 도움이 되었고 번식과 상관없이 살아남은 것이라고 설명합니다.

수백 쪽에 걸쳐 동성애와 트랜스젠더가 '부자연스러운 것'이 아니며 자연은 이런 다양성을 통해 진화해 왔음을 설명한 뒤, 필자는 인간 사회로 눈을 돌립니다. 그리고 전통적인 남녀 구분으로는 설명되지 않는 존재들, 즉 아메리카의 두 영혼 사람들, 인도의 히즈라, 폴리네시아의 마후 등을 비롯해, 역사와 성서에 기록된 다양한 트랜스젠더와 동성애에 주목합니다. 그녀는 이를 통해 동물계와 마찬가지로 인간계에도 무지개처럼 다양한 젠더와 섹슈얼리티가 드러나며 이들을 차별하는 것은 잘못이라고 역설합니다.

여기서 특히 눈길을 끄는 것은 아메리카 원주민 부족들에서 발견되는 '두 영혼 사람'입니다. 남성의 몸으로 여성 역할을 하거나 여성의 몸으로 남성의 일을 했던 두 영혼 사람들은 자신의 부족에서 인정과 존경을 받았고, 서구 사회에서 규정하는 트랜스젠더·게이·레즈비언의 틀을 넘어 이들을 포괄하는 다양한 정체성을 구현했습니다. 육체적 간성3)은 물론 정신적 간성까지도 포용했던 문화가 있었기에 가능한 존재이지요. 그러나 남녀를 엄격히 구분하는 문명사회의 이분법이 득세

마녀의 연쇄 독서

하면서 이들은 사라지고 맙니다. 과학을 앞세운 문명이 실은 인간의 다양성을 억압하는 '프로크루스테스의 침대'가 된 셈인데 놀라운 것은 이것이 단지 은유만이 아니라는 겁니다. 무슨 이야기냐고요?

러프가든은 다양한 형태의 간성 사례를 열거하면서 간성을 무조건 유전적 질환으로 간주하는 의학계의 관행을 비판하는데, 이런 관행 중 하나가 남녀 생식기를 다 가진 아기가 태어났을 때 음경이 기준보다 작으면 잘라 버리는 것입니다. 그런데 의학계의 프로크루스테스가 생각한 남성의 과학적인 크기가 너무 컸던 걸까요? 실제로 작은 음경을 잘리고 여성이 된 아이들 중에는 자라면서 점점 남성 정체성이 뚜렷해져 고통을 겪는 경우가 많았습니다. 사람은 남성 아니면 여성으로 태어난다는 고정관념 때문에 성급히 휘두른 칼날이 한 인생을 고통에 빠트린 것이지요. 반면, 아이가 자라서 스스로 성을 선택할 때까지 간성을 지지해 주는 도미니카공화국의 일부 지역에서는 이런 고통을 겪을 일은 없다는군요.

과문한 탓인지, 내게는 이 모든 이야기가 새롭고 놀랍기만 합니다. 그리고 내가 상식이라고 여겼던 많은 것들이 사실은 편견의 산물이며 소수를 억압하는 담론이라는 것, 가장 객관적인 것처럼 보이는 과학조

---

3) 간성(間性)이란 암수딴몸의 생물 개체에 암수 두 가지 형질이 혼합되어 나타나는 것을 이릅니다.

차 사회적 시선에서 자유롭지 않다는 것을 새삼 깨닫습니다. 동물계의 숱한 사례들에도 불구하고 동성애는 극히 드문 예외라고 주장하는 생물학자들, 남성의 번식욕이 강간 유전자를 증가시켰다고 말하는 진화 생물학자들, 생명을 유전자로 환원시키고 우월 유전자와 결함 유전자를 가르는 유전 공학자들. 러프가든은 그들에게서 남녀 성역할에 대한 편견과 엘리트주의적 사고, 그리고 거대 자본과 결탁한 과학 산업을 봅니다.

그녀의 주장이 지나친 억측이며, 『진화의 무지개』에 전개된 사례들 또한 트랜스젠더 생물학자가 자기변호를 위해 취합한 것일 수 있습니다. 또한 성선택 이론과 이기적 유전자 대신 이 책이 말하는 사회 통합 이론과 상냥한 유전자가 설득력을 가지려면 더 많은 연구와 시간이 필요할 것입니다. 하지만 그것이 세상을 좀 더 평화롭고 우애롭게 만드는 데 기여한다면 기꺼이 시간과 노력을 투여할 만하지 않을까요? 무지개 같이 아름다운 진화가 바로 거기서 시작될 수도 있으니 말입니다.

마녀의 연쇄 독서

연
쇄
13

낯설지만
매혹적인

윌리엄 버로스 지음,
조동섭 옮김,
『퀴어』,
펭귄클래식코리아, 2009

지넷 윈터슨 지음,
김은정 옮김,
『오렌지만이 과일은 아니다』,
민음사, 2009

트랜스젠더 생물학자 조안 러프가든의 『진화의 무지개』로 열두 번째 연쇄 독서기를 쓰느라 끙끙대고 있을 때, 서울 도심에서는 퀴어1)들이 무지개 깃발을 들고 퍼레이드를 벌였습니다. 원고에 코가 빠진 나는 퍼레이드가 끝난 다음 날에야 소식을 들었는데, 러프가든의 책 때문에 퀴어에 대한 관심이 부쩍 높아진 터라 몹시 아쉬웠습니다. 그래서 조금이라도 아쉬움을 덜 양으로 퀴어를 다룬 책을 읽기로 했습니다. 지난번에

---

1) 퀴어(Queer)란 레즈비언이나 게이 같은 남녀 동성애자를 비롯해 양성애자, 트랜스젠더 등 모든 성적 소수자를 통칭하는 말입니다. 6월이 오면 세계 곳곳에서 퀴어 축제가 벌어지는데 한국에서도 2012년 현재까지 13번의 퀴어 문화 축제가 열렸습니다.

는 퀴어를 생물학·인류학·사회학의 견지에서 옹호한 러프가든의 책을 읽었으니 이번엔 문학작품을 주로 뒤졌지요.

시작은 윌리엄 버로스(1914~97)의 소설 『퀴어』였습니다. 제목만 보고 고른 책인데 읽는 내내 당혹감을 떨칠 수가 없더군요. 위악적으로 여겨질 만큼 신랄한 서술 탓이기도 했고, 한편으론 동성애를 이런 식으로 다룬 작품을 본 적이 없어서 좀 놀랐습니다. 이전까지 내가 읽은 퀴어 작품들에선 대부분 동성 간의 사랑을 아름답고 긍정적으로 묘사했기 때문에 더욱 그랬습니다.

일테면, 두 여성의 견결한 사랑을 보여 주는 새러 워터스의 레즈비언 역사소설 『핑거스미스』2)나, 사회적 편견에 스러지는 게이의 비극적 사랑을 그린 애니 프루의 단편 「브로크백 마운틴」3)이 대표적인 예이지요. 아마 나뿐 아니라 많은 이성애자들이 이 소설들을 거부감 없이 즐기고 좋아한 것도, 게이건 레즈비언이건 누구에게나 사랑은 간절하고 순수하고 아름다운 것이라는 믿음에 공감했기 때문일 겁니다.

그러나 윌리엄 버로스의 자전소설 『퀴어』는 다릅니다. 작가의 분신이랄 수 있는 주인공 윌리엄 리는 금단증세에 시달리는 마약중독자로, 사랑에 빠진 동성애자라기보다는 성욕을 주체 못하는 남색자의 모습으

---

2) 새러 워터스 지음, 최용준 옮김, 『핑거스미스』(열린책들, 2006).
3) 애니 프루 지음, 조동섭 옮김, 『브로크백 마운틴』(미디어2.0, 2006)에 수록.

　　　　마녀의 연쇄 독서

로 그려집니다. 그는 종일 술을 마시고 정욕에 불타 하룻밤 상대를 찾아다니며 추잡한 이야기를 늘어놓아 주위 사람들은 물론 독자까지 눈살을 찌푸리게 만듭니다. 참 정 안 가는 캐릭터인데 그래도 한 가지, 사랑 때문에 괴로워하는 모습을 보면 슬그니 연민이 느껴집니다.

리가 사랑하는 사람은 청년 앨러턴입니다. 그는 냉담한 앨러턴을 유혹하기 위해 돈을 쓰고 선물 공세를 폅니다. 하지만 그럴수록 둘의 관계는 매매춘과 같은 것이 될 뿐, 둘 사이 마음의 거리는 점점 더 멀어지기만 합니다. 그래도 리는 앨러턴을 포기하지 못합니다. 망설이고 눈치 보다가 간신히 함께 여행을 떠나는 데 성공한 리. 그는 온종일 "관심의 대상과 함께 보낼 수 있다."는 사실에 "공허와 공포에서 벗어난 기분"을 느낍니다. 그러나 기쁨도 잠시, 여행의 끝은 비참합니다.

"좀 치울래요? 잠이나 자요." 앨러턴이 말했다. 앨러턴은 리에게 등을 돌리고 모로 누웠다. 리는 팔을 거뒀다. 온몸에 쇼크가 와서 굳었다. 천천히 자기 손을 자기 뺨에 댔다. 몸 안에서 출혈이 일어나는 듯, 깊은 상심을 느꼈다. 눈물이 얼굴에 흘러내렸다.

지친 몸을 받아 주리라 기대했지만 기대는 배반당하고, 등을 돌린 연인 옆에서 리는 홀로 눈물 흘립니다. 비록 퀴어의 사랑을 부정하는 이성애자라 해도 응답 없는 사랑에 상처받은 적이 있는 이라면 누구나 리의 마음을 이해할 수 있을 겁니다. 그리고 여느 사랑과 다름없이 빛과

그늘을 오가는 것이 동성애이며, 이성애자와 마찬가지로 동성애자도 어긋나는 사랑에 질투하고 상처 입는다는 것을 깨닫게 되지요.

그러나 『퀴어』가 이 같은 사랑의 보편성을 말한 소설이냐고 묻는다면…… 글쎄요. 『퀴어』는 집필한 지 30여 년이 지나, 그것도 후주後註와도 같은 긴 프롤로그를 달고서 출간된 작품입니다. 무엇이 집필과 발표 사이에 이토록 긴 간극을 불렀을까요? 왜 버로스는 자신의 마약중독 경험을 고백한 『정키』(1953)[4]는 망설임 없이 발표했으면서도 비슷한 시기에 쓴 『퀴어』는 30년 넘게 숨겨 두어야 했을까요? 그것은 이 소설이 쓰인 배경에 끔찍한 비극이 있었기 때문입니다. 1985년에 쓴 프롤로그에서 버로스는 고백합니다.

이 책은 전혀 언급되지 않은, 사실은 애써 피한, 한 사건이 동기가 되어 만들어졌다. 1951년 9월, 내 아내 조앤을 총으로 쏘아 죽게 만든 사고다.

자기 손으로 자기 아내를 죽인 일, 그것이 바로 『퀴어』를 쓴 동기이며, 버로스를 작가로 만든 동인입니다. 창작의 동기치고는 너무나 참혹한 일인데, 그걸 생각하면 이 소설을 읽기가 그토록 불편하고 당혹스러웠던 것도 이해가 됩니다. 사랑이야 동성애든 이성애든 죄 될 것이 없

4) 윌리엄 버로스 지음, 조동섭 옮김, 『정키』(펭귄클래식코리아, 2009).

　　　　마녀의 연쇄 독서

지만 살인은 다릅니다. 법적으로는 무죄판결을 받았다 해도 독자 입장
에서는 '어쨌든 살인자'의 고백을 읽는 것이 맘 편할 리 없습니다. 그러
나 읽기 불편하다는 이유만으로 그를 단죄할 수는 없지요. 아니, 단죄
할 필요도 없습니다. 이 읽기 힘든 소설이 이미 보여 주고 있듯이, 그는
죄 속에서 죄에 갇힌 채 영원한 죄인으로 살고 있기 때문입니다.

　끔찍한 사건 이후, 버로스는 자신을 숙주 삼아 자신 안에 살아 숨쉬
는 악령에서 벗어나기 위해 발버둥 칩니다. 하지만 구원은 보이지 않습
니다. 아니, 감히 꿈조차 꿀 수 없지요. 그때 절망의 끝에서 그가 할 수
있는 건 자신의 이야기를, 악령에 들린 자신의 삶을 "적어서 내보이는
것"뿐입니다. 인간으로서 실격된 자신을 써내려 감으로써 인간으로서
살아가는 힘을 얻은 셈이랄까요.

　그러나 살아가는 힘을 얻었다 해도 그것은 활기나 생기와는 다른 힘,
천형을 감당하는 안간힘 같은 것입니다. 그리고 아내를 죽이고 작가가
된 그에게 글쓰기란 성취도 희열도 아닌, 악령의 숙주인 자신을 들여다
보는 일이며 이미 패배한 싸움을 계속하는 일입니다. 『퀴어』라는 이상
하고 낯선 소설은 그렇게 탄생합니다. 그러니 이 소설이 독자를 난감하
게 할 만큼 '퀴어'한 것도 당연하지요.

　버로스와는 다르지만, 퀴어하다는 점에서는 지넷 윈터슨의 소설도
빼놓을 수 없습니다. 그녀의 작품은 데뷔작 『오렌지만이 과일은 아니
다』를 비롯해 『육체에 새겨지다』, 『열정』, 『하룻밤만의 자유』 등5) 여

러 편이 번역되어 있는데, 소개된 종수에 비해 한국 독자들의 관심은 아직 크지 않은 듯합니다. 레즈비언인 윈터슨의 성 정체성이 작품에 투영된 것도 한 요인이겠지만, 그보다 신화·전설·동화 같은 다양한 장르를 끌어오고 인물의 성별을 애매하게 하는 등, 전통적인 소설 작법과는 다른 그녀의 글쓰기가 독자들에게 낯설게 여겨진 것이 더 큰 이유가 아닌가 싶습니다.

내가 처음 읽은 윈터슨의 소설은 1985년 발표해 그해 휘트브레드 상을 수상한 『오렌지만이 과일은 아니다』인데, 영국에서는 고등학교 교과로 다루어져 대학 입학 준비 과정의 문학 필수 작품으로 선정되고 텔레비전 미니시리즈로도 제작돼 인기를 끈 화제작이랍니다. 하지만 리얼리즘 소설에 길들여진 나 같은 독자에게는 이야기 중간에 불쑥불쑥 동화가 튀어나오는 이 소설이 그리 읽기 편한 작품은 아니었습니다. 소설의 스토리는 재미있지만 중간에 끼워 넣은 동화와 전설은 뜬금없어서 몇 번이나 투덜거리며 책장을 덮었지요. 그런데 이상하지요? 얼마 못 가서 다시 책장을 들추게 되더군요. 다음에 어떻게 되나 궁금하기도 하고, 담백하면서도 자꾸 곱씹게 하는 문장이 생각나고, 거기에 동화가 왜 등장하는지 이유를 알아내겠다는 오기까지 더해져서 결국은 끝까지

5) 저넷 윈터슨 지음, 이혜남 옮김, 『육체에 새겨지다』(웅진출판, 1996).
　재닛 윈터슨 지음, 송인갑 옮김, 『열정』(한국문화사, 2004).
　재닛 윈터슨 지음, 임주현 옮김, 『하룻밤만의 자유』(문학사상사, 2002).
　같은 작가인데 이름 표기가 출판사마다 다른 이유를 모르겠네요.

 　마녀의 연쇄 독서

읽고 또 한 번 읽었습니다.

『오렌지만이 과일은 아니다』는 버로스의 『퀴어』처럼 작가가 자신과 이름이 같은 주인공을 내세워 쓴 일종의 자전소설입니다. 여기서 윈터슨은 독실한 기독교 집안에 입양되어 교회밖에 모르는 아이로 키워졌지만 한 소녀와의 사랑을 계기로 가족과 신앙, 모두와 결별하고 새로운 인생을 시작한 지넷 자신의 이야기를 들려줍니다.

태어나자마자 친부모에게 버림받고, 완고한 신앙인인 어머니 밑에서 전도사로 키워지고, 사춘기 시절 동성애에 눈뜨고, 그로 인해 집에서 쫓겨나 스무 살이 되기도 전에 아이스크림 장사, 장례식 보조, 정신병원 도우미 등을 전전하는 그녀의 이야기는, 쓰기에 따라선 눈물샘을 자극할 만한 자못 파란만장한 사연이지요.

하지만 지넷은 스스로를 가여워하지도 대견해하지도 않습니다. 그녀는 부모를 원망하거나 자신을 불쌍해하는 대신, 고통의 배후를 질문하며 세상이 어떻게 움직이는지 파고듭니다. 소설에서 지넷의 이야기가 진행되는 사이사이 등장하는 동화와 전설은 그런 점에서 그녀가 자기연민이나 자아도취에 빠지지 않고 자신의 삶을 돌아보도록 하는 제동장치이자, 새로운 시선으로 세상을 읽고 해석하려는 그녀의 당찬 노력의 소산이라고 할 수 있습니다. 그렇게 말하는 근거가 뭐냐고요?

이 소설에서 동화가 맨 처음 등장하는 것은, 독실한 신앙인인 지넷의 어머니가 인생의 의미를 고민하다가 입양을 결심하는 대목입니다. 동화의 내용은 슬픔에 잠긴 공주가 마법의 비밀을 알고 있는 꼽추 노파의

뒤를 잇는다는 이야기인데, 처음 읽었을 때는 공주는 지넷을, 노파는 어머니를 상징한다고 생각했습니다. 지넷이 주인공이고 나이도 어리니까 당연히 공주일 거라는 단순한 발상이었지요.

그런데 책을 두 번째 읽을 때, 어쩌면 동화 속 공주는 지넷의 어머니일 수도 있다는 생각이 들더군요. "자신의 열정에 불타 버릴 위험에 처했"다는 경고를 듣는 공주는 지넷의 어머니이고, 공주가 뜨거운 열정과 뭔지 모를 사명감에 불타서 받아들인 '노파의 책임'이 바로 입양한 지넷일지도 모른다 싶었지요. 어느 쪽이 맞을까, 이 동화가 무슨 의미일까 고민하다가 알았습니다. 정답이 있는 게 아니란 것을.

소설도 그렇지만 동화에 정답이 어디 있겠습니까? 작가의 의도를 정확히 이해하는 것도 중요하지만, 상상과 상징이 무엇보다 큰 역할을 하는 동화와 전설에서 더 중요한 것은 독자의 상상이고, 그에 따라 변하는 의미의 결이지요. 그 때문에 윈터슨이 스토리의 자연스러운 흐름을 끊어 가며 소설 속에 뜬금없는 동화와 아서왕의 전설 따위를 집어넣은 것이고요. 사실의 재현으로 소설을 읽어 가는 독자의 관성에 제동을 걸고 이야기를 다시 해석하도록 하기 위해서 말입니다.

그렇게 생각하자 지넷이 자신의 정체성을 깨닫고 긍정하기 시작한 시점에서 성배를 찾아 나서는 아서왕의 전설이 등장하는 것도, 또 그녀가 어머니로부터 파문당하고 집을 떠나는 날부터 위닛 스톤자의 동화가 등장하는 것도 이해가 되더군요. 그리고 소설에 나오는 전설과 동화들이 지넷이 겪는 갈등과 경험에 다층적 의미를 부여하면서 개인적 차

마녀의 연쇄 독서

원을 넘어 신화적·역사적 시각에서 문제를 바라보게 한다는 걸 깨달았습니다. 너무 거창하다고요? 하지만 생각해 보세요. 내가 겪는 갈등과 고통이 순전히 사적이기만 한 것인지. 지극히 사적으로만 보이는 사랑조차 기존의 관습과 도덕, 종교적 신념과 정치경제적 관계에 의해 영향받는 게 현실이며, 그 현실을 벗어나기가 쉽지 않은 게 사실 아닌가요?

소설에서 지넷은 동성을 사랑하고, 그 사랑을 죄로 치부하는 어머니와 목사에게 분노합니다. 하지만 스토리와 나란히 배열된 아서왕의 전설은, 그녀가 어머니와 목사의 신앙을 성배로 여겨 온 이전의 자신을 떨치지 못했으며 그래서 혼돈을 겪고 있음을 드러냅니다. 혼돈. 그렇습니다. 윈터슨은 자신이 성배를 찾았다고 말하는 대신 자신은 혼돈 속에 몸을 던졌다고 말합니다.

소설의 마지막에서 위닛의 동화와 지넷의 이야기는 하나로 모이고 누군가 그녀에게 묻습니다. "돌아가고 싶었던 적 없어요?" "나는 항상 돌아가는 것을 생각했다."고 그녀는 답합니다. 하지만 "구약성서에 나오는 룻의 아내는 뒤돌아보고 소금 기둥으로 변했"기에, 자신은 어머니가 준 "정연한 단어들로 이루어진 책" 대신 책이 없는 "예언자"로 살기로 했다고 말합니다. "황야에서 울부짖는 목소리며, 항상 의미를 알 수 없는 소리"인 예언자로 살아갈 것이라고 말이지요.

윈터슨이 보여 주는 세계는 위안과 가르침의 세계가 아니라, 이처럼 의미를 알 수 없는 목소리들이 웅웅대는 세계입니다. 그러므로 그녀의 소설에서 지넷과 더불어, 공주와 왕자와 완벽한 여자와 아서왕과 퍼시

벌과 마법사와 위닛이 모두 저마다의 목소리를 내는 것은 당연한 일입니다. 마치 오렌지만이 과일은 아닌 것처럼, 단 하나의 목소리란 그녀에겐 침묵보다 무거운 억압일 테니까요.

『오렌지만이 과일은 아니다』에서 지넷 윈터슨은 "가정의 미덕, 교회의 세력, 정상으로 가정되는 이성애에 도전"합니다. 그리고 그녀의 도전은 계속됩니다. 그녀가 쓴 연애소설 『육체에 새겨지다』에서 주인공은 여성인지 남성인지 드러나지 않으며, 독자는 소설 속 사랑이 동성애인지 이성애인지 알 수 없습니다. 또 현재와 과거의 요소들이 뒤섞인 그녀의 역사소설은 기존의 역사소설과는 전혀 다른, 환상적인 '유사 역사소설'Quasi-historical Fiction로 재탄생합니다.

익숙한 문법과 장르를 뒤흔드는 이런 글쓰기 때문에 독자는 당혹스럽고 독서는 불편하지만, 덕분에 책을 덮을 때쯤에는 관습과 전통이란 이름 아래 정작 중요한 것들은 잊고 있었다는 것을 깨닫게 됩니다. 모든 과일이 저마다의 맛과 향을 갖듯이 모든 인간은 저마다의 꿈과 삶으로 빛나며, 사랑은 동성애든 이성애든 치사랑이든 내리사랑이든 모두 아름답고 소중하며 경이롭다는 사실 말입니다. 그리고 그걸 아는 순간, 사랑하고 싶어집니다. 세상 모든 당신을 힘껏 사랑하며 뜨겁게 살고 싶어집니다.

　　마녀의 연쇄 독서

세상에서
제일 무서운
오렌지

마리-모니크 로뱅 지음,
이선혜 옮김,
『몬산토 : 죽음을 생산하는 기업』,
이레, 2009

트랜스젠더 생물학자 조안 러프가든의 책에 촉발되어 윌리엄 버로스와 지넷 윈터슨의 퀴어 문학을 탐사하던 무렵, 남녘땅 왜관에선 땅속을 탐사하느라 소란스러웠습니다. 전 주한미군 스티브 하우스가 1978년 왜관 미군기지 캠프 캐럴에서 에이전트 오렌지, 즉 고엽제 수백 통을 묻었다고 증언했기 때문이지요. 후쿠시마에서 방출되는 방사능만으로도 뒤숭숭한 판에 난데없이 고엽제라니, 기가 막히더군요. 더 기가 막힌 것은 이 증언이 나오자마자 봇물 터지듯 춘천 캠프 페이지, 부평 캠프 마켓 등 전국 각지의 미군 기지에 고엽제 등 화학물질이 매립되었다는 증언이 이어진 것입니다.

독서만이 아니라 환경오염도 연쇄적으로 일어나는 것인지……. 아

무튼 이를 계기로 전쟁의 위험이 있는 한 이 땅 어느 곳도 안전하지 않음을 깨달았습니다. 또한 고엽제 피해가 단지 일부 베트남 참전 군인의 문제가 아니란 것도 알았지요. 그리고 놀랍게도 한국 사법부가 세계 최초로 에이전트 오렌지 제조사인 몬산토와 다우케미컬스에게 피해자에 대한 배상 판결을 내렸다는 사실도 알게 되었습니다. 비록 2006년 1월 서울고법이 판결을 내린 뒤 6년이 지나도록 대법원에서 확정판결을 하지 않아 배상은 아직까지 이루어지지 않고 있지만 말입니다.

열네 번째 연쇄의 주제는 이 과정에서 자연스럽게 떠올랐습니다. 지난번엔 지넷 윈터슨의 『오렌지만이 과일은 아니다』를 읽었으니 이번엔 '오렌지가 과일만은 아니'라는 것을 보여 주는 책을 읽을 차례란 생각이 들었고, 그러자 에이전트 오렌지의 본산 몬산토를 샅샅이 파헤친 마리-모니크 로뱅의 역작이 딱 떠오르더군요.

평소 필독서라는 말을 별로 좋아하지 않지만 프랑스의 저널리스트이며 다큐멘터리 제작자인 마리-모니크 로뱅이 쓴 『몬산토 : 죽음을 생산하는 기업』에 대해선 기꺼이 필독서라는 타이틀을 붙이고 싶습니다. 주제와 서술, 모든 면에서 논픽션이 보여 줄 수 있는 최고의 수준을 보여 주는 책 『몬산토』, 열네 번째 연쇄서입니다.

미국에 본사를 둔 몬산토는 1백억 달러를 넘는 엄청난 매출에다 유전자 변형 작물GMO 종자의 세계 점유율 90퍼센트를 차지하는 세계 최대 다국적 농화학 기업입니다. 규모만 큰 것이 아니라 2008년에는 『비즈

　　　　마녀의 연쇄 독서

니스위크』지 선정 '세계에서 가장 영향력 있는 10대 기업', 2010년에는
『포춘』지 선정 '일하기 좋은 1백대 기업'에 꼽혔으며, 한국 법인 몬산
토코리아는 2010년 외국인 투자 유치 유공자 국무총리 표창을 받았을
만큼 사회적으로 인정받는 기업입니다. 1901년 5천 달러의 대출금으로
시작한 회사가 1백 년 넘게 생존하며 초대형 다국적기업으로 성장한 것
인데, 비결이 뭘까요? 이 책에서 로뱅은 4년 동안 미국·캐나다·멕시코·
아르헨티나·파라과이·인도 등 전 세계를 발로 뛰며 파헤친 그 비밀을
공개합니다.

창업 초 사카린과 아스피린 생산으로 기초를 다진 몬산토가 비약적
인 성장을 한 것은 1935년 스완 화학 상사를 인수하면서부터입니다.
성공의 열쇠는 스완이 생산하던 '기적의 화학제품' 폴리염화비페닐PCB
이었지요. PCB 판매 독점권을 가진 몬산토는 1977년 PCB 사용이 금
지될 때까지 미국·영국·프랑스·독일·일본 등에서 제품을 팔아 막대한
이익을 얻었습니다. 겉보기에는 알짜 기업을 잘 인수한 경영 능력이 성
공의 요인이지만, 실제로는 은폐와 거짓을 대가로 쌓은 치부였고 많은
이들의 목숨을 담보로 한 성장이었습니다.

그 성장의 배후에 놓인 어두운 그늘이 이를 증명하는데, 그늘이 드리
운 곳은 한때 '앨라배마의 찬란한 도시'로 불리던 미국 남동부의 도시 애
니스턴입니다. 몬산토의 PCB 생산 공장이 있던 애니스턴에서는 1929~
71년 사이 30만8천 톤에 달하는 PCB가 생산되어, 그중 810톤이 하천
으로 방출되고 오염 폐기물 3만2천 톤이 흑인 거주지인 노천 하치장에

버려졌습니다. 그 결과, 공장이 문을 닫은 지 수십 년이 지난 2006년 로뱅이 애니스턴을 찾았을 때, 그곳은 한 해 1백 명이 넘는 사람들이 암으로 죽고 거리는 폐허로 변한 '유령도시'가 되어 있었습니다. 1937년부터 이미 PCB의 유해성을 알고 있던 몬산토가 좀 더 일찍 사실을 공개했더라면, 아니, 그 뒤로 40년이나 생산을 계속하지만 않았더라도 줄일 수 있었던 피해였지요. 하지만 몬산토는 "단 1달러의 손실도 용납할 수 없다."라는 내부 방침 아래 모든 것을 은폐했고 숱한 생명을 죽음으로 몰아넣었습니다.

다행히 2001년, O. J. 심슨 사건으로 유명한 흑인 변호사 조니 코크란의 주도로 애니스턴 시민들은 소송을 제기했고, 긴 법정 공방 끝에 몬산토는 7억 달러라는 피해 보상금을 지불하게 되었습니다. PCB의 유해성이 분명하므로 이런 판결은 당연해 보입니다. 그러나 에이전트 오렌지의 피해자들이라면 이 승리가 기적이라고 말할 겁니다. 자신들은 끝내 경험하지 못한 기적이라고.

에이전트 오렌지라는 혁신적인 제초제가 베트남전쟁에 처음 사용된 것은 1959년. 시범 사용에서 에이전트 오렌지의 놀라운 성능을 확인한 미국은 1962년 1월 13일 이 고엽제를 이용한 화학 전쟁을 본격적으로 시작했습니다. 그날로부터 10년간 밀림을 제거해 적의 동태를 파악하고 '폭도'들의 식량을 파괴하기 위해, 엄청난 다이옥신을 함유한 제초제가 공중에서 대량 살포되었습니다. 비처럼 쏟아진 고엽제는 베트남 땅을 물들이고, 미국의 적 베트콩의 몸은 물론 미군들의 몸속으로 파고들

마녀의 연쇄 독서

었습니다.

미국과 남부 베트남 정부는 "제초제에 진혀 독성이 없다."고 발표했지만, 에이전트 오렌지의 제조사인 다우케미컬스와 몬산토는 1965년 초 이미 거기 포함된 다이옥신의 유해성을 알고 있었습니다. 이들은 대책을 논의하는 비밀 회동을 가졌고, 입을 닫기로 합의했습니다. 그리고 계속 에이전트 오렌지를 살포해 돈을 벌었습니다.

1970년에 이르러 미국 정부는 다이옥신이 대량 함유된 이 제초제의 위험성을 확인하고 사용을 금지했습니다. 로뱅은 "이리하여 에이전트 오렌지는 종말을 맞았다."고 썼습니다만, 같은 성분의 고엽제가 1971년, 심지어 1978년에도 한국에서 사용되었다는 의혹은 몰랐던 모양입니다. 하긴 그녀만이 아니라 당시 고엽제를 맨손으로 뿌렸다는 한국 군인과 민간인들도 전 주한미군의 잇따른 폭로로 문제가 불거지기 전까지는 아무것도 몰랐다니 말해 뭣하겠습니까.

2011년 12월 29일 한미 공동 조사단은 7개월여의 조사 끝에 캠프 캐럴에서 다량의 발암물질과 미량의 다이옥신이 검출되었으며, 제초제는 사용되었으나 고엽제는 발견되지 않았다고 발표했습니다. 발표대로라면 1978년 한국에서 고엽제를 사용했다는 의혹은 사실이 아닌 셈인데 선뜻 믿기지가 않습니다. 내가 유독 의심이 많아서가 아니라, 고엽제 피해를 인정하고 보상을 하기까지 정부가 어떻게 해왔는지 조금이라도 안다면 누구나 그럴 겁니다. 끝없는 부인과 은폐, 그리고 마지못한 인정과 쥐꼬리만 한 보상이 그간의 역사였으니까요. 물론 그마저도 안 하는 몬산토 같은 기업보다 낫다면 낫지만요.

아무튼 한국의 미군 기지에서 병사들이 고엽제로 의심되는 제초제를 매립하던 1978년, 미국에서는 장암에 걸린 베트남 참전군인 폴 로이터샨이 에이전트 오렌지 생산 업체를 고소했고, 이를 계기로 수천 명에 이르는 참전 군인들이 몬산토를 상대로 최초의 집단소송을 제기했습니다.

몬산토는 과학자들을 동원해 대응에 나섰습니다. 다이옥신이 인체는 물론 모든 자연환경에 존재한다는 '과학적' 근거를 제시하며, 참전 군인들의 암 발병과 다이옥신 사이에는 아무 관계도 없다는 주장을 과학 전문지에 잇달아 발표한 겁니다. 결국 다이옥신의 발암 가능성을 과학적으로 입증할 책임은 피해 군인들의 몫이 되었고, 암과 다이옥신의 연관성을 밝혀낼 지식도 자본도 갖지 못한 군인들은 1984년 소송을 포기했습니다.

하지만 베트남전쟁 당시 해군 총사령관이었던 엘모 줌왈트 주니어 장군은 포기하지 않았습니다. 사령관으로 함께 참전했던 아들이 복합 장애를 가진 손자만 남긴 채 42세에 암과 백혈병에 걸려 세상을 떠나자, 그는 에이전트 오렌지 피해자들의 싸움에 남은 생을 걸었습니다. 그가 내부 고발을 기초로 1990년 몬산토와 정부의 정경 유착을 고발한 비밀 보고서를 제출한 뒤 17년이 지나, 마침내 국립과학원은 다이옥신의 발암 가능성을 인정했습니다. 자신의 지위와 영향력을 이용해 싸운 줌왈트 장군의 노력이 결실을 거둔 것인데, 고위층 인사일수록 병역 기

마녀의 연쇄 독서

피율이 높은 한국 사회에서는 아무래도 기대하기 힘든 일이겠지요.

이처럼 우여곡절 끝에 PCB와 에이전트 오렌지가 차례로 사용 금지된 뒤, 몬산토는 새로운 제초제 '라운드업'과 유전자조작으로 생산한 '소성장호르몬'을 주력 품목으로 내세웠습니다. 하지만 제품은 바뀌어도 논란은 똑같아서, 유해성 시비, 의혹과 은폐, 『사이언스』 등 유력 과학 전문지를 동원한 실험 조작, 식품의약국FDA과의 정경 유착, 내부 고발자의 양심선언 등, 유사한 과정이 다시 반복되었지요.

물론 달라진 것도 있습니다. 과학의 발전과 더불어 기업 성장의 동력은 이전 세기의 화학에서 생명공학으로 바뀌었고, 환경오염의 주범으로 손꼽히던 화학 기업 몬산토는 유전자 변형 작물 식품 개발로 "지속 가능한 농업"을 일구는 농업 종자 기업으로 변신했습니다. 하지만 고엽제를 만들던 화학 기업이 GMO를 생산하는 생명공학 기업으로 바뀌었다 해도 기업 정신만은 변함이 없었습니다. 변함이 없기는 과학을 내세워 위험성을 은폐하는 전문가 집단도, 대기업과 유착해 진실을 호도하는 정부 기관도 마찬가지였지요.

이 책의 3분의 2는 GMO로 인한 심각한 위험을 다룹니다. 몬산토는 병충해에 강한 GMO가 식량 문제를 해결하고 농업 발전에 기여할 것이라고 선전하지만, 로뱅은 아메리카 대륙과 인도 등에서 정반대 현실을 목격합니다. 150종 이상의 옥수수를 재배하던 멕시코는 북미 FTA 때문에 몬산토의 유전자 변형 옥수수를 대량 수입했는데, 그 결과 다양한 옥수수 종이 사라지고 영세농민들은 빈민으로 전락했으며 유전자

오염으로 농업은 위험에 처했습니다. 또한 유전자 변형 Bt 면화를 들여온 인도의 마하수트라 주에서는, 토양에 맞지 않는 유전자 변형 종자 때문에 종자는 물론 비료와 농약까지 사야 하는 영세농민들이 하루 평균 세 명씩 자살하는 비극이 일어났지요.

더 큰 문제는 이런 사실을 조직적으로 은폐하는 움직임이 언제 어디에나 있으며, 진실을 말하는 사람들에겐 보복이 가해진다는 겁니다. 가령, 유전자 변형 옥수수의 유전자 오염에 관한 논문을 『네이처』 지에 게재한 버클리 대학교 생물학과의 데이비드 퀴스트와 이그나시오 차펠라는, 학계의 비판은 물론 경찰의 감시까지 받는 처지가 됩니다. 심지어 인터넷에서는 몬산토가 내세운 가짜 과학자가 이들을 맹비난하는 어처구니없는 일이 벌어지기도 했지요. 특히 어이없는 것은 『네이처』가 133년 역사상 처음으로 이들의 논문을 부인하는 기사를 냈다는 점이며, 버클리 대학교가 차펠라의 정교수 자격을 박탈했다는 사실입니다. 바야흐로 자본이 권력은 물론 지식까지 지배하는 명실상부한 '자본주의' 시대가 된 것이지요.

WTO가 추진한 무역 관련 지적재산권TRIPs 협정은 이를 보여 주는 증표입니다. 몬산토 등 다국적기업이 앞장선 TRIPs 협정에서 이들이 특히 강조하는 것은, "다양한 식물 품종을 특허나 나름대로의 독특하고 효율적인 방법을 통해, 혹은 이 두 가지 수단을 병행해 보호할 수 있다."라고 규정한 27.3(b)항입니다. 참 애매하고 난해한 표현인데, 사실 그 속에 숨은 뜻은 명쾌합니다. 유전자 변형 종자를 보호하고, 다국적

  마녀의 연쇄 독서

기업이 제3세계의 풍부한 유전자원을 독점하겠다는 것이지요.

1997년 외환 위기 이후 한국 최대의 종자 회사들이 차례로 몬산토, 신젠타, 사카다 등 외국 기업에 넘어갔습니다. 신토불이라는 말이 무색한 현실이지요. 이미 농민들은 조상 대대로 키워 온 작물들을 특허라는 이름으로 다국적기업에 빼앗긴 채, 스스로 번식도 하지 못하는 일회용 종자를 사야 합니다. 소비자들 또한 유전자 변형 종자가 생태계를 교란시키고 인체에 영향을 주리란 걸 알면서도 GMO 표시조차 없는 식료품을 사야 합니다.

그 결과, 앞으로 어떤 일이 일어날까요? GMO가 개발자들의 말처럼 환경과 식량, 두 마리 토끼를 다 잡는 황금알이 될까요? 과거 몬산토는 다이옥신이 얼마나 치명적인 위험 물질인지 모르는 채 다이옥신을 만들었고 위험성을 안 뒤에도 생산을 멈추지 않았습니다. 똑같은 일이 GMO를 두고 벌어지지 않는다고 장담할 수 있을까요?

모든 것이 불확실한 지금, 확실한 것은 한 가지뿐입니다. 진실을 밝히려는 끈질긴 노력과 그 노력을 지지하고 응원하는 우리 자신에게 미래가 달려 있다는 것, 그래서 늘 우리의 어깨가 무겁고 만성 통증에 시달린다는 것이지요.

잘 먹고
잘 싸우기

게리 폴 나브한 지음,
강경이 옮김,
『지상의 모든 음식은 어디에서 오는가』,
아카이브, 2010

독서를 하다 보면 읽을 책이 너무 없어도 고민이지만 읽을 책이 너무 많아도 고민입니다. 없으면 심심하고 많으면 피곤하지요. 연쇄 독서도 마찬가지입니다. 어떤 책은 연쇄가 너무 안 일어나서 고민인데 어떤 책은 너무 많은 연쇄를 일으켜 행복한 고민을 하게 됩니다. 앞서 소개한 『몬산토』가 그런 경우로, 책을 덮기도 전에 다음 책들이 마구마구 떠오르더군요. 그중에서도 다국적 식품 의약 기업의 추악한 실상을 폭로한 스탠 콕스의 『녹색 성장의 유혹』[1]과, 홍보라는 이름으로 정보 조작을 서

1) 스탠 콕스 지음, 추선영 옮김, 『녹색 성장의 유혹』(난장이, 2009).

마녀의 연쇄 독서

습지 않는 기업 행태를 비판한 『스핀닥터』[2]는 마지막까지 열다섯 번째 연쇄서의 자리를 놓고 경합을 벌인 책들입니다.

콕스는 『녹색 성장의 유혹』에서 보건 의료 산업과 공장식 농축 산업은 물론 유기농 산업조차 인간과 환경을 착취하는 현실을 보여 주며, 환경·경제·사회가 함께 발전하는 '녹색 성장'이란 불가능하다고 단언합니다. 성장을 추구하는 자본의 속성상 '녹색'을 유지할 수 없다는 거지요.

"민주주의를 전복하는 기업 권력의 언론 플레이"라는 부제가 붙은 『스핀닥터』는 그런 자본이 홍보를 어떻게 이용하는지 보여 주는 책입니다. 덕분에 홍보라는 미명 아래 자본의 이익을 위해선 무슨 말이든 지어내고 무슨 짓이든 하는 기업의 실상이 낱낱이 드러납니다. 16명의 전문가들이 함께 쓴 『스핀닥터』에서 특히 눈길을 끈 것은 조녀선 매슈스의 「생명공학의 사이비 여론 형성가」라는 글입니다. 매슈스는 여기서 몬산토가 어떻게 여론을 조작하는지 실제 사례를 제시하는데, 그 대표적인 예가 2002년 요하네스버그 지구정상회의 때 벌어졌던 빈민 시위입니다.

환경 운동가들은 늘 몬산토 같은 다국적기업의 GMO 식품이 가난한 제3세계의 식량·빈곤 문제를 오히려 심화시킨다고 비판해 왔습니다. 그

---

2) 윌리엄 디난 외 지음, 노승영 옮김, 『스핀닥터』(시대의창, 2011).

런데 흑인 빈민과 인도 농민들이 그들의 주장과는 달리 "생명공학이 아프리카를 살린다."는 구호를 내걸고 시위를 벌인 겁니다. 시위 소식은 서구의 주요 언론을 통해 전 세계로 퍼졌고, 환경 운동은 심각한 타격을 입었지요.

하지만 매슈스는 치밀한 취재를 통해 이 시위가 사실은 몬산토와 다우케미컬스 등 대기업의 지원을 받는 우익 기구들에 의해서 조작된 것임을 폭로합니다. 인도와 아프리카 출신의 인물을 내세워 마치 이들이 현지민의 이익을 대변하는 듯 꾸미고, 돈으로 가난한 빈민들을 동원해 시위를 벌이는 수법은 그들의 단골 메뉴였지요.

GMO 식품이 없어서 사람이 굶어 죽었다는 거짓말까지 태연히 늘어놓는 다국적기업과 우익 홍보 단체들의 행태를 고발한 매슈스의 글을 읽노라니, 세상에 믿을 놈 하나 없다는 장탄식이 절로 나옵니다. 매슈스의 글만이 아니라『스핀닥터』의 다른 글들도, 또『녹색 성장의 유혹』도 장탄식을 부른다는 점에선 비슷합니다. 그리고 바로 그 점이『스핀닥터』와『녹색 성장의 유혹』으로 연쇄가 일어나지 않은 이유입니다.

현실을 변화시킬 강한 의지가 없는 상태에서 현실의 문제점만 너무 많이 알게 되면 자칫 비관과 절망에 빠지기 쉽습니다. 지성의 비관이 싹트는 것이지요. 그래서『몬산토』의 문제의식을 이으면서도 조금은 희망적인 이야기가 있는 책을 읽기로 했습니다. 조작된 희망이 아니라 진짜 희망을 찾아 서점과 도서관을 뒤진 지 일주일. 드디어 희망의 열다섯 번째 연쇄서를 찾았습니다. 미국의 농부이자 식물학자이며 환경

마녀의 연쇄 독서

운동가인 게리 폴 나브한이 쓴 『지상의 모든 음식은 어디에서 오는가』
입니다.

　제목만 보면 언뜻 요리책 같기도 한 이 책에는 "15개 언어를 구사하
며 세계를 누빈 위대한 식량학자 바빌로프 이야기"라는 부제가 붙어 있
습니다. 바빌로프가 누구지? 무식한 나는 뒤표지에 실린 추천사를 읽어
보았습니다. 인류의 식량문제를 해결하려고 한 이상주의자, 씨앗을 찾
아 5대륙을 누빈 육종학자, 스탈린 치하에서 최후를 맞은 비극의 과학
자. 짧은 소개이지만 호기심이 동하더군요. 그렇다고 책에 대해 큰 기
대를 한 건 아닙니다. 훌륭한 과학자의 생애와 업적을 소개한 위인전
같은 것이려니 생각했지요.

　그런데 아니더군요. 이 책은 니콜라이 이바노비치 바빌로프(1887~1943)
라는 죽은 과학자를 기리는 전기가 아니라, 죽은 그를 되살려 현재를 분
석하고 미래를 바꾸려는 또 다른 바빌로프의 이야기입니다. 필자 나브
한은 책상에서 바빌로프의 생애를 복원하는 대신, 몸으로 바빌로프의
자취를 좇습니다. 기아를 막기 위해 목숨을 걸고 사막과 고원과 열대우
림을 넘나들었던 바빌로프를 따라 그는 아프가니스탄에서 콜롬비아로,
에티오피아에서 카자흐스탄으로, 레바논에서 타지키스탄을 거쳐 미국
을 찾습니다.

　그리고 이 긴 여행을 통해 우리가 먹는 모든 음식이 어디에서 기원하
는지, 그 음식들이 밥상에 오르기까지 얼마나 많은 이들의 수고와 희생

이 있었는지, 그 음식들을 계속 먹기 위해 우리가 무엇을 해야 하는지 보여 줍니다. 이 책의 제목이 '바빌로프 전傳'이 아니라 『지상의 모든 음식은 어디에서 오는가』인 것은 그래서입니다.

바빌로프를 좇아 나브한이 제일 먼저 찾은 곳은 상트페테르부르크(옛 레닌그라드)에 있는 바빌로프 식물 산업 연구소입니다. 바빌로프가 세계 5대륙을 115회나 원정하며 채집한 2천5백 종의 작물을 토대로 하여, 현재 38만여 개의 종자를 저장하고 있는 세계 최대 종자 은행이지요. 2006년 봄 이곳을 찾은 나브한은 인류의 미래를 밝혀 줄 보물 같은 종자들에 감격하고, 그것을 지키기 위해 목숨을 잃은 숱한 이들의 희생에 눈물짓습니다.

제2차 세계대전이 한창이던 1941년 7월, 스탈린은 나치의 손아귀에서 에르미타시 박물관의 소장품을 지키라고 명령했고, 열흘 만에 150만 점이 넘는 미술품이 포장되어 은신처로 떠났습니다. 하지만 근처에 있는 또 다른 세계 유산의 보고 바빌로프 연구소에 관심을 쏟는 이들은 없었습니다. 바빌로프를 눈엣가시로 여기던 스탈린은 물론이요, 에르미타시의 미술품을 잃을까 마음을 졸였던 지식인들도 연구소의 운명에는 무관심했지요. 대신 연구소를 기억하고 주목한 것은, 세계 최대 종자 은행을 장악해 미래의 식물 육종에 이용할 야심에 불타던 나치였습니다.

그들의 야심으로부터, 9백 일간 계속된 레닌그라드 봉쇄로부터, 그

     마녀의 연쇄 독서

폭력과 굶주림의 시대로부터 인류의 씨앗을 지킨 것은 평생 연구밖에는 몰랐던 과학자들이었습니다. 70만 레닌그라드 시민이 아사한 그 시절, 연구자들은 장래 더 많은 감자를 생산할 씨감자를 얻기 위해 굶어 죽으면서도 감자에는 손도 대지 않았습니다. 나브한을 안내하던 알렉사니안 박사는 연구소 복도에 걸린 흑백사진을 가리키며 말합니다.

여기 이 여자 분을 보세요. 씨감자를 책임졌던 분인데 감자밭을 지키다 돌아가셨어요. …… 여기 이분 …… 이분들이 종자를 지키다 숨진 과학자들이에요.

씨앗 자루를 쥔 채로 책상에서 숨을 거둔 스추킨, 수천 자루의 벼 종자를 안전한 곳에 옮기다 아사한 이바노프, 포탄에 맞아 숨진 울프, 끝까지 문서실을 지키다 죽은 글레이베르……. 종자를 지키다 죽은 이들은 한둘이 아닙니다. 그리고 그들의 스승이요 동료이며 의지고 희망이었던 사람, 바빌로프도 그 무렵 멀리 사라토프의 감옥에서 굶주림에 시달리다 숨을 거뒀습니다. 더 많은 이들을 먹여 살리기 위해 애쓴 죄로 제 목숨을 잃다니, 참으로 기막힌 일이지요.

하지만 더 기막힌 일은 이런 비극이 60여 년이 지난 오늘날에도 여전히 되풀이되고 있다는 겁니다. 1992년 전쟁의 와중에서 아프가니스탄 종자 은행은 완전히 파괴되었고, 2003년 미국의 이라크 침공 때는 고대 메소포타미아 종자 등이 보관된 아부그라이브 유전자은행과 식물

육종 기관이 폐허가 되었습니다. 만약 그 아수라장에서 몰래 종자를 감춰 숨긴 몇몇 과학자들의 헌신이 없었다면, "유전자의 성배이자 잃어버린 종자를 담은 노아의 방주"는 영영 사라지고 말았을 겁니다.

그나마 다행인 것은 이런 역사를 반면교사 삼아서, 전쟁 같은 재난에 대비한 세계 종자 은행 설립이 추진되고 있는 것입니다. '세계 작물 다양성 재단'은 그 대표적인 기구로, 이들은 바빌로프가 꿈꿨던 세계 종자 은행의 완성을 위해 수십만 종의 식물 종을 보존·관리하고 있으며, 종자에 대한 접근권을 민주화하는 데도 관심을 기울이고 있습니다. 갈수록 위태로운 종자의 운명을 생각하면 퍽 다행한 일이지요.

그러나 나브한은 종자 은행이 미래를 위한 보험은 될지 몰라도 그 자체가 미래는 아니라고 말합니다. 왜냐하면 저축된 종자는 "시간이 정지된 종자"일 뿐, 해마다 땅에 뿌려지고 재배되면서 기후변화와 질병, 해충 따위에 반응하는 "살아 숨 쉬는 종자"가 아니기 때문입니다. 그는 종자를 지킨다며 정작 현장의 농부들은 무시하는 지식인과 단체들을 비판하면서, 세계 최대의 종자 은행을 만든 바빌로프만이 아니라, 농부들과 종자를 나누고 토론했던 경작지의 바빌로프를 기억해야 한다고 말합니다.

그가 바빌로프의 여러 업적들 중에서도 '다양성 중심지'라는 개념에 주목하는 것은 이 때문입니다. 바빌로프 이전에는 티그리스, 유프라테스, 나일, 황하 등 큰 강가의 범람평야에서 농업 문명이 시작되었다는 게 학계의 정설이었습니다. 우리가 배운 교과서에도 그렇게 써있었지

　마녀의 연쇄 독서

요. 그런데 바빌로프는 이런 통념에 맞서, 농업 문명의 요람은 4대강 유역이 아니라 산악 지대라는 것을 밝혔습니다. 그리고 '다양성 중심지'라는 개념을 통해 산악 지대의 작물 다양성이 가장 크며, 작물 다양성이 높은 지역일수록 토착 언어와 야생 생물 다양성도 높다는 것을 처음으로 지적했지요.

나브한은 '다양성 중심지' 개념이야말로 바빌로프의 가장 큰 공헌이며, 그 덕분에 오늘날 생물 지리학자들이 생물 다양성 패턴을 그릴 수 있게 되었다고 지적합니다. 그리고 개념은 이어받았지만 정작 개념에 담긴 정신은 놓쳐 버린 환경 단체들을 비판합니다. 토착 주민에게서 땅을 사들이는 국제 보존 협회 같은 단체들의 활동이 오히려 다양한 작물을 관리해 온 농부와 삼림 경작지를 희생시키는 결과를 낳는다는 것이지요.

환경론자들은 국립공원 같은 보호구역은 중시하면서도, 공동체를 중심으로 사람과 자연 사이의 상호 관계 속에서 이루어지는 보존과 복원 전략에는 시큰둥한 경우가 많다. 자신들의 생존이 지난 수세기 동안 자연과 상호작용하며 작물 다양성을 보존해 온 농부들의 투박한 손에서 비롯된다는 사실을 잊고 있는 듯하다.

그는 1935년에 이미 식물지리학이 인간의 문화를 무시하지 말아야 한다고 주장했던 바빌로프를 상기시키며, "환경 운동을 탄생시킨 '다양

성 중심지'라는 개념이 야생 서식지가 아닌 토착 농업 연구에서 나왔다는 사실"을 재차 강조합니다. 요컨대 환경을 내세워 사람을 도외시하지 말라는 거지요.

물론 나브한도 농업이 환경을 파괴하거나 농부들이 돈 때문에 전통 작물 대신 마약 따위를 심는다는 것을 압니다. 하지만 그는 식량문제가 터졌을 때 제일 먼저 피해를 보는 것도, 또 그에 가장 적극적으로 대처하는 것도 농부들이라는 사실을 잊지 않습니다. 그는 전문가들이 연구실에서 만든 개량종이 실제 현장에서는 열등종으로 판명되는 현실을 지적하면서, 바빌로프가 그랬듯 농부들을 존중하고 그들에게서 배워야 한다고 역설합니다.

그가 이렇게 농민의 권리를 강조하는 이유는, 식량 문제는 결국 민주주의의 문제이기 때문입니다. 그는 "기아의 근본 원인은 식량이나 땅이 부족해서가 아니라 민주주의가 부족하기 때문"이라는 프란시스 무어 라페의 말을 인용하며, 식량 안보를 지키는 데 가장 중요한 것은 "종자 다양성에 대한 사회적·경제적·정치적 접근성"에 달려 있다고 단언합니다. 다시 말해, 농민들이 자유롭고 주체적으로 자신들의 종자 자원을 사용하는 생산의 민주성과, 시민들이 정확한 정보에 근거해 다양한 먹을거리를 선택하는 소비의 민주성이 보장되어야만 식량 안보도 종자의 미래도 기대할 수 있다는 것이지요.

　　　마녀의 연쇄 독서

수십 년 전, 작물 다양성을 주장하던 한 과학자는 집단농장을 강요하는 독재 정권에 의해 굶어 죽었습니다. 그리고 오늘날 거대 자본에 의해 대규모 단작이 추진되고 종자마저 독점된 세계에서, 해마다 5세 이하 어린이 1천2백만 명이 굶주림 때문에 죽어 가고 있습니다. 식량이 부족한 탓이라고 하지만, 현재 전 세계 곡물 생산량은 지구상의 모든 사람에게 하루 3천5백 칼로리를 공급할 수 있을[3] 정도입니다.

결국 중요한 것은 식량 안보를 지키고 자본의 독재에 맞서 식량 민주주의를 실현하는 것일 터. 과연 이 자본의 독재에 맞서 식량 민주주의를 실현할 수 있을까요? 전 세계를 지배하는 자본력을 생각하면 자신도 없고 밥맛도 떨어집니다만 어쩌겠어요. 그럴수록 잘 먹고 밥심을 키워야지요. 우리가 기댈 건 돈도 권력도 아닌 그저 밥, 밥심뿐이니까요.

---

3) 본문의 통계는 『굶주리는 세계』(프란시스 라페 외 지음, 허남혁 옮김, 창비, 2003)에서 인용했습니다.

밥상을
부탁해!

정부희,
『곤충의 밥상』,
상상의숲, 2010

열네 번째 연쇄서인 『몬산토』도 그랬지만 뒤이어 읽은 게리 폴 나브한의 『지상의 모든 음식은 어디에서 오는가』도 감당하기 어려울 만큼 많은 연쇄를 일으켜 나를 행복한 고민에 빠트린 책입니다. 이 책에 이어서 제일 먼저 읽은 것은 나브한이 책 말미에 소개한 『굶주리는 세계』입니다. 프란시스 무어 라페를 비롯한 식량과 발전 정책 연구소 연구원들이 함께 쓴 『굶주리는 세계』는 식량문제에 대한 열두 가지 신화를 하나하나 벗겨 내어, 세계의 굶주림은 식량 부족이 아니라 민주주의의 부족 때문임을 보여 줍니다. 나브한은 국제법학자이며 유엔 인권위원회 식량 특별 조사관이었던 장 지글러의 책도 언급하고 있는데, 특히 그의 대표작 『왜 세계의 절반은 굶주리는가』[1]는 나브한의 책을 잇는 연쇄

서로 손색이 없습니다.

현대 세계의 식량문제를 비판적으로 파헤친 책들은 이 밖에도 많지만, 특히 〈프레시안〉 기자인 강양구·강이현이 현장 취재를 통해 쓴 『밥상 혁명』[2])이나 윤리학자 피터 싱어와 농부 출신 변호사 짐 메이슨이 함께 쓴 『죽음의 밥상』[3])은 비판적 분석에서 나아가 실천적 대안까지 고민하게 한다는 점에서 눈길을 끕니다. 단, 이런 책들을 읽고 나면 밥상을 차리고 밥을 먹을 때마다 생각이 많아져 식욕부진과 소화불량이 생길 수 있습니다.

전 같으면 그 덕분에 다이어트가 돼서 좋다고 했을 텐데 인류학자 돈 쿨릭 등이 같이 쓴 『팻, 비만과 집착의 문화인류학』[4])을 읽고 나서는 다이어트에 대한 마음도 달라집니다. 날씬한 몸을 건강하고 예쁜 몸이라 믿고 날씬해지기를 소망했던 내 마음에 이토록 여러 가지 사회적 맥락이 숨어 있다고 생각하니 지금껏 살에 연연하는 자신이 한심하기도 하고 가엾기도 합니다.

요즘이야 뚱뚱한 몸을 실패의 징표처럼 여기지만 내가 어릴 때만 해도 두둑하게 살집이 오른 몸은 성공의 상징이었습니다. 가뭄 같은 자연재해가 기근으로 이어져 굶어 죽는 일이 비일비재하던 과거 역사를 생

---

1) 장 지글러 지음, 유영미 옮김, 『왜 세계의 절반은 굶주리는가』(갈라파고스, 2007).
2) 강양구·강이현, 『밥상 혁명』(살림터, 2009).
3) 피터 싱어·짐 메이슨 지음, 함규진 옮김, 『죽음의 밥상』(산책자, 2008).
4) 돈 쿨릭 외 지음, 심병희 옮김, 『팻, 비민과 집착의 문화인류학』(소동, 2011).

각하면 당연한 일이지요. 그래서 내친 김에 자연재해와 기근의 역사를 함께 다룬 책도 찾아보았습니다. 기근의 역사라서 책도 기근이 든 것인지 그리 많지가 않은데, 역사학자 김덕진의 『대기근, 조선을 뒤덮다』[5]와 마이크 데이비스의 『엘니뇨와 제국주의로 본 빈곤의 역사』[6]가 있어 그나마 위로가 됩니다.

17세기 조선에서 1백만 명의 사상자를 낸 이른바 '경신庚申 대기근'을 다룬 『대기근, 조선을 뒤덮다』는, 소빙하기라는 기후를 변수로 조선시대를 조명한 보기 드문 역사서입니다. 김덕진은 소빙하기가 조선의 위기를 불렀지만, 동시에 그에 대응하는 과정에서 18세기 번영의 토대가 마련되었다고 주장합니다. 반면, 미국의 마르크스주의 역사학자 마이크 데이비스는 19세기 말 인도·중국·브라질 등에서 3천만 명의 목숨을 앗아간 대기근의 배경으로 기후보다 제국주의에 주목합니다. 대개의 역사학자들이 엘니뇨를 기근의 주요인으로 지적하는 것과는 사뭇 다른 시각이지요. 데이비스는 제국주의와 제3세계라는 세계적 수탈 구조가 성립하면서 엘니뇨라는 천재天災가 수천만 명의 빈민을 죽음으로 이끈 인재人災가 되었다고 주장하는데, 어찌나 꼼꼼히 자료를 나열하는지 반박할 엄두가 나지 않습니다.

그런데 이렇게 꼬리에 꼬리를 물고 이어지는 책들을 읽다 보니 먹고

---

5) 김덕진, 『대기근, 조선을 뒤덮다』(푸른역사, 2008).
6) 마이크 데이비스 지음, 정병선 옮김, 『엘니뇨와 제국주의로 본 빈곤의 역사』(이후, 2008).

     마녀의 연쇄 독서

사는 것이 정말 힘들고 복잡한 일이라는 생각이 듭니다. 먹고살기 위해 정치·경제·사회·문화·종교에 철학까지 온갖 것을 신경 써야 하니 말이지요. 차라리 입맛도 몸매도 따지지 않고 타고난 식성대로 꽃도 먹고 잎도 먹고 사람 피도 빨았다가 뒷간에도 날아드는 파리나 모기가 사람보다 편할 듯합니다. 그럼, 사방 천지에 먹을 것투성이니까 먹고사느라기를 쓰지 않아도 될 것 같습니다.

하지만 곤충학자 정부희가 한상 잘 차린 『곤충의 밥상』이라는 책을 읽고 알았습니다. 먹고사는 일은 사람에게나 곤충에게나 제일 귀하고 엄중한 일이며 먹고살기 어렵기는 사람도 곤충도 매한가지란 것을. 시골집 고샅길을 걷는 듯 정겨운 문장에 마음이 맑아지고 총천연색 사진 덕분에 눈이 시원해지는 『곤충의 밥상』. 긴 연쇄 끝에 만난 열여섯 번째 연쇄서입니다.

밥상을 차린 필자 정부희는 대학에서 영문학을 공부하고 곤충과는 아무 상관없이 살다가 나이 마흔에 생물학도로 나선 남다른 이력의 소유자입니다. 사랑하면 닮는다고, 마치 곤충이 유충에서 성충으로 변태를 겪듯이 그녀도 인문학도에서 곤충 박사로 탈바꿈을 한 셈이지요. 그녀는 곤충에 대한 뜨거운 사랑으로 자신의 삶을 바꾸고 나아가 자신의 책을 읽는 독자의 눈까지 바꿔 놓습니다. 덕분에 책을 읽기 전에는 파리고 모기고 주저 없이 때려잡던 내가 지금은 내 피를 빨아먹고 가려움까지 남기는 모기에게 연민을 느낄 정도랍니다.

『곤충의 밥상』은 풀, 나무, 버섯, 똥과 시체, 곤충까지 식단에 따라 다섯 가지 상차림으로 이루어져 있습니다. 조촐한 밥상인 듯싶지만 막상 들여다보면 세상에 이렇게 많은 곤충이 이렇게 여러 가지 것을 먹고 사나 싶어 새삼 놀라게 됩니다. 잡식성 동물인 사람만 별별 것을 먹는 줄 알았는데 이제 보니 곤충도 만만치 않습니다. 더구나 먹는 방법도 다양해서, 아귀아귀 씹어 먹는 녀석이 있는가 하면 침을 꽂아 쭉 빨아 먹는 녀석도 있고, 애벌레 속으로 들어가 속살을 파먹는 녀석도 있습니다. 타고난 식성대로 생긴 대로 밥상을 차려 먹는 것이지요.

신기하기도 하고 섬뜩하기도 한 상차림들 중에서 특히 눈길을 끄는 것은, 얇은 잎사귀 사이에 터널을 뚫는 광부곤충입니다. 두께 1밀리미터도 안 되는 잎에 굴을 뚫어 잎살을 먹고 사는 광부곤충 애벌레를 보니 섬세한 솜씨가 감탄스러우면서도 참 힘들게 사는구나 싶어 안쓰럽습니다. 그런데 웬걸요? 쥐라기 말기에 처음 나타난 광부곤충은 초식곤충 중에도 진화에 성공한 무리로, 현재 전 세계에 1만 종 이상이 번성하고 있다고 합니다. 인간보다 무려 2억 년이나 앞서 살기 시작한 셈인데, 광부곤충 입장에선 지구를 휘젓고 다니는 호모사피엔스가 한심할지도 모릅니다. 이제 겨우 몇 만 년 산 니들이 지구를 알아? 하고 말이지요.

잎 사이에 굴을 파는 광부곤충만큼이나 신기한 것이 주머니나방류입니다. 우산이 귀하던 옛날에는 비가 오면 볏짚이나 띠 풀을 엮어 만든 도롱이를 걸쳤는데, 마치 그 도롱이 같은 집을 만들어 평생 그 속에

 마녀의 연쇄 독서

산다고 해서 '도롱이벌레'라고도 불리는 곤충이지요. 주머니나방류 애벌레는 도롱이 집을 짊어지고 먹이를 찾아다니면서 번데기를 거쳐 어른벌레가 되는데, 수컷은 날개가 생겨 집 밖으로 나오지만 암컷은 날개가 없어 죽을 때까지 집 안에서 삽니다. 심지어 짝짓기도 도롱이 집을 진 채로 하고 알도 그 속에 1천 개가 넘게 낳습니다. 생을 마감하는 곳도 자신이 만든 집이며, 자손들이 태어나 삶을 시작하는 곳도 그곳입니다. 애벌레 시절 지은 집이 삶의 터전이자 최후의 안식처요 자식들의 요람이 되는 셈인데, 내 집 장만에 목을 매면서도 정작 집 밖으로만 도는 나 같은 사람들에게는 귀감이 되는 곤충이지요.

주머니나방류에게 도롱이 집이 있다면 갈잎거품벌레에게는 뽀글뽀글 거품 둥지가 있습니다. '침 뱉는 벌레'라고도 불리는 거품벌레는 항문에서 거품을 만들어 그 속에 몸을 숨기는데, 이 거품 둥지가 천적으로부터 목숨도 지켜 주고 뜨거운 햇볕에서 피부도 보호해 준답니다. 그런데 이렇게 많은 거품 방울을 내뿜으려면 몸에 수분이 많아야겠지요? 과연 갈잎거품벌레의 주 메뉴는 나무즙. 99퍼센트가 물인 물관부의 즙을 빨아먹고 싼 배설물로 거품 둥지를 만든다니, 가히 재활용의 달인이라 할 만합니다.

밥상을 차리다가 집까지 얻은 이런 곤충들 눈에는 제 집 놔두고 맛집을 찾아다니는 것이 이상해 보일지 몰라도, 곤충의 세계에도 소문난 맛집은 있답니다. 대표적인 것이 병꽃나무인데, 필자가 지켜본 결과 오전 10시부터 12시 사이에만 무려 30여 종의 곤충이 찾아올 만큼 유명하다

는군요. 집 근처 서대문형무소 담장 아래 병꽃나무가 우거졌어도 꽃이 예쁜 줄만 알았지 그 꽃 밥상에 꿀벌, 범부전나비, 풀색꽃무지, 가시노린재, 병대벌레…… 온갖 곤충 손님들이 문전성시를 이루는 줄은 꿈에도 몰랐으니, 눈 뜬 봉사가 따로 없습니다.

그러고 보면 관심이 있어야 보이고 자꾸 봐야 사랑하게 되는 건 곤충이나 사람이나 마찬가지인 듯합니다. 이제부턴 애정을 갖고 보자고 다짐합니다. 하지만 책장을 넘기는 순간, 결심이 와르르 무너져 내립니다. 몸에 똥칠을 하고 밥을 먹는 왕벼룩잎벌레(155쪽 사진), 두꺼비 시체에 우글거리는 알락파리류 구더기(328쪽), 사람 똥을 먹는 대모송장벌레(325쪽)를 담은 총천연색 클로즈업 사진을 본 순간, 속이 메슥거리고 온몸이 굼실거리며 구린내에 썩은 내까지 나는 것 같습니다. 아무리 똥이 더러운 건 아니라고, 똥과 시체를 먹는 분식성·부식성 곤충들이 있어서 세상이 이렇게 말끔한 거라고 되뇌어도 2초 이상 똑바로 보기가 힘듭니다.

그러나 이런 사진을 찍으려고 몇 날을 기다리고, 벌레가 뒤집어쓴 똥을 직접 만져 보고 냄새 맡으며 똥칠하는 까닭을 생각하는 필자 입장에서는, 바로보기 힘든 건 똥이나 똥 먹는 곤충이 아니라 그것이 더럽다며 피하고 죽이는 사람들일지도 모릅니다. 그래서 똥 바르는 곤충 왕벼룩잎벌레를 소개한 뒤 필자는 이렇게 말합니다.

 마녀의 연쇄 독서

자연의 세계에서는 똥 하나도 버릴 게 없습니다. 먹이를 스스로 생산하는 녹색식물, 그 식물을 먹는 곤충, 그 곤충을 잡아먹고 사는 포식자……. 모든 생명은 보이지 않는 먹이 전쟁을 치르면서 생태계를 균형 있고 건강하게 만들어 줍니다.

똥 하나도 버릴 게 없다고, 그러니 사람 편의대로 개발이니 해충 방제를 내세워 풀이고 곤충이고 함부로 없애고 죽이지 말라고, 필자는 밥상을 치울 때마다 버릇처럼 말합니다. 버섯을 먹고 사는 곤충들을 소개하면서는 심지어 썩은 나무도 맘대로 치우지 말라고 열을 올립니다. 썩은 나무가 숲에 있어야 썩은 나무에 깃들여 사는 버섯이 자라고, 버섯 밥상이 풍성해야 버섯을 먹는 곤충이 살 수 있기 때문이지요.

부지런한 사람들이 "미관상 보기 좋지 않다."며 숲과 공원에 쓰러진 나무들을 전부 치워 버리는 세상에서 "말굽버섯이 자라기란 하늘의 별 따기"입니다. 당연히 말굽버섯을 먹는 도깨비거저리의 생존도 위태롭습니다. 필자 정부희는 "우리 땅에서 도깨비거저리가 언제까지 활개 치며 살 수 있을지, 해답은 우리 인간이 가지고 있다."고 말하지만, 정작 해답을 가진 인간들은 제 밥상도 제대로 건사 못해 아우성입니다.

요리솜씨가 없기도 하지만, 밥상을 차릴 때마다 뭘 해먹어야 할지 한숨이 나옵니다. 찬거리가 없는 것이 아닙니다. 과일전만 해도 사시사철 딸기가 있고 수박이 있고 물 건너온 별별 희한한 과일들이 쌓여 있지요. 그러나 빙사능 오염, 유전자조작, 광우병, 환경호르몬, 잔류 농약,

거기에 대량 사육 당하는 동물들의 고통과 턱없이 싼 임금으로 착취당하는 원산지 농민들, 원거리 교역에 따른 환경 파괴와 국내 농업의 몰락 등을 생각하면 무엇을 먹어야 할지 아득하기만 합니다. 주머니가 넉넉해서 친환경 농축산물만 먹을 수 있으면 좋겠지만 안 그래도 높은 엥겔계수를 떠올리면 요원한 일입니다. 게다가 나 혼자 잘 먹고 잘살면 뭐합니까? 주위 사람들이 다 아프고 골골해서 같이 놀 사람이 없다면.

　그렇다고 이제 와 먹을 게 없다고 투덜거릴 수도 없습니다. 『곤충의 밥상』이 보여 주듯이, 툭하면 밥상을 뒤엎는 사람들 때문에 곤충들도 밥상을 차리는 데 애를 먹고 있으니 말이지요. 제일 약하고 작고 조용한 이들의 밥상을 함부로 하다가 이제 제 밥상 앞에서 불안에 떠는 우리를 보면 곤충들이 뭐라 할지, 남의 밥상을 엎더니 잘되었다고 고소해하진 않을까요? 저기 풀밭에서 윙윙대는 곤충들이 아무래도 우리들 뒷소리를 하는 것 같아 자꾸 귀가 근질근질합니다.

마녀의 연쇄 독서

연
쇄

17

정준호,
『기생충, 우리들의 오래된 동반자』,
후마니타스, 2011

진화의
달인에게
배우다

열여섯 번째 연쇄서는 정부희의 『곤충의 밥상』이었는데, 만학의 곤충
박사가 쓴 이 책을 읽고 많은 것을 느꼈습니다. 무엇보다 내 눈에 보이
지 않는다고 아무것도 없는 게 아니며, 내가 모른다 해서 중요하지 않
은 게 아님을 깨달았지요. 도시에서 나고 자란 탓에 나무 이름 풀이름
도 변변히 알지 못하고 사마귀와 메뚜기도 잘 구별 못하는 푼수이지만,
『곤충의 밥상』을 읽은 뒤로는 벌레 한 마리에도 마음이 쓰여서 잡초니
해충이니 하는 말은 쓰지 않으려 애씁니다. 쓸모없다거나 해롭다는 것
이 모두 사람의 잣대일 뿐, 너른 자연의 시각에서 보면 산 것은 산 것대
로 죽은 것은 죽은 것대로 다 까닭이 있고 가치가 있음을 알게 되었기
때문입니다.

하지만 솔직히 머리로는 그렇게 생각하면서도 가슴 한쪽은 이쩐지

석연치가 않습니다. 『곤충의 밥상』에서 본 섬뜩한 사진 한 장, 애벌레의 몸속에 잔뜩 알을 까고 그 속살을 파먹으며 자라는 기생벌의 모습이 떠올라서입니다. 조안 엘리자베스 록은 "세상에 나쁜 벌레는 없다."[1]라고 했지만, 남의 새끼를 숙주 삼아 제 새끼를 키우는 기생벌의 행태는 아무래도 나쁜 것 같습니다. 남의 둥지에서 제 새끼를 키우는 뻐꾸기 같은 새도 그렇지요. 그런 식으로 남을 등쳐먹는, 우아하게 표현하면 '기생'하는 생물들도 나쁘다고 할 수 없는지, 그럼 회충·요충·구충 같은 각종 기생충도 다 의미가 있는 것인지 의문이 생기더군요.

나만 이런 생각을 하나 싶었는데 웬걸요? 찰스 다윈 같은 대단한 생물학자도 "기생벌의 유충이 숙주의 몸속에서 숙주를 파먹는 것이 너무 소름 끼쳐, 자애롭고 전능하신 신께서 명백한 의도를 가지고 살아 있는 애벌레의 몸을 갉아먹는, 기생말벌의 한 종류인 맵시벌을 정성껏 창조했다고 믿을 수가 없다."[2]고 고백합니다.

사람들이 기생충을 싫어하는 것도 따지고 보면 기생충이 사람에게 피해를 끼치는 탓도 있지만, 다른 한편으로는 남의 수고와 목숨을 빼앗아 사는 그 이기적인 행태가 미워서일 겁니다. 생긴 것도 징그러운데 아무 쓸모도 없는 녀석이 남의 덕에 산다고 생각하면 부쩍 더 밉고 싫은 것이지요.

---

1) 조안 엘리자베스 록 지음, 조웅주 옮김, 『세상에 나쁜 벌레는 없다』(민들레, 2004).
2) 칼 짐머 지음, 이석인 옮김, 『기생충 제국』(궁리, 2004), 46쪽에서 재인용.

 마녀의 연쇄 독서

그런데 정말 기생충은 아무 쓸모도 없고, 남을 괴롭혀서 제 잇속만 챙기는 나쁜 생물일까요? 만일 그게 사실이라면 왜 모든 생물은 기생충처럼 살지 않을까요? 다시 말해, 기생해서 사는 편한 삶이 있는데 왜 기생충의 숙주 노릇을 하며 힘들게 사느냐 말이지요. 기생충은 영리한데 숙주는 멍청해서 그런 거라면, 그래서 시쳇말로 기생충의 호구 노릇을 하는 거라면 할 말은 없지만…….

결국 꼬리에 꼬리를 무는 의문을 풀기 위해 비위가 좀 상하긴 하지만 기생충에 관한 책을 읽기로 했습니다. 때마침 한국 과학자가 쓴『기생충, 우리들의 오래된 동반자』라는 신간이 눈에 띄더군요. 문학은 첫 작품이 대표작이 되는 예가 많지만, 이런 과학 교양서의 경우는 경험과 지식이 쌓일수록 완성도가 높아지는 것이 상례라 사실 처음엔 큰 기대 안 했습니다. 이 책이 필자 정준호의 첫 책인데다 그는 책이 나온 뒤 바로 군 입대를 한 아주 젊은 과학도였기 때문입니다. 그러나 사람도 책도 직접 겪어 보기 전에는 말할 게 아닙니다. 기대 이상의 책, 열일곱 번째 연쇄서, 기생충학자 정준호의『기생충, 우리들의 오래된 동반자』입니다.

이 책이 가진 가장 큰 장점은 내가 알던 지식을 여지없이 무너뜨린다는 것. 카프카식으로 말하면 '머리를 치는 일격으로 우리를 깨우는 책'인 셈인데, 책을 펼치자마자 정수리에 죽비가 날아듭니다. 맨 처음 날아든 죽비는 "기생충이란 무엇인가?"라는 질문입니다. 기생충이 뭔지는 안다고 생각했는데 기생충학에서 가장 어려운 작업이 기생충을 정의하는 것이라니 의외입니다. 특히 필자가 기생과 공생의 애매한 관계를 이야기하면서, 인간의 장에 사는 정상미생물총은 사람이 없어도 살 수 있지만 사람은 이 세균들이 없이는 살 수 없으니 "상대적으로 더 큰 이득을 취하는 인간이 미생물에 기생해 살아가는 것"이 아니냐는 데에는 깜짝 놀랐습니다. 사람이 박테리아에 기생한다니, 이런 발상의 전환이 있을까 싶더군요.

그런데 필자에 따르면, "발상의 전환을 일으킨 생명체"는 바로 기생충이랍니다. '기생'이라는 생활 방식의 혁명을 통해 "기생충은 진화를 주도했고, 성을 탄생시켰으며, 지금의 우리 인간을 있게 해주었다."는 겁니다. 처음엔 긴가민가했지요. 하지만 원래 독립 생물이던 엽록체와 미토콘드리아가 세포에 기생하다가 세포 내 소기관이 되어 진핵생물의 진화를 이루었다거나, 새의 부리가 깃털에 사는 기생충을 제거하는 데 편리하도록 진화했다는 이야기, 그리고 기생충에 저항하는 과정에서 무성생식 대신 유전적 변화가 큰 유성생식이 발달하고 성이 안정적으로 자리 잡게 되었다는 설명을 읽으니 절로 고개가 끄덕여집니다.

놀라운 것은 그뿐만이 아닙니다. 심지어 우리가 똥 냄새를 싫어하는 것도 기생충과 관련이 있다는군요. 좀 거시기한 실험이지만, 사람들에게 13종류의 포유동물의 배설물 냄새를 맡게 한 뒤 역겨운 정도를 매기게 했더니 사람과 가장 많은 기생충을 공유하는 동물의 배설물이 제일 역겹다고 했답니다. 당연히 일등은 사람 대변. 그러니까 사람이 사람

마녀의 연쇄 독서

똥 냄새를 싫어하는 건 그 속에 숨은 기생충에 감염될까 봐 위험을 피하려는 진화의 노하우라는 것인데, 똥 냄새 하나에도 이렇게 깊은 뜻이 숨어 있을 줄이야!

기생충의 영향력은 생물 진화뿐 아니라 인간의 역사에서도 확인됩니다. 옛날 옛적, 사람들이 수렵 채취를 하며 이동 생활을 할 때는 기생충과 접촉할 가능성이 낮았고 그 영향력도 미미했습니다. 하지만 농업 혁명 이후 인구가 늘고 출산율이 높아지면서 기생충은 인간의 풍토병이 되었지요. 특히 제국주의와 산업혁명이 발흥하고 운송 수단이 발달하면서 기생충은 전 세계로 퍼져 다양한 환경과 숙주에 적응하며 빠르게 진화해 갔습니다. 더불어 인간의 역사에도 직접적인 영향을 끼치기에 이르렀지요.

최고의 문명을 자랑하던 아스텍 제국이 에스파냐 군대가 들여온 천연두와 홍역 앞에서 무너진 것, 1739년 젠킨스의 귀 전쟁에서 영국군이 황열병과 말라리아로 인해 전투 한번 못하고 패퇴한 것, 1948년 중국공산당이 주혈흡충에 감염된 병사들 때문에 대만에 국민당 정권이 들어서는 걸 지켜볼 수밖에 없었던 것이 다 그런 예입니다. 숙주에 기생하는 것 외에 아무 능력도 쓸모도 없는 것처럼 보이는 기생충이 사실은 역사의 숨은 주역이었다고나 할까요.

물론 기생충의 영향력 앞에 인간이 손 놓고 있었던 것은 아닙니다. 구약성서 민수기편에 기록된 불뱀 이야기나 그리스신화에 나오는 의술의 신 아스클레피오스의 지팡이는 모두 사람의 다리를 뚫고 나오는 메디나충 치료법과 관련된 것으로, 수천 년 전부터 인간이 기생충에 대처하기 위해 애써 왔음을 보여 줍니다. 놀라운 건, 1미터에 달하는 메디나충이 끊어지지 않도록 막대기에 감아 빼내는 그 옛날의 방법이 지금도 가장 효과적인 치료법으로 쓰인다는 겁니다.

기생충 박멸을 목표로 그토록 많은 항생제와 살충제가 개발되었는데도 수천 년 전의 치료법이, 그것도 기생충을 퇴치하거나 감염을 막는 것이 아니라 후유증을 최소화하는 사후 조치가 효과적이라는 것은 기생충의 생존 능력을 반영하는 증거일 터. 하기야 회충 알은 2퍼센트 포르말린 용액에서도 성장하고 50퍼센트 황산이나 염산 안에서도 죽지 않고 살아남는다니, 죽어도 죽지 않는 이 터미네이터 같은 생명체를 무슨 수로 막을 수 있을까요.

그러나 독한 것이 사람이라지요. 책을 보니 기생충 퇴치에 나선 과학자들의 투지 또한 기생충 못지않습니다. 회충 알의 생존력을 알아보려고 직접 알을 삼킨 소련 과학자, 몸소 구두충을 먹고 감염 후유증을 기록한 19세기 학자 칼란드루치오, 황열병 균을 넣은 원숭이를 부검하다가 황열병에 걸려 죽어 가면서도 자신을 실험체로 삼아 연구를 계속하라고 유언한 아드리안 스톡스……. 기생충의 정체도 감염경로도 밝혀져 있지 않던 시절, 과학자들은 자신을 실험 대상으로 삼아 목숨을 건 연구를 진행합니다.

그리고 이들의 희생과 열정 덕분에 기생충 박멸 프로그램과 치료법도 진전을 보이기 시작합니다. 최고의 성과는 1980년 세계보건기구가

　　　　　마녀의 연쇄 독서

천연두 박멸을 공식 선언한 것으로, 인간이 질병을 상대로 거둔 최대의 승리이자 현대 의학의 개가였지요. 그뿐 아니라 몇몇 지역에서는 말라리아가 사라졌고, 전설의 메디나충도 박멸 프로그램이 성과를 보였습니다. 아니, 멀리 갈 것도 없이 한국이야말로 기생충 박멸이 꿈이 아닌 현실이 될 수 있음을 보여 준 대표적인 사례입니다. 30여 년 전 기생충 감염률이 70퍼센트를 넘던 시절, 아이들은 채변 봉투를 학교에 가져갔고 선생님은 반강제로 구충제를 먹였습니다. 그 덕인지 오늘날 한국은 감염률 2~3퍼센트대로, 아프리카 저소득 국가들에게 박멸 사업의 노하우를 전수해 주는 모범 국가가 되었지요.

그러나 이를 두고 기생충 박멸을 운운하기는 아직 이릅니다. 천연두가 박멸되었다고 하지만 감염성 질환은 여전히 세계 사망 원인 2위이며, 감염자 비율도 60년 전과 별 차이가 없어 세계 인구 5명 중 1명이 기생충에 감염되어 있으니까요. 의술이 발달하고 신약이 개발되는데도 이런 결과가 나타난 것은 인간보다 진화 속도가 훨씬 빠른 기생충이 저항력을 발전시켜 왔기 때문입니다. 적응의 달인답게, 처음엔 백신에 타격을 입었지만 이내 약물저항성을 길러 적응한 것이지요.

이 대목에서 떠오르는 것이 붉은 여왕 가설입니다. 루이스 캐럴의 소설 『거울 나라의 앨리스』3)에 나오는 붉은 여왕의 땅에서는 아무리 힘

---

3) 루이스 캐럴 지음, 이소연 옮김, 『거울 나라의 앨리스』(펭귄클래식코리아, 2010).

껏 뛰어도 같은 자리일 뿐입니다. 마치 인간이 기생충에 맞서 아무리 기를 써도 물고 물리는 둘의 관계는 별 차이가 없는 것처럼 말이지요. 그럼, 어떻게 해야 할까요? 정준호의 말처럼 "생존경쟁에서 뒤처지는 즉시 파멸의 길을 걷게" 될 테니 끝도 없이 달려야만 할까요? 해답의 실마리는 정준호의 책을 읽고 기생충에 회가 동해서 읽은 칼 짐머의 『기생충 제국』에서 찾을 수 있었습니다.

짐머는 여기서 붉은 여왕을 잡으려 애쓰는 앨리스에게 "다른 길로 가보는 게 어때요?" 하고 일깨운 장미꽃의 충고를 되새깁니다. 짐머가 이 이야기를 꺼낸 건 성의 탄생을 설명하기 위해서이지만, 나는 붉은 여왕을 잡기 위해선 죽어라 뛰는 것보다 방향을 바꾸는 발상의 전환이 중요하듯 기생충을 잡는 데도 "다른 길"로 가보는 시도가 필요하다는 뜻으로 읽었습니다. 기생충에 대한 저항과 박멸만을 목표로 삼던 기생충학이 인내와 활용으로 관점을 바꾼 것처럼 말이지요. 덕분에 최근에는 기생충으로 기생충을 잡는 방법부터 기생충으로 자가면역질환을 치료하는 법, 구더기나 거머리 따위를 의료용으로 사용하는 방법까지, 기생충의 능력을 활용하는 시도들이 폭넓게 이루어지고 있습니다.

기생충의 이런 능력에 주목한 필자는 그래서 멸종 위기 기생충의 보존을 이야기합니다. 물론 필자가 기생충의 위험성을 모르는 것은 아닙니다. 아프리카 스와질란드에서 의료봉사를 하며 기생충으로 고통 받는 이들을 직접 돌보았던 그는, 기생충의 위협에서 벗어나는 것은 건강을 지키는 길일 뿐 아니라 경제적 손실을 막아 가난에서 벗어날 수 있

마녀의 연쇄 독서

는 길임을 잘 압니다. 그럼에도 그가 기생충을 보존하자는 것은, 기생충이 가진 잠재력과 가능성을 묻어 둔 채 박멸만을 외치는 것은 기생충보다 더 무서운 위험을 낳을 수 있으며, 인간은 진화의 달인 기생충에게서 더 많은 것을 배워야 한다고 믿기 때문입니다.

처음부터 끝까지 충격과 놀람 속에서 『기생충, 우리들의 영원한 동반자』를 읽고 나니 징그럽고 무섭기만 하던 기생충이 다시 보입니다. 무엇보다 "기생충 같은 인간"이란 말은 앞으로 내게 욕설이 아니라 칭찬이 될 것입니다. 기생충처럼 유연하면서도 꿋꿋하게 환경에 적응하는 인간이 되기를 바라니까요. 그렇지만 직접 내 몸에 기생충을 키우고 싶진 않기에 당장 약국에 가서 구충제를 사야겠습니다. 꽤 오래 편안히 지냈던 내 몸속의 기생충들이 아마 깜짝 놀라겠지요. 그리고 더 열심히 진화하겠지요. 그러면 나도 분발해서 좀 더 진화할 수 있을 것 같습니다.(라고 원고를 끝냈는데, 아뿔싸! 책을 만든 편집자에 따르면 필자 왈, 요즘에는 기생충 샘플을 얻기 어려워 수입할 정도이니 구충제를 먹을 필요가 거의 없다고요. 그리고 보면 어린 시절 나를 키워 온 기생충들이 다 죽어서 지금 내 삶이 이렇듯 지지부진한 건 아닌지……. 갑자기 지저분했지만 생기발랄했던 그 시절이 그리워집니다.)

역사,
아픈 만큼
성숙해지다

월리엄 맥닐 지음,　　　　신동원,
김우영 옮김,　　　　　　『호열자, 조선을 습격하다』,
『전염병의 세계사』,　　　역사비평사, 2004
이산, 2005

정준호의 『기생충, 우리들의 영원한 동반자』를 읽고서 상식을 배반하는 기생충의 세계에 부쩍 흥미가 생겼습니다. 그래서 내친 김에 미국의 과학 저널리스트 칼 짐머가 쓴 『기생충 제국』도 읽었는데, 기생충을 찾아 나선 긴 여정을 유려한 문장으로 그려낸 것이 마치 한 편의 다큐멘터리를 보는 듯했습니다. 필력 있는 전문가들 덕분에 평소 거리를 두었던 과학, 그것도 더럽고 흉측한 것의 대명사처럼 여기던 기생충의 매력을 새삼 깨닫게 되었지요.

그런데 알면 보인다고, 독서를 통해 몰랐던 걸 알고 나니 주변의 일들이 새롭게 보입니다. 얼마 전 우리 사회를 떠들썩하게 했던 '가습기 살균제 관련 폐 손상' 사건도 그중 하나입니다. 2011년 원인 불명의 폐

마녀의 연쇄 독서

손상으로 임산부 등이 잇달아 목숨을 잃었는데 최근 그 원인이 가습기 살균제인 것으로 밝혀졌지요. 살균제가 살상제가 된 이 사건을 보니, 지나치게 위생적인 환경 때문에 오히려 인체 면역력이 떨어져 알레르기, 천식, 아토피성 피부염 같은 자가면역질환이 늘어났다는 『기생충, 우리들의 영원한 동반자』의 한 대목이 떠오르더군요.

'불결＝질병'을 당연시하고 청결을 교양의 가늠자로 여기며 살아왔는데 청결과 살균이 오히려 병을 만든다니 당혹스럽기만 합니다. 더욱 당혹스러운 건 2004년부터 비슷한 일이 일어나 지금껏 10여 명이 사망했음에도 그동안 원인조차 몰랐다는 사실입니다. 호환보다 무섭다는 마마(천연두)를 박멸하고 대표적인 불치병으로 꼽히는 암마저 정복이 멀지 않았다는 시대이지만, 이번 가습기 살균제 관련 폐 손상이나 작년 봄 유럽을 공포로 몰아넣은 슈퍼 박테리아 감염에 대해 의학계가 원인 규명도 하지 못한 것을 떠올리면 과학과 의학에 대한 그간의 믿음이 오히려 이상하게 여겨집니다.

현대 문명 세계에 사는 우리는 천연두나 페스트, 콜레라나 말라리아 같은 감염병에 떼죽음을 당하는 일은 비과학적인 시대, 미개한 지역에서나 있는 일이라고 생각합니다. 또한 소수의 비관론자를 제외한 대개의 사람들은, 인간의 역사는 이성을 가진 인간이 자연으로부터 해방되고 야만과 무지에서 벗어나 더 큰 자유를 실현해 가는 과정이라고 믿습니다. 당연히 기생충이나 기생충이 옮기는 질병 따위가 인류 역사를 좌지우지한다고 여기지는 않지요. 하지만 에이즈, 사스, 조류 독감, 신종

★

플루 같은 새로운 질병이 유행할 때마다 전 세계가 공포에 떠는 것을 보면 인간이 과연 자연이 부여한 한계로부터 자유로워졌는지 의심스럽습니다.

공연한 의심이라고요? 역사학자 윌리엄 맥닐이 쓴 『전염병의 세계사』를 읽고 나면 생각이 달라질 겁니다. 전직 역사학도로서 인본주의 역사관에 길들여진 나는, '기생'과 '질병'이라는 생물학적 개념으로 역사를 설명하는 맥닐의 시도가 처음엔 탐탁지 않았습니다. 하지만 지난 독서를 통해 진화의 역사에선 인간이 기생충보다 나을 게 없음을 배웠으니, 이번엔 인간의 역사가 오롯이 인간의 힘과 의지만으로 이루어진 것은 아니란 주장에도 귀를 기울여야 할 것 같더군요. 덕분에 "제아무리 환경을 바꾸고 다른 종들을 몰아내도 생명이라는 그물에서 빠져나올 수 없는 것이 인간의 숙명"이라는 맥닐의 결론에 이른다면 그 또한 나쁘지 않을 듯했습니다.

1976년에 첫 출간된 『전염병의 세계사』에서 맥닐은 인간의 이성과 자유의지가 역사의 원동력이라는 통념을 부정하고, 정치사와 문화사에서 중요한 의미를 갖는 것은 "인간 숙주와 병원체 사이의 균형을 변화시킨" 전염병이라고 주장합니다. 그는 역사란 미시 기생과 거시 기생[1]

1) 미시 기생은 병원체 같은 미생물과 인간의 관계를 가리키고, 거시 기생은 인간과 동물, 인간과 인간 사이에서 나타나는 지배-피지배 관계를 뜻합니다.

　　　마녀의 연쇄 독서

이 뒤얽힌 과정이며, 인류의 역사는 곧 전염병의 역사라고 역설해서 사람들을 놀라게 했지요. 지금 봐도 획기적인 주장인데 시작은 단순한 의문이었습니다.

대표작 『서양의 발흥』*The Rise of the West*을 쓰기 위해 자료를 조사하던 중, 맥닐은 아스텍 제국의 멸망에 의구심을 갖게 되었습니다. 그때까지 역사서들은 1521년 아스텍 제국이 스페인 원정군에게 정복당한 것을 당연한 듯 기술했지만, 맥닐은 6백 명이 채 안 되는 스페인군이 어떻게 수백만 명에 달하는 아스텍인들을 정복할 수 있었을까 의심했지요. 그는 자료를 섭렵하다가 당시 천연두가 창궐하여 아스텍 인구의 약 30퍼센트가 사망한 것을 알았고, 이때부터 전염병과 역사의 관계에 관심을 갖게 되었습니다. 그리고 20년간의 연구 끝에 『전염병의 세계사』를 내놓았지요.

이 책에서 맥닐은 "언어가 사회적·역사적 산물이듯이 질병의 개념도 사회적·역사적 산물"이며, 어떤 질병이 발생하고 유행하고 쇠퇴하는 것은 단순한 우연이 아니라 인간의 사회적·경제적·문화적 생활양식의 원인이자 결과라고 지적합니다. 예컨대 아스텍 제국에 천연두가 유행한 것은 원정군이 (무의식적으로) 가져온 천연두 균 때문이며, 백인인 스페인인은 멀쩡하고 원주민들만 병에 걸린 것은 스페인인은 이미 면역이 되어 있었기 때문이지요. 하지만 선교사들은 이것을 '신의 천벌'이라고 선전했고, 내막을 알 리 없는 아스텍인들은 새롭게 등장한 질병과 그 개념 앞에서 육체는 물론 정신적으로도 무너지고 말았던 것입니다.

맥닐은 이런 일이 16세기 아메리카에서만 있었던 것이 아니며, 몽골 제국이 발흥한 뒤 중세 유럽에 페스트가 창궐한 것이나, 산업혁명 뒤 세계 주요 도시에서 콜레라 같은 전염병이 유행한 것이 모두 미시 기생과 거시 기생의 긴밀한 연관성을 반영한다고 설명합니다. 즉, 인간과 미생물의 미시 기생 관계가 질병 등을 겪으며 생태학적 균형을 이루면→인구가 늘고 문명이 발달하는 문화사적 진화가 일어나고→인구의 대이동과 전쟁 같은 거시 기생의 변화를 초래하여→생태적 균형이 깨지면서 새로운 전염병이 나타난다는 것이지요.

비록 기생이라는 생물학적 현상을 역사에 대입하는 과정에서, 문명의 침입으로 변방 공동체가 붕괴하는 것을 동물의 소화 흡수 과정에 비유하는 것처럼 작위적인 대목이 없지 않지만, 질병과 문명의 상관성에 주목한 『전염병의 세계사』가 갖는 의의를 무시할 정도는 아닙니다. 이 책이 나온 뒤 아노 카렌의 『전염병의 문화사』[2]나 재레드 다이아몬드의 『총, 균, 쇠』[3] 같은 성과들이 나올 수 있었던 것도 따지고 보면 맥닐의 선행 작업이 있었기 때문이지요.

『전염병의 세계사』는 출간된 지 거의 20년이 지난 1992년 한국에 소개되었는데, 당시엔 학계는 물론 일반 독자들에게도 관심을 끌지 못했

---

2) 아노 카렌 지음, 권복규 옮김, 『전염병의 문화사』(사이언스북스, 2001).
3) 재레드 다이아몬드 지음, 김진준 옮김, 『총, 균, 쇠』(문학사상, 2005, 개정증보판).

 마녀의 연쇄 독서

습니다. 다행히 뒤늦게 미시사가 유행하면서 2005년 다시 번역 출간되었고, 그 무렵 한국 학계에서도 몸과 질병, 의료를 통해 역사를 재조명하려는 움직임이 본격화되었습니다. 덕분에 격조하던 이 분야에서 『육체의 탄생』,[4] 『사람을 구하는 집 제중원』,[5] 『현대인의 탄생』,[6] 『전염병의 문화사 : 고려 시대를 보는 또 하나의 시선』[7] 같은 책들이 속속 출간되었지요.

그중에서도 특히 눈길을 끄는 것은, 맥닐의 학설을 토대로 19세기 조선을 강타한 콜레라의 역사성을 규명한 과학사학자 신동원의 책 『호열자, 조선을 습격하다』입니다. 이 책에는 한국 의학사의 다양한 사건들을 다룬 17편의 글이 실려 있는데, 이들 중 호열자에 관한 글을 책의 첫머리에 싣고 제목으로까지 내세운 이유는 그것이 갖는 특별한 의미 때문입니다.

신동원은 19세기 초 조선을 공포로 몰아넣은 호열자가 단순한 돌림병을 넘어 전근대와 근대를 가르는 일종의 전선으로서 역사적 의미를 갖는다고 봅니다.

---

4) 이영아, 『육체의 탄생』(민음사, 2008).
5) 박윤재·박형우, 『사람을 구하는 집 제중원』(사이언스북스, 2010).
6) 전우용, 『현대인의 탄생』(이순, 2011).
7) 김영미 외, 『선염병의 문화사 : 고려 시대를 보는 또 하나의 시선』(혜안, 2011).

1821년도 괴질은 호열자 곧 콜레라로 이름 붙여졌고, 이때부터 우리 역사는 괴질의 시대와 콜레라의 시대로 분절됩니다. 괴질은 전근대였고 운명론의 시대였으며, 콜레라는 근대이고 과학적 낙관론의 시대입니다.

신동원이 이렇게 판단하는 이유는 콜레라에 대응하는 과정에서 몸에 대한 근대 권력의 지배와 서양의학의 우위가 확립되었기 때문입니다. 1821년 8월 처음 발생한 콜레라는 이듬해까지 수십만 명의 사망자를 냈고, 1858년에는 무려 50만여 명의 목숨을 빼앗으며 전 조선을 공포에 떨게 했습니다. 피해가 이토록 컸던 데에는 도시화와 인구 증가, 그로 인한 환경의 악화, 교통의 발달, 집단적인 장례 풍습 등 여러 요인이 있지만 가장 큰 이유는 역시 면역력의 결핍이었습니다. 아스텍인들이 1520년까지 천연두를 모르고 살았듯이 조선인들도 1821년 이전까지는 콜레라를 경험한 적이 없었고, 때문에 아무런 항체도 치료법도 없이 정체불명의 괴질을 겪을 수밖에 없었지요.

조선이 정부 차원에서 검역과 소독 활동을 벌이고 피병원을 마련한 것은 1885년 이 괴질에 '호열자'虎列刺(콜레라의 한자 음역)라는 이름이 붙여진 뒤였습니다. 이러한 국가적 대응은 일제 지배 아래서 더욱 강화되었는데, 일본은 방역이란 명목으로 위생경찰을 동원해서 조선인을 철저히 단속하고 통제했습니다. 무지한 조선인이 세균에 노출되는 것을 막기 위해서는 경찰력을 동원할 수밖에 없다는 논리가 이러한 권력 사용을 합리화했지요.

　　　마녀의 연쇄 독서

그 덕분인지 시간이 흐르면서 콜레라 피해는 서서히 줄어들었고, 식민지 시기 동안 평균수명은 늘고 사망률은 감소했습니다. 그렇다면 정말 일제의 보건 행정이 성공한 것일까요? 뉴라이트 논자들의 주장처럼 식민 통치가 조선인의 생활을 향상시킨 것일까요? 신동원은 대답에 앞서 일제 시기 폐결핵 발병률을 제시합니다. 식민지 조선에서 폐결핵은 급속히 증가해서, 1937년의 경우 콜레라, 장티푸스 등 9종 전염병 사망자 수가 2,789명인 데 반해 폐결핵 사망자는 두 배가 넘는 5,973명에 달했습니다. 특히 일본인에 비해 조선인 환자가 갑절이나 많았고 사망률도 그만큼 높았지요.

콜레라 등 급성 감염병은 오염원 관리와 예방접종 같은 방법을 통해 비교적 쉽게 관리되지만, 결핵은 주거 환경, 영양 상태 등과 밀접히 연관된 질병이기 때문에 경제력이 낮고 생활수준이 열악할수록 더 많이 발생하고 사망하는 질병입니다. 신동원은 이를 토대로, 식민지 치하에서 인구가 늘고 사망률이 감소한 것은 경제·영양·환경 같은 생활수준이 향상되어서가 아니라, 병균이 생기는 곳과 전염을 통제하는 위생 테크놀로지가 발달한 때문이라고 설명합니다. 그는 또 20세기 들어 콜레라 피해가 줄어든 것은 검역과 소독, 예방접종 덕분이기도 하지만 콜레라균의 독력毒力이 약화된 것도 간과해서는 안 된다고 강조합니다. 맥닐의 말처럼, 시간이 흐르면서 인간 숙주와 콜레라균 사이에 생태적 균형이 이루어졌다는 것이지요.

이런 설명은 생활수준의 향상과 근대 서양의학의 발달로 전염병이 퇴치되었다는 기존 연구와는 퍽 다른 시각인데, 이는 우두법과 지석영을 논한 글에서도 확인됩니다. 신동원은 '무력한 전통 의학 아래에서 두창에 신음하던 조선인들이 서양의 우두법을 도입한 선각자 지석영 덕에 고통에서 해방되었다.'는 교과서적 서술에 의문을 표합니다. 무엇보다 이 서술은 사실 자체를 왜곡한 것으로서, 우두법이 들어오기 전에 조선에선 이미 인두법이 시행되고 있었고, 지석영의 공로란 것도 우두법을 최초로 도입한 것이 아니라 정부 사업으로 승격시킨 것이었기 때문이지요.

그렇다면 왜 이처럼 사실을 왜곡하면서까지 지석영 영웅담을 확대 재생산했을까요? 신동원은 그 질문을 통해 일제 통치기부터 이어진 교과서적 해석이 사실은 무지와 과학, 전통 의학과 근대 의학, 미개한 조선과 문명국 일본, 무식한 대중과 영웅 지석영이라는 대립항을 통해 일본의 지배를 합리화하고 근대주의를 찬양하는 신화였다고 비판합니다.

물론 근대 의학의 발달로 위생이 강조되고 검역과 예방접종이 이루어지면서, 천연두와 콜레라 같은 무서운 전염병으로부터 자유로워진 것은 사실입니다. 하지만 『호열자, 조선을 습격하다』가 보여 주는 것처럼, 그것은 개인의 몸이 국가에 의해 관리·통제되는 근대적 억압을 받아들인 결과이기도 합니다.

이러한 억압은 갈수록 넓고 깊어져 이제 우리의 몸은 물론 정신까지 지배하고 있습니다. '젊고 건강한 몸'을 위해 운동하고 금연하고 다이어트하고 성형하는 것이 너무도 당연한 이 시대에 내 몸은 내가 살고 느

   마녀의 연쇄 독서

끼는 몸이기 전에 타인에게 보이고 평가받는 몸입니다.

그리고 이렇게 몸에 집중한 덕에 우리는 평균 80년 이상을 살게 되었습니다. 운동을 하고, 식단을 과학화하고, 조금만 이상해도 병원에 가고, 유행병이 돌 때에는 얼굴을 다 덮는 마스크를 챙기고, 감염의 공포 때문에 수백만 마리가 넘는 짐승들을 산 채로 파묻으며 건강하게 오래 살게 되었습니다. 건강하게 오래오래…… 그래서 우리, 지금 행복한가요?

신종 전염병,
정신 질환

에단 와터스 지음,
김한영 옮김,
『미국처럼 미쳐 가는 세계』,
아카이브, 2011

다 지났으니 하는 얘기지만, 『전염병의 세계사』와 『호열자, 조선을 습격하다』로 열여덟 번째 독서기를 쓰던 지난 몇 주간은 책상 앞에 앉기가 무서울 만큼 글쓰기가 힘들었습니다. 원래도 글을 술술 잘 쓰는 타입은 아니지만 이렇게 머릿속이 콱 막힌 적은 처음이라, 글쓰기를 방해하는 악성 바이러스가 컴퓨터를 통해 뇌로 침투한 것은 아닐까 의심스러울 정도였지요. 엎친 데 덮친 격으로 그즈음 손의 인대가 늘어나 깁스를 하게 되었는데, 뚱뚱해진 손으로 자판을 치려니 오타는 속출하고 이래저래 죽을 맛이더군요.

그런데 인대가 늘어나는 것도 전염이 되는지, 손에 깁스를 하고 얼마 뒤 발 인대도 늘어나서 치료를 받아야 했습니다. 더구나 내가 깁스를

마녀의 연쇄 독서

한 뒤로 같은 동에 사는 아주머니가 다리에 깁스를 하더니, 엊그제는 집 앞 도서관에서 똑같이 손에 깁스를 한 아저씨와 마주치는 바람에 움찔했습니다. 나처럼 인대가 늘어나서 고생을 했다거나 하고 있다는 사람도 부지기수였고요.

뼈가 골절되고 인대가 늘어나는 게 전염병은 아니지만, 생활양식이나 연배가 비슷하다 보니 마치 전염병처럼 비슷한 부위에 문제가 생기고 비슷한 증세를 겪는 듯합니다. 작년에 메니에르 병으로 고생할 때도 생각보다 많은 이들이 같은 병을 앓고 있어 놀랐는데, 그러고 보면 세균이나 바이러스를 통해 감염되는 전염병 말고도 이렇게 시대와 세대, 환경에 따라 집단적으로 유행하는 병들이 적지 않은 것 같습니다. 요즘 텔레비전 토크쇼에 나온 연예인들이 앞 다퉈 고백하는 우울증도 그렇고요.

생각이 이렇게 이어지자 자연스럽게 연쇄서가 떠올랐습니다. 한동안 전염병에 관한 책들을 섭렵했으니 이번에는 전염병 같기도 하고 아닌 것 같기도 한, 이른바 '같기도(?) 전염병'을 다룬 책을 읽기로 했지요. 그런 이상한 병이 어디 있으며 그런 병을 다룬 책은 또 어디 있느냐고 하신다면, 미국의 저널리스트 에단 와터스가 쓴 『미국처럼 미쳐 가는 세계』*Crazy like US*를 권합니다. 우울증 같은 정신적 질병도 전염병처럼 유행한다는 독특한 문제의식이 돋보이는 『미국처럼 미쳐 가는 세계』, 열아홉 번째 연쇄서입니다.

★

십 년 전만 해도 신경정신과를 찾거나 심리 상담을 받는다고 하면 정신병자구나 하고 흰 눈으로 보기 일쑤였습니다. 툭하면 정신과 의사를 찾아가는 영화 속 미국인들을 보며, 친구랑 얘기하면 될 걸 왜 돈을 내고 병원에 가나? 의아해하기도 했고요. 하지만 요즘은 한국에서도 정신과 치료나 심리 상담이 대중화되어 더 이상 소수 정신이상자만의 일로 여기지는 않습니다. 오히려 정신적인 문제에 대해 전문적인 치료를 받는 것은 지성적인 태도이며, 이를 거부하고 사갈시하는 것이야말로 무식의 소치라고 여길 정도이지요.

덕분에 최근에는 개인적인 치료를 넘어 국가적인 개입을 요구하는 목소리도 높아지고 있습니다. 외상후스트레스장애PTSD로 고통 받는 소방공무원들을 위해 정부가 나서야 한다든가, 해마다 우울증 환자가 늘고 자살 원인 중 정신(과)적 문제가 1위를 차지하는 현실에서 보건 당국이 우울증에 좀 더 적극적으로 대처해야 한다는 주장1)이 설득력을 얻고 있는 것이 그런 예이지요. 특히 2003년 대구 지하철 화재 사고 이후 외상후스트레스장애에 대한 관심이 고조되면서, 천안함 사태나 해병대 총기 난사 사건 같은 참사가 일어나면 어김없이 생존자들에 대한 정신과적 치료를 강조하곤 합니다.

---

1) 2011년 국회 국정감사에서 의원들은, 정신(과)적 문제로 자살한 사람이 2009년 4,132명(28.1퍼센트)에서 2010년엔 4,357명(29.5퍼센트)으로 증가했고, 소방공무원 1천4백여 명이 외상후스트레스장애로 치료가 필요하다는 통계를 제시하며 정부의 적극적인 대책을 촉구했습니다.

　　　　마녀의 연쇄 독서

워낙 모든 것이 빠르게 변하는 한국 사회이지만 가끔은 이런 현실이 낯설기도 합니다. 요즘은 초등학생도 트라우마 운운하지만, 지난 세기 가장 처참한 내전을 겪은 우리 부모님이나 광주에서의 학살과 벗들의 죽음을 곁에서 지켜보았던 우리 세대는 트라우마도 외상후스트레스장애도 모른 채 그 시간을 지나왔으니까요. 그런데 이 책을 보니 우리만 그런 건 아닌 듯합니다. 지난 20여 년 사이에 일본·홍콩·스리랑카·탄자니아 등 아시아와 아프리카 여러 곳에서 비슷한 변화들이 일어나고 있었던 겁니다. 필자 에단 와터스의 표현을 빌리자면, 전 세계가 미국처럼 미쳐 가고 있는 것이지요.

이 책의 서론에서 와터스는 섭식 장애, 우울증, 외상후스트레스장애 같은 미국 특유의 정신 질환들이 전 세계로 전파되고 있다며, "이런 병들을 발생시키고 유행시켜 온 병원균은 무엇인가?" 하고 묻습니다. 그리고 "그 바이러스는 바로 우리[미국인]"라고 답합니다. 그는 미국 정신 의학 협회의 '정신 질환 진단 분류 체계'DSM가 "정신의학의 성서"이자 "범세계적인 표준"이 된 지금, 그 때문에 세계인의 정신 건강을 위해 꼭 필요한 문화적 다양성이 오히려 위협받고 있다고 우려합니다.

정신병이 전염병처럼 퍼진다는 이야기도, 미국의 발달된 정신의학이 다른 문화권 사람들의 정신 건강을 해친다는 이야기도 금시초문이라 쉬 믿어지지가 않습니다. 그러나 쓰나미 이후 스리랑카에서 벌어진 일을 취재한 와터스의 글을 읽다 보니 처음에 가졌던 의구심이 점차 정신의학에 대한 질문과 의심으로 바뀌더군요.

2004년 겨울 스리랑카·인도네시아·태국 등 동남아시아를 강타한 쓰나미는 충격 그 자체였습니다. 잔잔하던 바다가 갑자기 거대한 벽이 되어 덮치고 순식간에 수십만 명이 떼죽음을 당하는 현실은 아무리 보고 또 봐도 믿을 수가 없었지요. 텔레비전으로 지켜보던 내가 그럴 때 직접 재난을 당한 현지인들이야 말할 것도 없을 터. 그러니 사태가 발생하자마자 피해 지역에 사상 최대 규모의 "국제적 심리 개입"이 일어난 것이나, 미국과 유럽의 정신보건 전문가들이 곧 수백만 명이 외상후스트레스장애의 참혹한 영향에 시달릴 거라고 경고한 것도 이해가 갑니다.

스리랑카에도 사태 직후 서양의 외상 상담사들이 "홍수처럼" 밀려들었습니다. 그중에는 인도적 입장에서 자원봉사에 나선 상담사들도 있고, 외상후스트레스장애 연구를 위해 서둘러 달려온 전문가들도 있으며, 항울약을 생산하는 화이자 같은 제약회사들도 있었습니다. 그렇게 몰려든 봉사단체들은 생존자를 놓고 경쟁을 벌였고, 외상 연구자들은 연구 목적을 밝히지도 않은 채 사적인 질문을 던지고 혈액 샘플을 요구했으며, 의사의 처방 없이 항울약을 나눠주는 일도 비일비재했습니다.

서양의 전문가들이 이런 무질서와 무례를 범하고도 태연할 수 있었던 것은, 스리랑카에는 심리적 치유에 필요한 지식도 자원도 없다는 신념 때문이었지요. 하지만 이곳 토박이로 캘리포니아 주립 대학교 심리학과 조교수였던 가이트리 페르난도는 이런 확신이 심리적 외상을 치유하기는커녕 새로운 문제를 낳는다고 우려합니다. 자아보다 환경과 관계를 중시하는 스리랑카에서는 사회적인 것과 심리적인 것이 분리될 수 없는데, 문제가 개인의 심리에 있다고 가정하는 서양식 외상후스트레스장애 개념은 사회적인 영역에서 나타나는 증상을 무시하기 때문입니다. 더구나 스리랑카 같은 문화에서 개인을 집단과 분리시켜 치료하는 것, 낯선 사람과 일대일 상담을 하는 방식은 도움이 되기보다 문제가 되기 일쑤였지요.

물론 돕겠다고 달려온 자원봉사자들의 선의를 의심할 수는 없습니다. 다만, 이렇게 질문해 볼 수는 있겠지요. "왜 우리[미국인]는 세계의 다른 지역들이 이 문제에 관해 우리의 도움을 필요로 한다고 그토록 확신하는가?" 필자는 그 이유를, "세계 다른 지역들은 정신 건강에 충분한 주의를 기울이지 않으며 미국인이 소유하고 있는 필수 지식이 없다는" 외상학자들의 확신에서 찾습니다. 그리고 심리학 교수 켄 밀러의 말을 인용해 이런 확신이 얼마나 터무니없는 교만인지를 드러냅니다.

만일 9·11테러 후에 모잠비크 사람들이 날아와서 생존자들에게, 일련의 의식을 거행해 사망한 가족 구성원들과의 관계를 끊어야 한다고 말하면 우리가 어떻게 반응할지 상상해 보라. 그것이 우리에게 도움이 되는가? 그것이 말이 되는가?

문제는 이런 그릇된 확신만이 아닙니다. 필자는 재난이 발생하면 바로 정신적 외상 치료를 받아야 한다는 통념도 사실과 다르다고 반박합니다. 실제로 희생자들을 조사했더니 즉시 해소 치료를 받은 사람이 그렇지 않은 사람보다 더 적대감과 불안, 우울증에 시달리는 경향이 높았기 때문이지요. 치료가 오히려 병을 만든다니, 놀랍지 않은가요?

더 놀라운 것은, 우울증에 특효가 있다고 알려진 프로작 같은 항우울제SSRI가 실제론 설탕으로 만든 위약과 별 차이가 없다는 사실입니다. 더구나 설탕 위약과 달리 이런 약을 먹은 일부 환자들은 증상이 악화되거나 자살을 기도하는 등, 심각한 부작용에 시달려야 했지요. 하지만 다국적 제약회사들은 이런 사실을 조직적으로 은폐했고, 대신 세계시장을 개척하기 위해 우울증 진단과 투약의 기준을 확대하는 데만 열을 올렸습니다. 잘 알려진 "우울증은 마음의 감기"라는 표현도 제약회사들이 일본 시장을 열 때 사용한 광고 문구였는데, 이 광고가 대성공을 거두면서 이후 일본에서는 우울증 환자가 대폭 증가했다고 합니다.

진단이 환자를 만드는 이 같은 전도顚倒는 이 책의 1장에서 다룬 거식증과 폭식증에서도 나타납니다. 물론 이런 사례들이 우울증의 심각성을 부인하거나 섭식 장애를 겪는 환자들의 고통을 거짓으로 치부해도 좋다는 증거는 아닙니다. 마음의 상처를 받고 고통을 겪는 이들은 분명히 어느 사회에나 존재합니다. 중요한 것은 그런 정신적 문제를 질병으로 진단하고 치료하는 데에서 반드시 작동하기 마련인 문화적 특수성을 고려해야 한다는 겁니다. 다시 말해, 세계적 표준으로 통하는 '정신질환 진단 분류 체계'는 "고통스런 감정을 낯선 이에게 공개적으로 표현하는 성향과 심리적인 고통을 의료 문제로 보는 성향을 동시에 가진

마녀의 연쇄 독서

유일한 국민"인 미국인에게 맞는 것일 뿐, 다른 성향 다른 문화를 가진 다른 나라 사람들에게는 다른 기준이 필요한 것이지요.

워터스는 이렇게 정신 질환에 대한 교차 문화적 관점을 강조하면서, 정신 질환을 '화학적 불균형' '뇌질환' '유전적 기질'로 설명하는 서양의 생의학적 접근법이 실상 과학이란 이름으로 환자를 비인간화하고 타문화를 배제하는 폭력이라고 비판합니다. 그 날선 비판을 보자 오래전에 읽은 미셸 푸코의 『광기의 역사』[2]가 떠오릅니다.

1961년 푸코가 우여곡절 끝에 통과된 자신의 박사 학위 논문을 『고전주의 시대 광기의 역사』라는 제목으로 출간했을 때, 서양 학계 특히 정신의학자들은 큰 충격을 받았습니다. "이성과 광기 사이의 경계선을 정하는 것은 의학이 아니었다. 19세기 이래로 의사들은 그 경계선을 감시하고 거기에서 보초 서는 일을 떠맡았다. 그리고 거기에다 '정신의 병'이라는 눈금을 새겨 넣었다. 표시가 곧 금지였다."[3]라는 푸코의 선언은 정신의학자와 심리학자들의 반발을 일으켰지요.

하지만 이성 중심의 사회, 이성의 잣대로 광기를 배제하고 감금한 역사가 광기를 정신병으로 만들었다는 푸코의 분석은 그런 반발을 넘어 철학·역사학·정신분석학 등 학문 전반에 커다란 영향을 미쳤습니다.

2) 미셸 푸코 지음, 이규현 옮김, 『광기의 역사』(나남, 2003).
3) 미셸 푸코 지음, 박정자 옮김, 『광기의 역사 30년 후』(시각과 언어, 1997), 9~10쪽에서 재인용.

이성과 광기, 정상과 비정상의 구분을 당연시하던 사람들에게『광기의 역사』는 그 낱낱의 개념이 사회·문화·역사적으로 구성된 것이며, 이런 구성 과정은 배제와 감금, 억압과 소외의 과정과 다름없음을 보여 주었지요. 그래서 이 책은 근대적 이성을 기준으로 삼던 서양의 사유 방식을 뒤흔든 문제작으로 평가되었습니다.

그러나『광기의 역사』가 출간된 지 반세기가 훨씬 지난 오늘 워터스의 책을 읽으니 푸코의 영향력이 과장되었다는 생각이 듭니다. 푸코가 말하고자 했던 다른 시각, 다른 사유가 확대되기는커녕 오히려 과학을 내세운 지식의 지배와 억압이 더 강고해진 듯해서입니다.

오늘날 광기는 전 세계적으로 그 어느 때보다 더 철저히 관리되고 통제되고 있습니다. 슬픔도 사랑도 지나친 것은 금지됩니다. 사람들은 심리적 안정을 추구하며, 정신과를 찾고 상담을 받고 심리학 책을 읽습니다. 그런데 이상하지요? 정신적 문제에 관한 지식이 쌓이고 치료도 늘었건만 정신 건강이 나아진 것 같지는 않습니다. 오히려 그 모든 앎이 우리를 자유롭게 하는 대신 점점 더 미쳐 버리게 만드는 것은 아닌지, 의심하는 내가 이상한 걸까요?

미친
여자들에게
미치다

산드라 길버트·수전 구바 지음,
박오복 옮김,
『다락방의 미친 여자』,
이후, 2009

『마담 보바리』로 시작한 독서가 『미국처럼 미쳐 가는 세계』까지 열아홉 번의 연쇄를 일으켜 드디어 스무 번째 독서기를 쓰게 되었습니다. 아리따운 보바리 부인이 징그러운 기생충을 좇다가 전염병을 거쳐서 광기의 세계를 헤맬 줄은 며느리도 나도 몰랐던 일. 이런 의외성이 연쇄 독서의 매력이라고 생각하면서도 가끔은 나도 모르게 이어지는 연쇄가 버거워 숨이 턱에 찹니다.

이번 경우만 해도 애초엔 『미국처럼 미쳐 가는 세계』에 이어 『광기의 역사』를 돌아보는 것으로 광기와는 작별하려 했습니다. 도무지 익숙해지지 않는 푸코를 읽느라 지치기도 했고, 또 광기의 역사와 현재를 두루 살폈으니 그만하면 됐다 싶기도 했지요. 하지만 질긴 연쇄의 사슬

은 나를 내버려두지 않았습니다. 뭔가에 홀린 듯 또다시 광기에 관한 책을, 그것도 무려 1천1백 쪽이나 되는 방대한 저작을 읽기로 했으니 말입니다.

일이 이렇게 된 것은 핑크레이디 때문입니다. 다음에 읽을 책을 찾느라 도서관에 갔다가 갈래머리에 분홍 머리핀과 유아용 분홍 손가방, 분홍치마로 한껏 멋을 낸 여인이 책상 위에 책을 잔뜩 쌓아 두고 혼잣말 하는 걸 보았습니다. 흐뭇하게 책 더미를 바라보며 중얼거리던 여인은 이윽고 책을 베개 삼아 자더군요. 규칙적인 코골이 소리에 책장은 안 넘어가고, 할 수 없이 여기저기 어슬렁거리다 화장실에 들렀는데 뜻밖에도 좀 전의 핑크레이디가 발을 구르며 울고 있었습니다. 무슨 일이 있었는지 그녀는 몹시 억울한 듯 울면서 허공을 향해 욕설을 퍼부었습니다.

스무 해 넘게 시립 도서관을 다녔는데 요즘처럼 정신적으로 불안한 이들이 많은 건 처음입니다. 예전에도 조용한 서고에서 갑자기 방귀를 뀐다든가 손뼉을 쳐서 뭇 시선을 모으는 이들이 있었지만, 최근에는 눈을 부라리며 욕을 하거나 공연히 옆 사람 의자를 발로 차서 공포 분위기를 조성하는 이들이 부쩍 늘었습니다. 광기조차 웃고 노래하는 유쾌함은 사라지고 원망과 적개심만 허용하는 시대가 된 것인지……

무거운 마음으로 신간 코너를 둘러보는데 책 한 권이 눈에 들어옵니다. 『다락방의 미친 여자』. 엄청나게 두꺼운 책등에 적힌 제목을 보는 순간, 이 책이다 싶더군요. 그날 핑크레이디를 만난 것도, 2009년에 나

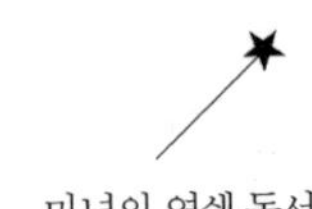

 마녀의 연쇄 독서

온 책이 느닷없이 신간 코너에 꽂혀 있는 것도 다 이 책을 읽으라는 하늘의 뜻인 듯했지요. 하늘의 뜻이라니, 정신 나간 말이라고요? 그런지도 모릅니다. 미치지 않고서야 평소 같으면 베개로나 썼을 무지막지한 덩치를 읽겠다고 나설 리도, 변변찮은 영문학 지식으로 그 덩치를 닷새 만에 독파할 수도, 그 닷새 사이에 거기 소개된 제인 오스틴, 샬롯 브론테, 에밀리 디킨슨의 작품들을 섭렵할 수도 없었을 테니까요.

『다락방의 미친 여자』는 '19세기 여성 작가의 문학적 상상력'을 주제로 미국의 여성 영문학자 산드라 길버트와 수전 구바가 함께 쓴 문학 비평서입니다. 책의 첫머리에 실린 개정판(2000년) 서문에서 필자들이 밝히고 있듯이, 이 책은 1979년에 처음 출간된 뒤 숱한 화제를 낳으며 전문 비평서로는 보기 드물게 대중적인 인기를 끌었습니다. 이 책이 나오고 나서 『미친 여자의 속옷』*The Madwoman's Underclothes*, 『빅토리아시대 미친 여자의 편지들』*The Letters of a Victorian Madwoman*, 『미친 여자는 말할 수 없다』*The Madwoman Can't Speak* 등 비슷한 제목의 비평서를 비롯해 『다락방의 미친 여자의 일기』*Diary of a Madwoman in the Attic* 같은 소설이 잇달아 출간된 것을 보면 알 수 있지요.

그런데 1천 쪽이 넘는 방대한 비평서가 이토록 큰 호응을 얻은 것은 왜일까요? 그것은 이 책이 독자들, 특히 여성 독자들의 공감과 감탄을 자아냈기 때문일 겁니다. 나도 이 책을 읽으면서 작가가 되는 데에 불안과 죄의식을 느꼈던 여성 작가들의 내면에 공감하고, 세상이 부여한 이미지를 넘어 제 목소리를 내려 했던 그녀들의 고투에 감탄하며 스스로를 돌아보고 앞으로 나갈 힘을 얻었으니까요. 아마도 그래서 『다락방의 미친 여자』가 오늘날 페미니스트 비평의 기원으로 평가받는 것이겠지요.

이 책에서 길버트와 구바는 제인 오스틴, 샬롯 브론테, 에밀리 브론테, 메리 셸리, 조지 엘리엇, 에밀리 디킨슨 등 유명 여성 작가들을 분석하는데, 작품을 읽는 새롭고 섬세한 시선이 비평의 매력을 흠씬 느끼게 합니다. 특히 작품 분석에 앞서 신화와 동화를 섭렵하며 페미니스트 시학을 논한 부분은 남성 중심적인 문학사를 새삼 돌아보게 합니다. 여기서 필자들은 여성을 작가가 아닌 작가의 대상으로 삼아 온 오랜 문학 전통을 논하고, 그것이 여성 작가들에게 얼마나 무거운 족쇄가 되었는지를 보여 줍니다.

굳이 "나는 내 그림을 나의 음경으로 그렸다."는 르누와르의 말을 인용하지 않더라도, 지난 수 세기 동안 창작의 펜을 음경에 비유하는 전통이 면면히 이어져 왔음은 분명합니다. 또한 그 전통에서 저자author란 무엇보다 "낳는 사람, 개시자, 아버지"로서 권위authority를 가진 남성이며, 문학적 계보는 해럴드 블룸이 지적했듯이 "호머의 아들들로부터 벤 존슨의 아들들"로 이어져 왔다는 것도 부인할 수 없습니다. 그러기에 제인 오스틴은 『설득』1)에서, "남자들은 자신들의 이야기를 하면서 우리를 이용해 왔다. 펜은 남자들의 손에 있었다."고 말한 것이지요.

하지만 오스틴은 이런 통찰을 전면적으로 드러내지 않으며 독자를

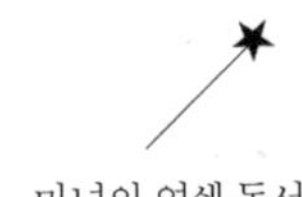

     마녀의 연쇄 독서

적극적으로 설득하려고도 하지 않았습니다. 오히려 자신은 "다양성과 빛으로 가득 찬 강하고 남성다운 힘찬 묘사"는 할 수 없으며, 자신의 작품은 "폭 2인치짜리 작은 상아조각"과 같다고 스스로를 낮추었지요. 시대와 인간을 파헤칠 때의 신랄한 펜과 달리 자신의 작품을 이야기하는 그녀의 펜은 조심스럽기만 합니다. 왜 그랬을까요?

오스틴은 진지하게 문학을 시도했던 선배 작가들이 어떤 대접을 받았는지 잘 알고 있었습니다. 21권에 달하는 과학 철학서를 쓴 작가 마가렛 캐번디시는 미친 여자로 불렸고, 영국 최초로 글쓰기를 업으로 삼은 아프라 벤은 음란하고 수상한 여자로 취급당했으며, 앤 킬그루는 표절의 오명을 뒤집어쓴 채 사라졌습니다. 그리고 오스틴 자신도 가혹한 시선을 견뎌야 했습니다. 시인 랄프 왈도 에머슨은 "나는 오스틴의 '작은' 소설을 혐오하며 왜 그렇게 높이 평가하는지 이해할 수 없다."고 목소리를 높였고, 마크 트웨인은 "오스틴은 도저히 참을 수 없다. 그들이 그녀를 자연사하도록 놔두었다는 것이 유감천만"이라고 독설을 퍼부었지요.

자신이 어떤 세상을 살고 있는지 잘 알았던 오스틴은 이길 수 없는 싸움을 하는 대신 겸양을 내세워 자신을 변호하고 거대한 남성 문학을 조롱하는 길을 택했습니다. 그리고 자기만의 문학으로 작가로서 성공을 거두었지요. 그러나 그것은 불안한 성공이었습니다. 오스틴은 여성

1) 제인 오스틴 지음, 원영선·전신화 옮김, 『설득』(문학동네, 2010).

에게 허용된 '작은' 작품만을 쓰면서도 악평에 위축되었고, 대중적으로 성공을 거두었음에도 대중 앞에서 저자의 신분을 드러내지 않으려 애썼습니다.

반면, 조르주 상드나 조지 엘리엇 같은 후배들은 그녀보다 대담했습니다. 그들은 악평에 굴하지 않았고 작가라는 정체에도 당당했습니다. 하지만 그 대담함을 위해 상드는 남성의 옷을 입었고, 엘리엇은 남성의 이름을 필명으로 사용했습니다. 그러고 보면 여성 작가에게는 여성의 한계 안에서 "하찮은 주제"를 다루거나, 아니면 남성으로 가장해 남성처럼 쓰는 두 가지 길만이 있었던 것 같습니다. 물론 어느 쪽을 택하든 자신을 자유롭게 표현하지 못한다는 점에선 다를 것이 없었지만요.

그러므로 여성 작가들의 작품 속에 광기의 그림자가 드리운 것은 당연한지도 모릅니다. 자유로운 상상은 비여성적인 것이라는 사회적 인식은, 자신을 드러내고 자신의 정체성을 확인하고 싶은 열망을 억압했고, 억압된 욕망은 다락방으로 숨어들었습니다. 즉, '다락방의 미친 여자'는 그녀들의 억압당한 열망이며, 그 열망이 광기를 낳을지 모른다는 그녀들의 불안이며, 흔들리는 자신의 내면에 대한 그녀들의 공포였지요.

그리고 그것은 아주 오래된 열망이요 불안이며 공포였습니다. 최초의 여성이요 최초의 괴물이었던 릴리스에게서 유래한 것이니까요. 헤브라이 신화에 나오는 릴리스는 아담의 첫 번째 부인이었습니다. 재혼녀 이브가 아담의 갈비뼈로 만들어진 것과 달리 그녀는 흙으로 빚어졌기에 아담과 자신을 동등하게 생각했습니다. 그녀는 아담이 복종을 강

 마녀의 연쇄 독서

요하자 욕설을 퍼부으며 악마에게로 갔습니다. 신은 돌아오지 않으면 그녀의 자식들을 매일 백 명씩 죽일 거라고 협박했지요. 릴리스는 아담에게 돌아가는 대신 제 손으로 자신의 아이 — 특히 아들 — 들을 죽임으로써 신과 아담에게 복수했습니다.

그렇게 남성의 말을 거부하고 자신을 주장한 대가로 릴리스는 제 자식을 죽이는 고통과 그 모든 것을 홀로 감내하는 고독을 견뎌야 했습니다. 그러니 릴리스의 후손인 여성 작가들이 남성의 말이 아닌 자신의 말을 하는 데에 불안과 공포를 느낀 것은 당연한 일이지요.

하지만 그들은 또한 스스로를 주장한 릴리스의 후손으로서, 괴물이 되어 홀로 남겨질지 모른다는 불안에도 불구하고 그 불안마저 표현하기를 두려워하지 않았습니다. 샬롯 브론테가 『제인 에어』[2]에서 그린 '다락방의 미친 여자', 에밀리 브론테가 『폭풍의 언덕』[3]에서 묘사한 안티-에덴동산 '워서링 하이츠', 그리고 메리 셸리가 『프랑켄슈타인』[4]에서 낳은 '이름 없는 괴물'은 모두 그 불안의 소산이자 그 불안을 뚫고 나가려는 고투의 산물이었지요. 동시에 그 성취는 그들이 여전히 '미친 여자/괴물'이라는 가부장제가 부여한 여성 이미지에 붙들려 있음을 보여 줍니다.

2) 샬롯 브론테 지음, 유종호 옮김, 『제인 에어』(민음사, 2008).
3) 에밀리 브론테 지음, 김종길 옮김, 『폭풍의 언덕』(민음사, 2009).
4) 메리 셸리 지음, 오숙은 옮김, 『프랑켄슈타인』(미래사, 2002).

　가부장제는 여성에게 '집 안의 천사'와 '타락한 괴물'이라는 상반된 이미지를 부여해 왔습니다. 순결한 백설공주와 욕망에 불타는 마녀 계모는 그 대표적인 예이지요. 백설공주가 난쟁이 남자들을 돌보고 죽은 듯 유리관에 갇힘으로써 왕자의 사랑을 받은 '천사-여자'라면, 계모는 성을 인지한 타락한 '괴물-여자'입니다. 동화에서 백설공주는 계모를 대신해 여왕이 되지만, 언젠가 계모처럼 욕망을 깨닫는 순간 괴물이 될 것입니다. 즉, 그녀의 삶은 천사와 괴물의 이미지 속에서 순환할 뿐입니다.

　길버트와 구바는 이 순환에서 벗어나려면 언어가 필요하다고 지적합니다. 남성판 백설공주라 할 수 있는 동화 「노간주나무」에서 죽은 소년이 노래하는 새가 되어 어머니에게 복수하듯이, 자신의 노래(언어)로 자신을 표현해야 한다는 것이지요. 언어야말로 "자기 확신과 자기표현"을 하는 성인으로 성장하는 주된 동력이니까요.

　여성 작가들이 의심과 불안, 조롱과 비판에도 불구하고 끝내 자신의 언어를 포기하지 않았던 것은 그래서입니다. 그들은 천사도 괴물도 아닌 인간 여성으로 성장하기 위해 자기 확신과 자기표현을 담은 언어를 찾았습니다. 제인 오스틴으로부터 브론테 자매를 거쳐 에밀리 디킨슨에 이르기까지, 그들은 독립적인 자아를 유지하되 괴물이 되지 않는 법, 천사처럼 사랑하되 '남자의 여자'라는 타자가 아닌 주체의 삶을 사는 법을 찾아 분투했지요. 그리고 숱한 좌절 끝에 마침내 그녀는 자신의 노래를 발견합니다.

　마녀의 연쇄 독서

나의 삶은 서있었다 — 장전된 총으로 —

구석 자리에 — 소유주가 지나가다가 —

알아보고서 — 나를 운반해 갔던 —

날까지

(중략)

밤이 오면 — 우리의 좋은 낮이 끝나고 —

나는 내 주인의 머리맡을 지킨다 —

함께 공유하기는 — 물오리 솜털의 깊은 베개보다 —

그것이 훨씬 더 좋다

그의 적에게 — 나는 치명적인 적 —

아무도 두 번 다시 움직이지 않는다 —

그에게 내가 노란 총구를 겨누거나 —

단호하게 엄지손가락에 힘을 주면 —

그보다 내가 더 — 오래 살지 모르지만 —

그가 — 나보다 — 더 오래 살아야 한다

나는 죽일 수 있는 힘만 가지고 있기 때문에,

죽는 힘 — 없이 —.

이 시에서 에밀리 디킨슨은 남성의 상징이던 총을 가져와 천사-괴물의 순환을 깨뜨리고, 다른 존재를 타자화함으로써만 자신을 유지하는 소유주를 겨눕니다. 그녀는 자신이 그에 의해 사물화되어 있으며, 그를 없앤다 해서 이런 소외가 극복되고 자유로워지는 것은 아님을 압니다. 주체적으로 살 힘은 물론 "죽는 힘"도 없는 그녀에게는 "죽일 수 있는 힘"만 있으니, 이는 그녀가 여전히 소유주의 타자로만 존재함을 말합니다.

그녀는 압니다. 방아쇠를 당긴다 해서 자신이 해방되는 것도, 세상이 바뀌는 것도 아니란 것을. 그러나 방아쇠를 당기는 결단, 이제까지의 소유관계를 '단호하게' 거부하는 의지가 없이는 영원히 죽을 수도 살 수도 없다는 것도 압니다. 그래서 그녀는 방아쇠를 당깁니다. 그 총이 화산처럼 폭발해 지난 세기의 모든 억압을 끝장내는 날을 꿈꾸면서.

덕분에, 긴 고독의 나날 속에서도 그 꿈을 포기하지 않았던 그녀 덕분에, 지금 나는 천사도 괴물도 아닌 인간으로서 아무도 총을 필요로 하지 않는 세상을 꿈꿉니다. 당신이 나와 함께 같은 꿈을 꾼다면 그 세상이 좀 더 빨리 오지 않을까요.

 마녀의 연쇄 독서

옛날이야기에서
배운다

브루노 베텔하임 지음,
김옥순·주옥 옮김,
『옛이야기의 매력 I·II』,
시공주니어, 1998

지금까지의 연쇄가 주로 작가나 주인공 혹은 키워드나 주제의식을 매개로 이루어졌다면, 이번 연쇄는 책에서 언급한 참고문헌이 빌미가 된 경우입니다. 어떤 책을 읽다가 거기서 인용한 참고도서나 영향을 주고받은 책을 찾아 읽는 것은 연쇄 독서의 가장 일반적인 예이지요. 워낙 일반적이라 그동안 연쇄에서는 자제하려 애썼습니다만, 『다락방의 미친 여자』를 읽으며 결심했습니다. 다음번엔 무조건 브루노 베텔하임의 『옛이야기의 매력』*The Uses of Enchantment*을 읽기로.

『다락방의 미친 여자』에서 산드라 길버트와 수전 구바는 페미니스트 시학을 논하며 백설공주 이야기를 새롭게 해석하는데, 그때 분석의 토대가 된 것이 비로 베텔하임의 『옛이야기의 매력』입니다. 어린이문

학의 고전으로 꼽히는 책이라 제목은 들어 알고 있었지만 딱히 읽을 필요를 느끼진 못했는데 길버트와 구바가 그 책을 원용해 옛날이야기를 참신하게 재해석하는 걸 보니 호기심이 생기더군요. 심리학자인 베텔하임이 왜 옛날이야기에 관심을 가졌으며 어떻게 분석하고 있는지 궁금했습니다. 그래서 참고문헌으로의 연쇄라니 너무 식상한 것 아니냐는 뒷말을 들을 각오를 하고 스물한 번째 연쇄서는 『옛이야기의 매력』으로 정했습니다.

브루노 베텔하임(1903~90)은 정서장애 어린이, 특히 자폐아 치료와 연구로 유명한 심리학자입니다. 그는 미국 국가 도서상을 받은 대표작 『옛이야기의 매력』을 비롯해, 어린이 심리와 양육을 정신분석학적으로 다룬 여러 저작들을 펴내며 아동심리 요법의 거장으로 평가받았지요. 하지만 1997년 그를 학위 위조자요 거짓말쟁이라고 비판한 리처드 폴락의 평전 『닥터B의 창조』*The Creation of Dr. B*라는 책이 출간된 뒤 베텔하임은 '거장'에서 '사기꾼'으로 전락했고, 그를 둘러싼 논란은 지금도 계속되고 있습니다. 폴락의 비판처럼 실제로 베텔하임이 위조와 표절을 일삼고 환자를 억압한 '악마의 화신'이었는지 아닌지는 알 수 없지만, 한 가지 분명한 것은 그가 어떤 사람이든 『옛이야기의 매력』에서 보여준 통찰력과 영향력만큼은 부정할 수 없다는 사실입니다.

베텔하임은 이 책에서 2백여 편의 이야기가 수록된 그림 형제 동화집, 샤를 페로의 동화집, 『아라비안나이트』, 그리스로마 신화부터 아프

 마녀의 연쇄 독서

리카 신화까지 세계의 각종 신화와 민담 등, 시대와 지역을 넘나드는 다양한 자료들을 총동원해 옛이야기가 가진 깊은 의미와 매력을 드러냅니다. 문학가도 아닌 그가 이렇게 많은 자료를 섭렵하며 옛이야기를 분석한 이유는, "옛이야기가 어린이들이 무의식적으로 겪는 심각한 내면적 억압을 이해할 수 있게" 해주며 "내적 갈등에 대한 해결책을 제공해" 성숙을 돕기 때문이랍니다.

단순하기 짝이 없는 권선징악, 황당무계한 이야기, 뻔한 해피엔딩으로 이루어진 옛이야기가 내적 억압을 해결한다니 믿기지가 않습니다. 더구나 백설공주를 괴롭힌 계모가 불에 달군 시뻘건 구두를 신고 죽을 때까지 춤을 춘다거나, 신데렐라의 언니들이 발까지 자르며 욕심을 부리다 새에게 눈알을 쪼여 눈이 먼다는 식의 잔인한 결말이 어린이에게 무슨 도움이 되는지 모르겠습니다.

그런데 베텔하임은 단순하고 황당하고 잔인하고 뻔한 이야기에 다 그럴 만한 이유가 있다고 말합니다. 예컨대 옛이야기에 나오는 인물들이 선악으로 명확히 나뉘는 것은 어린이가 둘의 차이를 쉬 이해하고 바람직한 인물과 동일시하도록 하기 위해서이며, 잔인한 징벌은 무의식적인 분노를 해소하고 불안과 죄의식을 덜어 준다는 거지요. 또한 "두 사람은 오래오래 행복하게 살았답니다."로 대표되는 해피엔딩은, 어린이에게 낙관적인 신념을 심어 줌과 동시에 자아도취에서 벗어나 타인과 함께하는 삶이 진정한 행복임을 가르쳐 준다고 하는군요.

유치찬란한 이야기라고 생각했던 옛이야기에 이처럼 심오한 의미가

있다니! 처음엔 너무 심오해서 전문가 특유의 견강부회가 아닌가 싶었으나 책장을 넘길수록 고개를 끄덕이게 됩니다. 특히 베텔하임이 옛이야기가 가진 심리적 치유 기능을 설명하며 안데르센 동화와 현대의 여러 창작 동화들을 논한 부분에선, 어릴 적 안데르센 동화가 그리 좋지 않았던 내 경험이 떠올라 백배 공감했지요. 초등학교 때 안데르센을 읽으면서 「성냥팔이 소녀」와 「인어공주」는 너무 우울하고, 「미운오리새끼」는 오리인 줄 알았는데 백조였다는 결론이 오리보다 백조가 낫다는 얘기 같아 뜨악했거든요. 그래도 독후감을 쓸 때 이런 속내를 털어놓지는 못했습니다. 선생님도 친구들도 다들 좋다고 하니까 내가 잘못 읽었다고 생각했지요.

그런데 이 책을 보니 내가 그렇게 느낀 것도 당연하더군요. 베텔하임은 안데르센 동화는 "아름답지만 너무나 슬픈 이야기"로 어린이에게 위로의 감정을 주지 않으며, "(그것은) 진실하고 매력적인 만큼 어른을 위한 이야기"라고 말합니다. 즉, 「성냥팔이 소녀」나 「미운오리새끼」 같은 동화는 운명은 거역할 수 없다는 비관적이고 운명론적인 세계관을 보여 주므로 어린이에게 도움이 안 된다는 것이지요. 비로소 왜 내가 어릴 적엔 떨떠름해하던 그 동화들을 나이가 들어서 공감하게 되었는지 알겠더군요. 그리고 어린이와 어른이 얼마나 다른 시각에서 동화를 대하는지 새삼 돌아보게 되었습니다.

대체로 어른들은 어린이에게 '아름답고 교훈적인' 이야기를 전해 주려 합니다. 그래서 옛날이야기에 잔인하거나 성적인 내용이 나오면 그

냥 삭제해 버리곤 하지요. 또 옛이야기를 유아용 그림책 따위로 편집하면서 세부적인 내용은 빼거나 바꾸는 경우도 비일비재합니다. 가령, 『아라비안나이트』에 나오는 「어부와 지니」 이야기에서 항아리에 갇힌 지니가 처음에는 자신을 구해 주면 보답을 하겠노라 다짐하지만, 4백 년이 지난 뒤에는 누구든 구해 주는 즉시 죽어 버리겠다고 결심하는 대목이 그런 예입니다. 어른들이 보기엔 도덕적으로도 논리적으로도 말이 안 되는 얘기지요. 그래선지 많은 책들이 이 부분은 빼고 어부가 지니를 속여 다시 항아리에 가두는 이야기에만 초점을 맞춥니다.

하지만 베텔하임은 이 대목이 어린이의 심리에 중요한 의미를 갖는다며 자의적인 삭제를 비판합니다. 그는 지니의 심리 변화가 어린이가 버림받았다고 느낄 때의 감정 변화와 매우 흡사하다고 지적합니다. 엄마가 안 올 때 아이들은 처음엔 엄마가 오면 얼마나 좋을까 생각하지만 시간이 가면서 지니처럼 점점 화가 나 복수를 꿈꾸게 되는데, 그런 심리적 진실이 이야기에 생기를 불어넣고 어린이들을 사로잡는다는 거지요.

마찬가지로 잔인하다고 해서 나쁜 사람을 벌하는 장면을 빼버리거나 용서하는 결론으로 바꾸는 것 역시 어린이의 심리에는 도움이 되지 않습니다. 아이들은 종종 자신이 불공평한 대접을 받는다고 느끼는데, 주인공은 보상을 받고 악인은 처벌되는 옛이야기는 그런 마음을 위로하고 정의가 이루어진다는 희망을 갖게 합니다. 그런데 어른들 눈에 사소하고 지나쳐 보인다 해서 고친다면 그런 심층적인 의미들이 전부 사라시고 맙니다.

이런 점 때문에 베텔하임은 옛이야기를 자기 식으로 수정한 샤를 페로의 책보다 그림 형제의 판본을 훨씬 더 높게 평가합니다. 늑대가 어린 소녀와 할머니를 잡아먹는 「빨간 모자」의 경우, 페로는 소녀가 늑대에게 유혹당하는 데 초점을 맞춰 이야기를 꾸미고 소녀는 함부로 행동하면 안 된다는 교훈을 끌어냅니다. 반면, 그림 형제의 이야기는 아무런 훈계도 하지 않지만, 유혹에 빠졌던 소녀가 늑대의 뱃속에서 죽었다가 (늑대의 배를 가르고) 다시 태어나 직접 늑대를 처벌함으로써 성숙한 인간으로 재탄생함을 보여 줍니다. 베텔하임은 둘을 비교 분석한 뒤, 어린이의 성숙은 "교훈적인 방식으로 이야기되지 않았을 경우에만" 이루어진다며 옛이야기를 "도덕 수업"으로 만드는 페로를 비판합니다.

이런 차이는 「신데렐라」에서 더욱 두드러집니다. 디즈니 만화의 대본이며 오늘날 가장 대중적인 판본인 페로의 신데렐라는 "무미건조할 정도로 착하고 주도권을 온전히 결여"한 인물이지만, 그림 형제의 신데렐라는 파티에 가는 것도 떠나는 것도 모두 자발적으로 결정하는 능동적인 인물입니다. 이뿐 아니라 그림 형제의 이야기에는 요정도 호박 마차도 유리 구두도 12시 통금도 없습니다. 대신 여기서 신데렐라는 자신이 직접 심은 나무에서 옷과 황금 덧신을 '자체 조달'하며, 왕자가 자신의 참모습을 발견할 때까지 두 번이나 구애를 피합니다. 또한 페로의 아버지가 아무 역할도 하지 않는 것과 달리, 그림 형제의 아버지는 신데렐라에게 나뭇가지를 가져다주고 구애하는 왕자를 돕습니다.

베텔하임은 이런 차이를 열거하면서, 페로가 신데렐라의 결백을 강

 마녀의 연쇄 독서

조함으로써 오이디푸스적인 죄책감을 은폐하고 있다고 비판합니다. 그에 따르면, 여자아이는 처음엔 어머니를 사랑하지만 이후 대상이 아버지로 바뀌면서 어머니와 자매들을 경쟁자로 여기는데 「신데렐라」에서 그것은 계모와 언니들과의 갈등으로 표현됩니다. 즉, '못된 계모와 언니들'은 어머니(와 자매)를 제거하고 싶은 어린이의 오이디푸스적 욕망이 죄의식 때문에 대체와 투사로 나타난 것이지요.

그림 형제의 신데렐라가 어머니를 그리며 나뭇가지를 심고 그 나무에서 도움을 받는 것, 아버지가 신데렐라를 찾는 왕자를 돕는 것은 그래서 중요한 의미를 가집니다. 이것은 신데렐라가 어머니에 대한 유아적 집착과 오이디푸스적 질투에서 벗어나 어머니에 대한 신뢰를 회복하고, 그 과정에서 아버지를 향한 미숙한 사랑을 아버지의 지원 아래 왕자와의 성숙한 사랑으로 변화시켜 가는 것을 보여 주기 때문입니다.

베텔하임이 말했듯 "옛이야기는 인생의 기본 문제, 특히 성숙을 얻으려는 투쟁과 관련된 문제"를 다루는데, 여기서 가장 중요한 존재가 부모입니다. 많은 옛이야기가 부모의 죽음이나 집을 떠나는 데에서 시작하고, 계모와 마녀, 버려진 아이가 등장하는 것은 그 때문입니다. 즉, 부모와의 고착 관계를 벗어나 스스로 세상과 대면해야 하는 시기를 맞은 어린이의 분리 불안이 그렇게 표현된 것이지요.

불안에 시달리는 어린이는 독립을 부정하고 퇴행하려는 소망을 갖습니다. 하지만 옛이야기는 퇴행은 바람직하지도 않을 뿐 아니라 불가능하며, 이제는 부모로부터 벗어나 또래와 함께하는 다음 단계로 나아가야 함을 가르쳐 줍니다. 「헨젤과 그레텔」은 그 대표적인 예로, 그래서 베텔하임은 이 이야기가 분리 불안에 시달리는 취학기 어린이에게 큰 도움이 된다고 설명합니다.

물론 베텔하임이 말하는 이 모든 상징과 의미들은 그의 해석일 뿐입니다. 「개구리왕자」에서 개구리는 성적인 상징이고, 「백설공주」의 난쟁이는 남근적 단계에 고정된 미성숙한 남자이며, 「신데렐라」에서 언니들이 발을 자르고 피를 흘리는 것은 거세 불안을 상징한다는 그의 정신분석학적 설명을 받아들이느냐 마느냐는 독자의 몫입니다. 독자, 특히 옛이야기의 주요 향유자인 어린이는 그것을 얼마든지 다르게 느끼고 해석할 수 있습니다. 꼼꼼히 옛이야기를 분석한 베텔하임이지만, 어른이 어린이에게 이야기의 의미를 설명하거나 그림책으로 읽히는 데 반대하는 것은 그 때문입니다. 어린이의 자발성과 상상을 방해해선 안 되니까요.

『옛이야기의 매력』에서 베텔하임은 옛이야기가 가진 풍부한 심층적 의미와 함께, 무지몽매해 보이는 어린이도 그것을 자기 식으로 해석할 능력과 자유를 가진다는 사실을 보여 줍니다. 그리고 어른들이 어린이에게 그런 자유를 보장하고 어린이의 해석에 귀 기울일 때 어린이는 성숙한 인격으로 성장할 수 있다고 역설합니다.

하지만 『옛이야기의 매력』이 어린이문학과 독서 교육 분야의 고전으로 오랫동안 독자들의 사랑을 받은 것과 달리, 아이의 성숙을 위해서는 많은 이야기를 읽는 것보다 자기 식으로 읽고 해석할 자유를 주는

 마녀의 연쇄 독서

것이 더 중요하다는 베텔하임의 조언을 실천하는 이들은 많지 않은 듯합니다. 그리고 보면 정작 옛날이야기를 읽어야 하는 건 아이들이 아니라 어른들인지도 모르겠습니다. 아이들의 독립을 인정하지 못하고, 더 많은 자유를 두려워하며, 하나의 해석만 옳다고 고집하는 우리 어른들이야말로 지금이라도 인격적 성숙을 위해 옛날이야기에 귀를 기울여야 하는 건 아닌지, 문득 그런 생각이 드네요.

잃어버린
세계사를
찾아서

이옥순 외,
『오류와 편견으로 가득한 세계사 교과서 바로잡기』,
삼인, 2007

처음 연쇄 독서기를 쓰자고 맘먹었을 때는 다음에 무슨 책으로 이어갈까를 놓고 이렇게 고민할 줄은 몰랐습니다. 책 한 권을 읽으면 '자연스럽게' 다음에 읽고 싶은 책이 떠오르곤 했으므로 글쓰기는 어려워도 책을 정하기는 쉬울 거라고 생각했지요. 그런데 막상 독서를 시작하니 생각과는 전혀 다르더군요. 하나의 책이 너무 많은 책을 불러서 골치가 아픈가 하면 때론 한 권도 떠오르지 않아서 답답할 때가 많았지요. 더구나 독서 도중에 마음이 바뀌어 읽던 책을 덮고 뒤늦게 다른 책을 찾을 때는 변덕스러운 내 자신이 원망스럽기도 했습니다.

물론 변덕을 안 부리면 되겠지만 그게 말처럼 쉽지가 않습니다. 가령 이번 연쇄만 해도 애초엔 브루노 베텔하임의 『옛이야기의 매력』에서

마녀의 연쇄 독서

어린이문학 이론가 잭 자이프스가 쓴 『동화의 정체』[1]로 이어갈 작정이었습니다. 다양한 동화를 마르크스주의적 시각에서 분석한 자이프스는 이 책에서 동화가 그 기원에서부터 부르주아가 주도하는 문명화의 도구였음을 분명히 합니다. 그는 특히 베텔하임이 어린이의 인격 성숙에 도움을 준다고 상찬했던 그림 형제의 동화에 대해, 그들의 동화야말로 부르주아적 가치 체계와 생활 방식을 사회화하기 위해 민중의 구전 설화를 변형한, 부르주아 계급의 문학적 산물이라고 지적합니다.

베텔하임의 심리학적 접근을 비판하고 동화의 사회화 기능에 초점을 맞춘 이 책을 읽으니 『옛이야기의 매력』도 동화도 새로운 눈으로 보게 되어 흥미롭더군요. 그래서 열심히 메모를 하며 『동화의 정체』를 거의 다 읽었는데, 마지막 순간 마음을 바꿨습니다. 그 무렵 교과부가 발표한 중학교 역사 교과서 새 집필 기준이 잔잔한 내 마음에 돌을 던졌기 때문입니다. 동화나 읽으며 조용히 살기에는 세상이 참……

베텔하임의 말처럼 옛이야기가 아무리 심오하고 어린이의 인성 발달에 도움이 된다 해도 언제까지나 옛이야기만 즐길 수는 없습니다. 때가 되면 학교에 가고 이야기책 대신 교과서를 읽어야 하니까요. 더구나 교과서는 싫든 좋든 읽어야 하는데다 심지어 외우기까지 해야 하니 어떤 점에선 옛이야기보다 인성에 더 큰 영향을 미친다고도 할 수 있습니

1) 잭 자이프스 지음, 김정아 옮김, 『동화의 정체』(문학동네, 2008).

다. 교과서에 적힌 것은 모두 진실이라고 믿고 배우는 학생들을 떠올리면 더욱 그렇지요.

그러나 교과서가 진실만을 말하지 않는다는 것을 (교사와 학생과 학부모를 포함한) 우리 모두는 압니다. 때론 집필자들의 무지와 착오 때문에 오류가 생기고, 또 때론 그들의 의도적인 왜곡으로 인해 교과서에 그릇된 내용이 담기지요. 교과서에 대한 검증과 비판이 중요한 것은 그 때문입니다. 특히 민족과 계급, 정파의 이해에 따라 이데올로기적 왜곡이 빈번히 일어나는 역사 교과서의 경우 비판적 독해와 다시 쓰기는 매우 중요합니다. 인도네시아 역사 교과서는 이 점을 다음과 같이 분명히 밝히고 있습니다.

> 한 민족이 위대해지기 위해서는 스스로의 역사를 잘 알고 있어야 한다. 여기서 '잘 안다'는 것은 그냥 '안다'는 데 머물지 않고, 그것이 훌륭한 역사이건 추악한 역사이건 간에 있는 그대로의 역사를 받아들인다는 뜻이다. 문제는 권력이 자신을 지키기 위한 도구로 역사를 이용한다는 것이다. 그러면 역사는 있는 그대로의 모습일 수 없다. 이런 문제가 인도네시아에 있었다. …… 마지막으로, 우리는 이 교과서를 한층 발전시켜 줄 제안과 비판을 기대한다. 늘 새롭게 바뀌어 가는 역사 그 자체의 진실에 접근하기 위해서, 이 교과서도 끊임없는 개선이 필요하다.[2]

 마녀의 연쇄 독서

역사의 진실에 다가가기 위해 끊임없이 고쳐 가겠다는 다짐이 가슴을 울립니다. 교과서도 틀릴 수 있고 내 나라 내 민족의 역사도 부끄러울 수 있다고 인정하는 이런 자세야말로 우리가 교과서에서 배울 수 있는 최선의 지식이 아닐까 싶습니다. 아전인수식으로 저만 옳다고 주장하는 오만과 편견의 교과서에서는 배울 수 없는 열린 지성을 키울 테니까요.

그래서 『옛이야기의 매력』에 이은 스물두 번째 연쇄는 『오류와 편견으로 가득한 세계사 교과서 바로잡기』(이하 '세계사 교과서 바로잡기')로 정했습니다. 균형 잡힌 인성을 위해서는 옛날이야기가 중요하듯이, 열린 지성을 위해서는 교과서가 중요하고 교과서에 담긴 오류와 편견을 바로잡아야 하니까요. 혹시 권력을 앞세워 역사 왜곡을 꾀하는 뉴라이트 교과서에 대한 책들도 많은데 왜 하필 이 책이냐고 묻는다면, 역사학계도 설득하지 못한 채 교과서 수정을 밀어붙이는 소수 몰지각한 인사들에겐 한 줄의 글도 아깝다고 생각하기 때문입니다. (최고의 악플은 '무플'이라지 않습니까.) 나아가 그들의 의도적인 왜곡보다 더 고치기 힘든 것은 내 안의 무의식적인 편견에 따른 왜곡이라 믿기에 이 책을 통해 그 문제를 돌아보고자 합니다.

2) 이시와타 노부오 외 엮음, 양억관 옮김, 『세계의 역사 교과서』(작가정신, 2005), 18쪽.

『세계사 교과서 바로잡기』는 "교과서가 잃어버린 세계사를 찾아서" 한국의 역사책에서는 거의 다루지 않은 중앙유라시아·동남아시아·인도·서아시아·아프리카·라틴아메리카·오세아니아를 두루 섭렵한 보기 드문 책입니다. 책을 쓴 이옥순·이종득·이태주·이평래·이희수·조흥국·한건수 등 7인의 필자는 머리말에서, 세계사 교과서에 정작 세계사는 없는 현실을 지적하며 이제라도 사라진 세계를 복원해 진정한 세계사 교과서를 만들자고 주장합니다.

중·고등학교 6년 동안 세계사를 배우고 대학교와 대학원에서 역사학을 전공한 나로서는 세계사 교과서에 세계사가 없다는 말이 처음엔 이상했습니다. 그런데 가만 생각하니 수긍이 가더군요. 중·고등학교에서 배운 세계사는 유럽사와 중국사가 5 : 4쯤의 비율을 이룬 가운데 나머지 지역이 고명처럼 얹힌 것이었고, 한국사·서양사·동양사로 전공이 나뉜 대학교 때도 서양사는 유럽사에 미국사가, 동양사는 중국사에 일본사가 구색을 맞추는 식이었으니까요.

그러니 이 책을 읽기 전까진 여기서 다룬 지역들에 관해 역사적 지식이 없는 것은 물론이요, 그 지역들에 독자적인 역사가 있었다는 사실조차 생각해 본 적이 없었지요. 특히 중앙유라시아나 오세아니아의 경우, 솔직히 역사학의 영역으로 떠올린 적도 없었습니다. 중앙유라시아를 이루는 신강위구르 지역은 중국의 일부로, 투르키스탄이나 카자흐스탄 같은 나라는 소련 붕괴 후 수립된 신생 독립국 정도로 알고 있었을 뿐, 그 지역에 독자적인 문화와 역사가 있다고는 생각지 않았습니다. 오세

마녀의 연쇄 독서

아니아도 마찬가지입니다. 영연방에 속하는 오스트레일리아와 뉴질랜드를 빼면 그나마 아는 나라는 출판사에 다닐 때 책을 내면서 접한 나우루 공화국이 유일했으니까요. 그런데 이 책을 읽고 알았습니다. 그것이 얼마나 오만과 편견에 가득 찬 무지인지를.

『세계사 교과서 바로잡기』의 필자들은 이런 무지의 근원이 동북아시아·유럽·미국을 중심으로 씌어진 편향된 세계사 교과서 때문이라고 말합니다. 독자적인 언어와 문화를 가진 소그드·위구르·몽골·돌궐 등을 완전히 삭제하거나 중국의 변방 오랑캐로 격하해 서술한 교과서, 20세기 세계사에 커다란 영향을 미친 인도 민족운동과 간디의 비폭력 운동에 단 1쪽도 배정하지 않은 교과서, '소승불교' '알라신' '니그로 인종' '인디오' 같은 차별적이고 잘못된 용어들을 거리낌 없이 사용하는 교과서가 무지를 키운 것이지요. (올바른 용어는 책에서 직접 확인하시길!)

문제는 그 교과서에서 말하는 '세계'란, 지배하고 정복하는 자들의 세계이며 기록을 남긴 자들의 세계라는 겁니다. 예를 들어 "알렉산드로스 대왕의 동방 원정"이라는 표현을 볼까요? 솔직히 이 책을 읽기 전에는 별 문제를 못 느꼈습니다. 그런데 이 책에서, 소국 마케도니아의 알렉산드로스 왕이 오리엔트 세계를 잠시 정복하긴 했지만 그가 죽은 뒤 나라도 망했는데 '대왕'이라 부르는 건 부적절하며, '대왕'이라는 칭호는 "서양이 처음으로 오리엔트를 정복한 역사적 쾌거를 반영한 지극히 서양 중심적 관점"이라고 지적한 걸 보니 새삼 내가 가진 세계관이 얼마나 서구 편향적인지 돌아보게 되더군요.

왜곡을 낳는 편향은 문자 기록을 우선시하는 역사 서술에서도 드러납니다. 많은 교과서가 수십, 수만 년 전부터 인간이 살았던 아프리카·라틴아메리카·오세아니아 지역에 대해 마치 아무런 역사도 없었던 듯이, "암흑의 땅" "신대륙의 발견" "인간의 손이 닿지 않은 곳" 따위로 묘사합니다. 그곳에 사람이 살고 역사가 있었다는 건 구연 전승을 비롯해 동굴 벽화, 각종 건축물과 토기 같은 고고학적 자료들을 통해 확인할 수 있는데도 불구하고, 문자 없는 사회는 역사 없는 사회라는 완고한 문자 중심주의에 매달려 이 지역들에 실재했던 인간의 역사를 지워 버린 것이지요.

아프리카 편을 집필한 한건수는 이처럼 문헌 사료만 중시하는 전통적인 역사학을 비판하면서, "전 인류의 역사에서 보면 문자성보다 구술성이 차지하는 비중이 더 크다."고 지적합니다. 그는 아프리카 구전 문화에서 소리가 갖는 특별한 지위를 설명하고, 7백 년 이상 구술로만 전해진 「순자타 서사시」처럼 이야기와 찬양시, 전설 같은 다양한 구연 전승이 문헌만큼이나 귀중한 기록 유산임을 역설합니다.

그의 말처럼, 전통 역사학의 문자 중심주의는 문자와는 다른 방식으로 전통을 계승하고 역사를 기억해 온 다양한 사회의 경험들을 담아내지 못합니다. 멀쩡한 역사를 텅 빈 공백으로 만들어 버린 거짓말 교과서가 쓰인 것도 그 때문이지요. 다행히 최근 역사학계에서는 하층계급과 여성 같은 사회적 약자들의 집단 기억에 주목해 구술사를 중요시하고 있습니다. 기존의 문자 중심, 기록자 중심, 지배층 중심의 역사학에

마녀의 연쇄 독서

서 벗어나 더 많은 인간, 더 넓은 지역의 이야기를 역사에 담기 위해서인데, 교과서를 바로잡는 데도 도움이 되는 접근법입니다.

제대로 된 세계사를 쓰기 위해 버려야 할 편견은 이뿐만이 아닙니다. 유목 문화를 무시하고 유목민을 '야만인' '침략자'로 표현한 것, 중국사에서 요·금·원·청 등 이민족 왕조를 한족의 입장에서 부정적으로 묘사한 것, 다양한 정체성과 국가들이 공존한 인도의 특성을 간과한 채 인도의 분열성 때문에 식민 지배를 받았다고 영국 교과서와 똑같이 설명한 것, 친족과 연령을 토대로 한 아프리카의 민주적 통치 질서를 중앙집권 체제가 아니라는 이유로 폄하한 것…….

이 모두는 한국의 세계사 교과서가 중화주의와 제국주의적 역사관에 깊이 물들어 있음을 보여 줍니다. 중국에 종속되었던 수백 년간의 역사, 일본과 서구 제국의 침략으로 고통 받은 근대사의 경험에도 불구하고, 한국인들은 스톡홀름 증후군에 사로잡힌 인질처럼 자신이 마치 지배자였던 듯 제국의 시선으로 세계를 보고 역사를 평가하고 있는 것이지요.

그리고 보면 대다수 교과서들이 북/중앙/남아메리카의 지리적 구분과 앵글로/라틴아메리카의 문화적 분류를 혼동하는 것도, 광활한 아프리카 대륙을 실제보다 훨씬 작게 묘사한 북반구 위주의 지도를 (실제 아프리카 전체 면적은 미국+중국+인도+유럽+아르헨티나+뉴질랜드+8만 평방마일이랍니다.) 아무 설명 없이 사용하는 것도, 또한 지구의 3분의 1을 차지하는 대양주 오세아니아의 역사를 단 한 줄도 언급하지 않은 사회 교과서가 버젓이 통용되는 것도, 라틴아메리카에서 발달한 메소아메리카 문명과 안데스문명에 대한 정확한 이해 없이 아스텍·마야·잉카 등에 대해 잘못된 설명과 사진 자료를 싣고 있는 것도 놀랄 일은 아닙니다. 자신의 역사도 똑바로 보지 못하는 전도된 시선으로 어찌 세계를 제대로 볼 수 있겠습니까.

『세계사 교과서 바로잡기』가 지적한 오류들은 이 밖에도 많습니다. 명색이 교과서인데 용어·연도·서술상의 잘못들이 하도 많아서 한심할 정도이지요. 하지만 2년간 사회과와 세계사 교과서 50여 종을 꼼꼼히 분석한 필자들을 생각하면 희망이 생깁니다. 이런 노력들이 모이면 오류와 편견에 가득한 교과서도 좀 더 넓은 시야를 가지고 좀 더 정확한 사실을 기록한 열린 교과서로 개선될 테니까요.

잘못된 교과서는 고칠 수 있습니다. 정말 고치기 힘든 것은 잘못된 교과서를 쓰고도 잘못인 줄 모르는 사람들, 잘못하고도 잘했다고 우기는 사람들이지요. 그런 사람들 때문에 얼마 전 시민사회단체 4백여 개가 모여 '친일·독재 미화와 교과서 개악을 저지하는 역사정의실천연대'를 꾸렸습니다. 부디 이참에 제 입맛대로 역사를 바꾸려는 이들의 비뚤어진 심보도 바로잡고 오류도 편견도 없는 역사 교과서가 씌어졌으면 좋겠습니다.

    마녀의 연쇄 독서

읽은 대로
살기
위하여

하워드 진 지음,
유강은 옮김,
『미국 민중사 1·2』,
이후, 2006

설렘으로 연쇄 독서를 시작한 지 어느새 1년. 책들의 꽁무니를 좇느라 세월을 잊은 사이, 책도 사람도 다 놓친 것만 같아 뺨이 차가워집니다. 하지만 아직 계절이 다 저문 것은 아니니 낙망하긴 이릅니다. 마음을 다잡고 『오류와 편견으로 가득한 세계사 교과서 바로잡기』에 이어질 책을 찾습니다.

맨 처음 눈에 띈 것은 『선생님이 가르쳐준 거짓말』[1]입니다. 『세계사 교과서 바로잡기』가 한국의 학자들이 세계사 교과서의 오류와 왜곡

---

[1] 제임스 로웬 지음, 남경태 옮김, 『선생님이 가르쳐준 거짓말』(휴머니스트, 2010).

을 지적한 책이라면, 이것은 미국의 사회학자 제임스 로웬이 자국의 '국사' 교과서를 비판한 책입니다. 1995년 출간되어 초판만 1백만 부가 넘게 팔리면서 일종의 대안 역사 교과서로 큰 반향을 불러일으킨 책이지요. 한국에서는 2001년 처음 소개된 뒤 2010년에 개정판이 다시 번역되었는데, 역사 교과서 왜곡을 다룬 여러 책들 중에서도 치밀한 분석이 돋보이는 저술입니다.

책을 펼치자, 선생님이 거짓말을 가르친다는 충격적인 제목만큼이나 충격적인 내용들이 가득합니다. 민족자결주의의 제창자이자 국제연맹 창설의 주역으로 알려진 우드로 윌슨이 사실은 라틴아메리카에 수시로 군사개입을 하고 러시아혁명을 무너뜨리기 위해 백군파를 지원한 제국주의자이며 강력한 인종차별 정책을 시행한 백인 우월주의자였다는 것, 1492년 백인 콜럼버스가 아메리카를 '발견'하기 전에 이미 페니키아-아프리카인을 비롯한 여러 대륙의 여러 인종이 아메리카를 탐험했다는 것, 베트남전쟁을 축소 서술한 교과서 때문에 상당수 미국 대학생들이 그 전쟁이 남한과 북한의 전쟁인 줄 알 만큼 무식하다는 것 등등, 눈이 번쩍 뜨이는 놀라운 사실들이 한둘이 아닙니다.

덕분에 시간 가는 줄 모르고 『선생님이 가르쳐준 거짓말』을 읽었지만, 그럼에도 이 책은 스물세 번째 연쇄서가 되지 않았습니다. 책을 통해 알게 된 단편적인 진실을 넘어 미국 역사 전체의 진상이 궁금해졌기 때문입니다. 그래서 이참에 말로만 듣던 하워드 진(1922~2010)의 역작 『미국 민중사』를 읽기로 했습니다. 1980년에 출간된 뒤 기존 미국사의

마녀의 연쇄 독서

시각을 완전히 바꿨다는 평가를 받으며 현재까지 무려 2백만 부가 넘게 팔린 이 스테디셀러를 읽으면 미국사는 물론 역사를 보는 눈이 조금은 생기지 않을까 싶었습니다.

하지만 처음엔 1천2백 쪽이 넘는 엄청난 분량이 부담스러워 읽을까 말까 망설였습니다. 그런데 페이지를 넘기다가 하워드 진이 역사를 쓰는 자신의 태도를 밝힌 다음 대목을 읽는 순간, 망설임이 사라졌습니다.

미국 역사를 서술하는 내 관점은 다르다. 국가들의 기억을 우리 자신의 것으로 받아들여서는 안 된다. 국가는 공동체가 아니며 그런 적도 없었다. 어떤 나라의 역사가 한 가족의 역사처럼 보이더라도 사실 정복자와 피정복자, 주인과 노예, 자본가와 노동자, 인종 및 성별상의 지배자와 피지배자 사이에서 이해관계의 격렬한 갈등을 감추고 있다. 그리고 이런 세계에서 가해자의 편에 서지 않는 것이 생각 있는 사람이 할 일이다.

이토록 솔직하고 담대하고 거짓 없는 문장이라면 1천2백 쪽이 아니라 1만2천 쪽이라도 읽고 싶더군요. 그래서 일주일 내내 『미국 민중사』 1, 2권과, 그 책의 토대가 된 자료들을 모은 『미국 민중사를 만든 목소리들』[2]을 읽었습니다. 보통은 한 번에 서너 권의 책을 동시다발로 읽

---

2) 하워드 진·앤서니 아노브 엮음, 황혜성 옮김, 『미국 민중사를 만든 목소리들』(이후, 2011).

읽은 대로 살기 위하여

거나 텔레비전을 보면서 읽기도 하는데 이번엔 오직 이 책들만 읽었습니다. 채소를 다듬다가도 읽고 빨래를 개다가도 읽었습니다. 행복했기 때문입니다.

뭐가 그리 행복했냐고요? 내가 사는 지금 여기가 최악인 줄 알았는데 그게 아니란 사실이 행복했습니다. 법이 권력과 자본의 편임을 가식 없이 보여 주는 사법부 때문에 절망감을 느꼈는데 민주주의의 모델이라는 미국도 똑같더군요. 제1차 세계대전 당시 "사업가들의 전쟁"에 반대한 세계 산업 노동자 연맹을 벌금과 징역형으로 무너뜨린 것도, 무정부주의자라는 이유로 이민노동자 사코와 반제티에게 사법 살인을 저지른 것도, 매카시즘이 활개를 치던 때 일련의 기소를 통해 국가적인 반공 분위기를 고조시킨 것도, 전 세계의 반대에도 불구하고 로젠버그 부부를 간첩으로 몰아 사형시킨 것도, 그리고 민권법이 제정되었음에도 흑인을 죽인 경찰들에게 한결같이 무죄 선고를 한 것도 모두 사법부라는 걸 알고 나니 지금 여기서 벌어지는 일이 처음도 최악도 아니란 생각이 들어 살 만했습니다.

이보다 더 행복했던 것은, 최악을 겪은 사람들이 그 상황에서도 절망하지 않았다는 사실입니다. 터무니없는 누명을 쓰고 죽임을 당한 사코는 아들에게 마지막 편지를 씁니다.

아들아, 눈물을 흘리는 대신 엄마를 위로해 드려라. 네 좋은 친구들인 박해받는 사람들과 희생당하는 사람들을 도와야 한다는 걸 잊지 말아라. 이런

　　마녀의 연쇄 독서

인생의 투쟁 가운데서 너는 더 많은 것을 알게 되고 사랑하고 또 사랑받게
될 거란다.

처형당하기 직전, 로젠버그 부부는 이제 곧 고아가 될 여섯 살, 열 살
난 두 아이에게 편지를 남깁니다.

우리는 사형 집행인을 좌절시킬 만한 확신을 가지고 삶이 살 만하다는 사실
을 믿는다! 네 인생이 네게 가르쳐 줄 것이다. 악의 한가운데에서는 선이 번
성할 수 없다는 것을. 삶을 진정으로 만족스럽고 가치 있게 만들어 줄 자유
가 언젠가는 쟁취되리라는 것을. 우리는 다른 사람들이 우리 뒤를 이어 문
명의 진보를 가져올 것이라 확신하기 때문에 마음에 위안을 얻었다. 그러니
너희도 마음을 편히 해라(『미국 민중사를 만든 목소리들』, 667쪽).

죽음보다 깊은 절망의 끝에서 그들이 남긴 마지막 목소리는, 희망은
상황이 아니라 의지에 달려 있음을 깨닫게 합니다. 그 깨달음에 울고
그 깨달음에 행복합니다. 세상은 변하지 않는다며 스스로의 나태와 비
겁을 합리화해 온 지난 시간이 미안해서 울고, 이제라도 그것이 잘못임
을 배운 것이 기뻐서 행복합니다. 선은 무력하고 정의는 속절없으며 언
제나 권력이 이긴다고 믿었는데, 그래서 참 재미가 없었는데, 이 책을
읽고 그렇지 않다는 걸 알았습니다. 그래서 재미있고 행복합니다.
　하지만 『미국 민중사』는 '역사의 필연적 진보'를 설파하거나 '우리 승

리하리라'를 노래하지 않습니다. 많은 '민중사'들이 불굴의 의지를 지닌 민중과 정의의 궁극적 승리를 이야기하는 데 반해, 진의 민중사는 흔들리고 분열된 민중과 끊임없이 패배하는 정의를 보여 줍니다. 역사 서술은 당파적일 수밖에 없으며 자신은 민중의 입장에서 쓰겠다고 분명히 밝힌 진이지만, 그는 당파성 때문에 사실을 왜곡하거나 민중을 미화하지 않습니다. 오히려 역사에서 그들이 보여 준 실패와 착오, 어리석음과 분열을 가감 없이 전달합니다.

백인 하층계급과 흑인 노예와 아메리카 원주민들은 부유한 백인 엘리트들로 인해 똑같이 고통을 겪으면서도, 그들의 연대를 두려워한 지배계급이 인종주의를 부추길 때 이를 거부하지 못했습니다. 백인 남성 노동자들이 중심이 된 노동조합은 흑인과 여성 노동자들을 배제했고, 부유한 백인들은 돈을 내고 빠지는 군대에서 가난한 백인 사병들은 흑인 사병을 차별했습니다.

부유한 백인 지배층은 부와 권력을 독점적으로 유지하는 데 이러한 분열이 무엇보다 중요함을 알고 있었기에, 언론과 교육을 통해 자신들의 계급적 이익을 국가적 이익으로 포장하고 인종·민족·성·임금 등을 통해 차별을 조장했습니다. 그리고 이에 대한 민중의 불만은 그들이 만든 민주·공화 양당제를 통해 체제 내로 흡수, 관리했습니다. 더불어 자본 팽창을 돕고 내부 반발을 억제하는 수단으로 "국제적 경쟁과 주기적인 전쟁"도 자주 애용했지요.

그러나 그들의 전략이 늘 성공을 거둔 것은 아닙니다. 여성과 흑인

     마녀의 연쇄 독서

노예는 백인 남성 엘리트의 차별에 반대하여 인종과 성을 뛰어넘는 연대를 이뤘습니다. 여성들은 "수백만 남녀 노예들을 인간으로 되돌려 놓기 위해" 여성운동과 함께 노예제 반대 운동을 적극적으로 펼쳐 나갔습니다. 그리고 이들의 주도로 전국에서 40만 명이 노예제 폐지 법안을 요구하는 서명을 제출했지요. 1865년 의회가 노예제 종식을 선언한 것은 이런 연대의 결과였습니다.

그뿐만이 아닙니다. 지배층이 국가적 이익을 내세워 전쟁을 일으킬 때마다 민중 속에서는 반대의 목소리가 터져 나왔습니다. 미국이 스페인으로부터 독립하려는 쿠바를 점령하고 잇달아 푸에르토리코·하와이·괌·필리핀까지 병합했을 때, 미국 노동 연맹은 미국의 쿠바 개입을 반대했고 보스턴과 뉴욕의 중앙 노동조합은 필리핀 병합을 비판했습니다. 파시즘과 싸운다는 명분 때문에 사상 최고로 애국심이 고조되었던 제2차 세계대전 때에도 양심에 따른 징집 거부자는 제1차 세계대전 때보다 세 배나 많은 4만3천 명에 달했으며, 연방 교도소 수감자 여섯 명 중 한 명이 징집 거부자였습니다.

잇단 전쟁과 해외 팽창은 노동자·농민 등 하층계급에게 풍요를 가져다주었지만, 그럼에도 베트남전쟁의 실상이 전해졌을 때 민중은 반전 의사를 분명히 했습니다. 하워드 진은 대학생 반전 시위를 보도한 언론 때문에 흔히들 중간계급 지식인이 반전을 주도한 것처럼 생각하지만 실제로 처음부터 끝까지 전쟁에 반대한 것은 대학 교육자가 아닌 초등학교 교육을 받은 사람들이며, '50세 이상, 흑인, 여성'이 가장 전쟁에 반대했다고 지적합니다. 그리고 당시 여론조사를 통해, 신문 잡지를 많이 읽는 고소득층 젊은이들이 오히려 정부의 강경책을 지지했음을 보여 줍니다. 삶이 책보다 정직하다는 증표일까요?

『미국 민중사』는 역사를 바꾸는 것은 앎이 아니라 삶이며, 아는 대로 살겠다는 결단임을 보여 줍니다. 1845년 미국이 멕시코 전쟁을 일으켰을 때, 셰익스피어와 초서, 헤겔, 스피노자를 즐겨 읽던 앨런 히치콕 대령은 "폭력은 폭력을 초래"할 것이며, "나는 미국이 침략자라고 말한 바 있다. 우리에게는 이곳에 있을 털끝만큼의 권리도 없다."고 일기에 씁니다. 하지만 그는 "이런 일에는 마음이 내키지 않는다."면서도 "군인으로서 명령을 수행할 의무가 있다."며 침략 전쟁에 최선을 다합니다.

히치콕 대령은 마음으론 전쟁에 반대했지만 몸으론 전쟁을 수행했고 자신의 지식을 이용해 멕시코인을 회유하는 연설문까지 썼습니다. 그리고 이 모든 행동을 군인이라서 어쩔 수 없다는 말로 합리화했지요. 그러나 백여 년 뒤 한 흑인 이등병은 11년의 노역형이 예상되는데도 베트남행 수송기 탑승을 거부했고, 빈민가 출신의 열여덟 살 난 크롤은 "아무도 죽이지 않을 거야. 그건 내 의지에 반하는 일이야."라며 군대 대신 감옥을 택했습니다. 부당한 침략 전쟁에 반대하는 정의는 헤겔과 스피노자를 읽는 심오한 지성이 아니라, 아는 대로 살겠다는 단순한 의지에서 나온다는 걸 생생히 보여 주는 역사가 아닌지요.

놀랍게도 역사는 그런 단순한 의지들에 의해서 바뀌었습니다. 하워

　　　　마녀의 연쇄 독서

드 진이 비판했듯이, 전통적인 역사서들은 전쟁이 '국민'의 요구로 시작하여 "종말은 지도자들의 주도—파리, 제네바, 베르사유 등의 협상—아래 이루어지는 것으로 설명"합니다. 그러나 베트남전쟁은 이런 설명이 사실이 아님을 증명합니다. 자본과 권력의 요구로 시작된 베트남전쟁을 끝낸 것은 바로 국민이었으니까요. 인도차이나의 참사에 항의하며 여든둘의 노구를 불사른 앨리스 허즈 같은 국민들이 부도덕한 전쟁을 끝낸 것이지요.

마찬가지로 수백 년에 걸친 끔찍한 노예제도를 끝낸 것은 "나는 백인과 흑인 사이에 정치·사회적인 평등을 이루는 일에 찬성하지 않"는다고 공언한 지도자 에이브러햄 링컨이 아니라, 흑인들의 투쟁을 부르짖다 살해당한 노예의 아들 데이비드 워커이며, 노예해방을 위해 총을 들었다가 두 아들과 함께 목숨을 잃은 백인 노인 존 브라운이며, 자유를 위해 남북전쟁에 참전한 20만 흑인들이었습니다. 사람은 누구나 평등하다는 배움대로 살기 위해 목숨을 건 그들 덕분에 역사는 느리지만 정의를 향해 나아갈 수 있었지요.

『미국 민중사』는 자본과 권력을 가진 소수의 탐욕이 욕심 없는 사람들과 자연을 어떻게 짓밟고 착취했는지 증언합니다. 스스로 족함을 알고 더불어 나눌 줄 알았던 아메리카 원주민들은 백인 이방인을 환대한 보답으로 자기 땅에서 내쫓겨 학살당했습니다. 문명은 그들을 어리석은 야만인이라 비웃었고, 역사는 그들의 학살을 진보라 했습니다.

★

그러나 마지막 책장을 넘기는 지금, 나는 그들의 삶에서 미래를 보고 그들의 패배에서 진보를 읽습니다. 자신이 아는 인간, 자신이 배운 역사를 위해 지는 싸움도 끝까지 감당했던 사람들이 있었다는 것, 그런 이들의 숱한 패배가 쌓여 지금 내가 누리는 사금파리 같은 자유가 주어졌다는 것을 배웁니다. 그리고 버릇처럼 책을 읽으면서도 정작 이 오래된 진실은 잊고 있었음을 새삼 깨닫습니다. 이제 앎이 삶이 되어야 할 시간입니다. 그 시간을 우리가 함께하길 바랍니다.

 마녀의 연쇄 독서

더 나은
삶을
꿈꾸며

토머스 게이건 지음,

한상연 옮김,

『미국에서 태어난 게 잘못이야』,

부키, 2011

지난겨울 『마담 보바리』로 시작한 독서가 스물네 번째이자 마지막 연쇄를 맞았습니다. 필독의 강박도 다독의 욕심도 버리고 그저 책이 이끄는 대로 책의 꽁무니만 따라가겠다는 마음으로 시작한 책 읽기였습니다. 무엇을 왜 어떻게 해야 할지 모를 때 앞선 이의 뒤꿈치만 보며 숨이 턱에 차도록 산길을 걸었듯, 의미도 의지도 접어 두고 하염없이 책장을 넘기노라면 문득 어딘가 닿아 있지 않을까 싶었지요. 그렇게 겨울이 봄이 되고 봄이 여름에서 가을을 지나 다시 겨울이 될 때까지, 책이 시키는 대로 꼬박 책만 읽었습니다.

하지만 마지막 독서기를 쓰는 지금, 내 키만큼 쌓인 책들 앞에서 나는 여전히 우두망찰할 뿐입니다. 어쩌면 배움이 모자라서가 아니라 그

걸 행하기가 두려워 자꾸 책을 기웃대는지도 모릅니다. 그렇다고 언제까지나 책의 꽁무니만 따라다닐 수는 없지요. 마음을 굳게 먹고 마지막 책 읽기를 시작합니다. 다행히 『미국 민중사』에 이어질 연쇄서는 쉬 정해졌습니다. 주인공은 토머스 게이건이 쓴 『미국에서 태어난 게 잘못이야』. 제목에 똑같이 '미국'이 나오기도 하거니와, 요즘의 미국 민중이라면 "미국에서 태어난 게 잘못이야!" 하고 외칠 것 같기도 해서 고른 대망의 스물네 번째 연쇄서입니다.

글쓴이 약력을 보니 토머스 게이건이라는 사람, 그 유명한 하버드 로스쿨 출신의 변호사입니다. 학벌 좋고 직업 좋고 게다가 글솜씨도 빼어나니 성공 가도를 달릴 수도 있을 텐데 뜻밖에도 노동 전문 변호사로 사회 취약 계층을 위한 공익 소송에 힘을 쏟고 있답니다. 그러니 명색은 로펌 대표지만 큰돈을 만질 일은 없을 터. 그 때문인지 몰라도 게이건은 상당수 한국인이 원정 출산까지 나서는 미국에서 태어난 게 잘못이라고 투덜댑니다. 대신 그가 선망하는 곳은 유럽, 특히 독일입니다. 미국과는 전혀 다른 그 나라가 궁금해서, 사무실 문을 영 닫게 될지도 모른다는 불안감에 쫓기면서도 두 달이나 휴가를 내 독일을 찾을 정도이지요.

이 책은 게이건이 그렇게 실업의 공포를 무릅쓰고 1997년과 2001년 두 차례나 독일에서 장기체류를 하고 그 뒤에도 여러 번 방문한 경험을 토대로 씌어졌습니다. 덕분에 책을 읽다 보면 노동법 전문가의 식견과

　　　마녀의 연쇄 독서

생생한 현장 체험이 어우러져 의미와 재미를 동시에 느낄 수 있습니다.

책을 펼치면 제일 먼저 "나는 결코 유럽식 사회민주주의자가 아니다."라는 문장이 눈에 띕니다. 유치한 반어법이군, 피식 웃으며 읽어 가는데 또, "나는 결코 유럽식 사회민주주의자가 아니다." 세 쪽 분량의 서문에서 무려 네 번이나 같은 말을 반복하니 웃음은 사라지고 안쓰럽고 씁쓸한 기분이 듭니다. 분단국가인 한국만 레드 콤플렉스에 시달리는 줄 알았는데 자유의 나라 미국도 사회주의나 사회민주주의란 말에 경기를 일으키기는 마찬가지인 모양입니다.

행여 빨간 딱지가 붙을까 네 번이나 사회민주주의자가 아니라고 도리질을 하면서도, 게이건은 틈만 나면 유럽식 사회민주주의가 미국식 자본주의보다 안전하고 건강하고 행복한 사회라고 역설합니다. 그도 그럴 것이 미국인은 연간 2천3백 시간(중앙값 기준)을 일해야 하지만 유럽인은 1천6백 시간만 일하면 되며,[1] 유럽에선 대학 학자금 때문에 빚을 지는 일도 없고 빈곤선 이하 노인과 어린이의 비율도 미국의 절반 이하이니까요.

물론 게이건은 미국이 기름 값도 싸고, 슈퍼마켓엔 싸고 다양한 물건이 쌓여 있으며, 1인당 GDP도 유럽보다 최소한 4천 달러는 더 많다는

---

1) 평균값 기준으로 2009년 OECD 국가들의 연간 노동시간을 보면, 한국 2,074시간, 미국 1,776시간, 독일 1,309시간이었습니다. 매시 1등을 좋아하는 한국은 2010년엔 2,193시간을 일해서 당당히 세계 1위를 기록했지요.

걸 인정합니다. 하지만 그는 장시간 노동에 시달리느라 시간에 쫓기는 이들에게 판매대를 가득 메운 65개의 유기농 주스는 쇼핑의 괴로움을 가중시킬 뿐이며, 유럽보다 더 많은 환자와 더 많은 총기, 더 긴 출퇴근 시간 때문에 높아진 GDP는 허상에 불과하다고 주장합니다. 도시계획과 사회 기반 시설의 부족이 악성 GDP를 높이는 현실에서 GDP만 가지고 미국을 잘사는 나라라고 할 수는 없다는 얘기지요.

각종 자료와 수치를 동원해 부자 미국의 실상을 폭로한 뒤, 게이건은 미국이 성장하려면 독일을 모델로 삼아야 한다고 단언합니다. 미국의 엘리트들이 독일이라면 질색하는 걸 알면서도 그가 프랑스·스웨덴·덴마크 같은 다른 유럽 국가들을 제쳐 두고 독일을 꼽은 데에는 몇 가지 이유가 있습니다. 첫째, 독일이 유럽식 모델의 미래를 좌우할 통일 대국이라는 것, 둘째, 인구 8천3백만의 독일이 13억 중국과 어깨를 겨루는 세계 최고의 수출국이자 제조업 강국이라는 것, 셋째, 중국과 쿠바 같은 사회주의국가를 빼고는 유일하게 노동자가 경영에 참여하는 나라라는 것입니다.

특히 노동 전문 변호사인 필자가 주목하는 것은 독일 노동자의 경영 참여입니다. 흔히 '복지' 하면 분배와 수혜를 떠올리지만, 게이건이 복지국가 독일의 핵심으로 꼽는 것은 노동자의 강력한 영향력을 보장하는 독일 특유의 사회민주주의입니다. 독일에서는 직장 평의회, 노사 공동 결정, 지역별 임금 결정 제도 등을 통해 노동자가 경영에 참여하고 동일노동 동일임금의 원칙을 최대한 구현하는데, 필자는 이것이 경제

마녀의 연쇄 독서

적 번영과 정치적 민주주의의 뿌리라고 말합니다.

노동운동이 발달할수록 정치도 경제도 번영한다니 아무래도 거짓말 같습니다. 노동조합은 경제의 발목을 잡는 걸림돌이요 제 잇속만 챙기는 노동자 이기주의의 본산이라는 비난을 귀에 못이 박히도록 들은 터라 더욱 그렇습니다. 그러나 게이건도 말했듯이 실제로는 노동조합을 분쇄하고 노동시장 유연화에 앞장섰던 미국과 영국에선 단기간에 산업 기반이 무너진 반면, 해고도 임금 인하도 노동자의 동의를 받아야 할 만큼 노동시장이 '경직'된 독일은 제조업 강국으로 승승장구하고 있습니다.

중요한 것은 이 같은 제조업의 발달이 경제만이 아니라 정치에까지 영향을 미친다는 사실입니다. 게이건은 제조업이 무너진 영미의 투표율과 독일의 투표율을 비교해 보면 제조업이 살아야 노동운동이 살고 노동운동이 활발해야 민주주의도 경제도 살아난다는 자신의 주장을 인정할 것이라고 큰소리칩니다. 의심 많은 나는 정말인가 싶어 자료를 찾아봤습니다. 과연 영국의 경우 75퍼센트가 넘던 투표율이 신자유주의로 인해 제조업이 무너진 1995년엔 59.9퍼센트로 주저앉았고 미국 역시 50퍼센트에도 미치지 못하는 반면, 독일의 투표율은 78퍼센트가 넘더군요. (한국은 46퍼센트로 OECD 회원국 중 꼴찌입니다.)

투표율만 높은 것이 아닙니다. 독일은 신문 구독률도 높고 독서량도 많습니다. 그림과 사진이 별로 없는 두툼한 신문이 2천3백만 부나 팔리고, 온통 활자뿐인 묵직한 에세이가 소설책보다 많이 읽히며, 평범한 공과대 학생이 단지 로마에 관심이 있다는 이유만으로 에드워드 기번의 『로마제국 쇠망사』[2]를 영어 원서로 읽습니다. 부러운 나머지 게이건은 탄식합니다. "아! 국민 모두가 글 읽기 좋아하는 나라에 산다는 게 어떤 건지 잊고 있었다! 주저앉아 울고 싶은 심정이다." 한국보다 세 배는 더 책을 읽는 미국인이 이렇게 말하는 걸 보니 정말 울고 싶습니다. 아마 허구한 날 '단군 이래 최대 불황'에 시달리는 현직 출판인들은 더 하겠지요.

그런데 어찌 하면 독일처럼 "책의 나라"가 될 수 있을까요? 이 책을 보니 그 또한 노동운동이 활발해져야 가능할 것 같습니다. 노동자 대표가 대기업 이사회의 절반을 차지하는 독일에서는 노동자들이 국내 경제 상황은 물론 국제 정치에 대해서도 관심을 가진다고 합니다. 직장 평의회에서 이라크 전쟁을 주제로 온종일 토론을 벌일 정도인데, 그러니 책이든 신문이든 읽을 수밖에요.

대학 졸업자가 30퍼센트밖에 안 되는 나라지만 국민들이 이처럼 높은 교양과 정치의식을 유지하는 이유는, 소수의 경영자와 권력자가 노동하는 이들의 삶을 좌우하는 것이 아니라 노동자 자신이 자기 삶의 조건을 결정하기 때문일 겁니다. 그러기에 더 나은 삶을 위해 스스로 찾아서 읽고 생각하고 토론하는 것이지요. 불평등한 사회구조를 그대로

---

[2] 에드워드 기번 지음, 윤수인·김희용 외 옮김, 『로마제국 쇠망사』(전6권, 민음사, 2008).

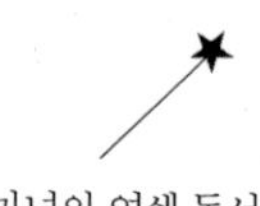

 마녀의 연쇄 독서

둔 채 독서 이력서 제도니 한 도서관 한 책 읽기 운동 같은 걸 한다고 책의 나라가 되는 건 아니란 얘깁니다.

1년에 6주 휴가가 보장되고, 아이를 낳으면 유급 출산휴가와 보육비는 물론 보모 두는 비용까지 전액 지원해 주는 나라, 부모를 모셔도 보조금을 주고 대학 등록금은 공짜이며, 해고되면 실업수당 퇴직하면 연금이 나오는 나라, 아무리 할인을 해도 옷은 안 팔리고 『히틀러의 자발적 학살자들』*Hitler's Willing Executioners* 3)이란 책만 팔리는 나라……. 게이건이 전하는 독일의 모습을 보면 여기가 천국이지 싶습니다.

그러나 유토피아의 원뜻은 '어디에도 없는 곳'이라고 하지요. 언뜻 유토피아처럼 보이는 독일 모델에도 문제는 많습니다. 독일을 선망하는 게이건도 인정하듯이, 동일노동 동일임금의 혜택을 누리는 노동자가 줄고 불평등이 심화되어 결국 사회적 빈부 격차를 메우기 위해 세금을 더 많이 걷어야 하는데다, 미숙련 미조직 노동자를 보호하는 조합은 미국보다도 미미합니다. 또한 수적으로 적지 않은 이주 노동자는 앞으로 사회 불안 요소가 될 수 있지요. 물론 게이건은 이런 문제들에도 불구하고 유럽식 모델은 살아남을 것이며 미국은 그 길로 나아가야 한다고 공언합니다.

3) 다니엘 요나 골드하겐이 쓴 『히틀러의 자발적 학살자들』은 아직 번역서가 나오지 않았지만, 골드하겐과 치열한 논쟁을 벌인 크리스토퍼 R. 브라우닝의 『아주 평범한 사람들』(이진모 옮김, 책과함께, 2010)은 번역되어 있습니다. 골드하겐은 악(惡)의 평범성을 이야기한 한나 아렌트나 브라우닝과 달리, 홀로코스트 가해자들의 반유대주의를 강조해서 큰 반향을 일으켰습니다.

하지만 유럽식 사회민주주의가 아무리 좋다 해도 그것을 그대로 이식할 수는 없습니다. 이 점과 관련해 주목되는 것이 역사학자 토니 주트의 분석입니다. 대작 『포스트워 1945-2005』[4]로 유명한 주트는 루게릭 병으로 온몸이 마비되는 가운데 마지막 책 『더 나은 삶을 상상하라』[5]를 남겼습니다. 유언과도 같은 이 책에서 그는 유럽 복지국가들이 인구가 적고 동질적인 사회 조건에서 성공했다며, "복지국가의 목표를 그대로 다른 곳으로 수출하는 것은 당연히 가능하지 않다."고 지적합니다. 그리고 동질성과 작은 규모가 신뢰와 협동을 구축해 가는 데는 긍정적이었으되, 이주 노동자 등 문화적·인종적 이질성에 대해선 배타적인 이기적 속성을 갖는다고 비판합니다.

게이건과 마찬가지로 신자유주의의 대안은 유럽식 사회민주주의라고 말하면서도 주트가 이처럼 유럽식 모델의 한계를 지적하는 이유는, 사회민주주의가 현 세계의 대안이 되기 위해서는 정책적 수정을 넘어 좀 더 근본적인 인식의 변화가 필요하다고 믿기 때문입니다. 그는 복지국가 모델이 등장했던 역사를 돌아보며, 한줌의 특권층으로부터 공동의 이익과 목표를 지키려 했던 초심을 떠올립니다. 그리고 "물질적 사리사욕의 추구를 미덕으로 삼아" 온 지난 30년의 역사를 바로잡기 위해서는 이 초심의 이상理想으로 돌아가야 한다고 역설합니다.

4) 토니 주트 지음, 조행복 옮김, 『포스트워 1945-2005』(플래닛, 2008).
5) 토니 주트 지음, 김일년 옮김, 『더 나은 삶을 상상하라』(플래닛, 2011).

마녀의 연쇄 독서

최근 들어 한국에서도 진보와 보수를 막론하고 복지를 이야기합니다만, 보육비나 빈곤층 지원 같은 몇몇 정책을 채택하는 것과 사회민주주의 복지국가를 지향하는 것은 다릅니다. 전자는 백만장자가 기부를 하는 것과 같은 시혜의 논리로도 가능하지만, 진정한 복지국가는 백만장자라는 존재 자체를 회의하고 견제하는 평등의 관점에서만 가능하기 때문입니다. 즉, 독일처럼 정권과 상관없이 복지의 기조가 유지되기 위해서는 주트가 말하는 '이상'에 대한 공감이 필요한 것이지요.

2011년 12월에 발표한 OECD 보고서에 따르면, 회원국들의 빈부 격차는 30년 만에 최대를 기록하여 상·하위 10퍼센트의 소득이 미국은 14 : 1, 한국은 10 : 1의 격차를 보였으며, 노동자들에게 직접적인 영향을 미치는 실직 1년차 소득 보전율은 미국이 44.9퍼센트, 한국이 꼴찌에서 두 번째인 30.4퍼센트를 기록했다고 합니다. 상위 10퍼센트가 아닌 담에야 미국에서건 한국에서건 '태어난 게 잘못'인 세상인데, 그러니 출산율은 떨어지고 자살률은 느는 것도 당연합니다. 하지만 90퍼센트가 10퍼센트의 봉 노릇을 하는 세상에 사는 건 가엾고 한심한 노릇이지 당연한 일이 아닙니다. 그보다는 게이건과 주트처럼 불평등을 바로잡을 대안을 찾아 나서는 것이 당연한 일이지요.

물론 대안이 같아도 방법은 다를 수 있습니다. 게이건은 사회민주주의의 성공을 위해선 조직된 노동자의 강력한 힘이 필요하다고 역설하고, 주트는 도덕적·정치적 비전과 그런 비전을 가진 국가의 역할에 더 주목합니다. 노동 전문 변호사와 역사학자라는 차이만큼 시각은 다르

지만, 두 사람 모두 지금보다 나은 삶, 더 인간적인 세상을 꿈꾸는 건
똑같습니다.

　그들이 서로 다르듯 나와 당신도 다릅니다. 생김새도 취향도 사는 모
양도 생각도 다 다르지요. 하지만 서로 다른 우리가 같은 꿈을 꾼다면
그보다 가슴 설레는 일이 있을까요? 내일이 두려운 오늘, 나는 나와 다
르지만 같은 꿈을 꾸는 당신을 보며 당신에게 의지해 살아갑니다. 나를
살게 하는 힘인 이 세상 모든 당신이여, 부디 안녕하시길!

끝나지
않은
연쇄를
위하여

1년을 이어온 연쇄 독서가 끝났습니다. 처음, 책이 일러 주는 대로 책의 꽁무니만 좇겠다고 작정했을 때는 1년이 이리 길 줄 몰랐습니다. 책을 읽고 그 책을 디딤돌 삼아 다음 책으로 넘어가면 된다고, 독서란 대개 그런 것이니 딱히 어려울 건 없다고 생각했지요. 그런데 아니더군요. 내가 읽고 싶은 책들과 읽어야 하는 책들을 제쳐 두고 막상 책이 읽으라는 책들을 더듬고 있으려니 어찌나 답답한지요. 게다가 때론 연쇄가 너무 많이 일어나고 때론 하나도 안 일어나는 바람에 노심초사하느라 하루도 맘 편할 날이 없었습니다.

그런데 책이 심술궂은 건지 사람이 간사한 건지, 연쇄를 끝낼 때가 되니까 왜 이리 책들이 꼬리에 꼬리를 물고 떠오르는 걸까요. 스물네

번째 연쇄서였던 『미국에서 태어난 게 잘못이야』만 해도 독후감을 쓰기 전에는 끝나기만 해보라고, 당분간 책 따윈 쳐다보지도 않을 거라고 별렀건만, 막상 원고를 마무리할 때가 되자 머릿속에 자꾸 다음 책이 떠오릅니다.

그렇게 떠오른 첫 번째 연쇄는 독서기를 쓰다가 우연히 접한 토니 주트의 책입니다. "자유 시장과 복지국가 사이에서"라는 부제 때문에 독후감을 쓰는 데 도움이 될까 하고 읽은 그의 유작 『더 나은 삶을 상상하라』가 워낙 감동적이어서 그의 책을 한 권 더 읽고 싶었지요. 마침 대표작 『**포스트워 1945-2005**』가 번역되어 있더군요. 1천5백 쪽에 달하는 분량이 부담스럽긴 했지만 주트의 매력에 끌려 도전했습니다. 과연 방대한 저작을 관통하는 치밀한 분석력이 감탄을 자아냅니다.

전후 유럽사를 다룬 이 책에서 주트는, 여러 종교와 민족이 뒤섞인 구舊유럽이 히틀러와 스탈린의 인종·민족 청소를 통해 인구학적으로 동질성이 강화되고, 그에 힘입어 오늘날 미국 모델의 대안으로 떠오른 유럽식 복지 모델이 발전하는 과정을 보여 줍니다. 역사적 범죄가 오히려 비전을 낳은 셈인데, 그래서 이 책을 읽다 보면 역사란 계몽된 이성이나 선한 의지, 영웅적 행위에 의해 진보하는 것이 아니라 숱한 의지와 행위들이 얽히고 겨루며 나선형적으로 발전한다는 것을 실감하게 됩니다.

주트는 자신이 역사에 냉정하게 거리를 두지 못하고 "자기주장이 강한 책"을 썼다고 말하지만, 객관성을 자임하는 많은 역사가들이 사실

　마녀의 연쇄 독서

■을 자기주장을 뒷받침하는 퍼즐 조각 정도로 여기는 것과 달리, 그는 당파성을 분명히 하면서도 사실이 가진 다면성과 역동성을 놓치지 않습니다.

『미국에서 태어난 게 잘못이야』에서 일어난 두 번째 연쇄는 비슷한 시기에 출간된 홍기빈의 『**비그포르스, 복지국가와 잠정적 유토피아**』[1]입니다. 복지에 대한 말들은 많지만 정작 복지국가의 실상에 대해선 본격적인 연구가 부족한 현실에서, 국내 학자가 스웨덴 복지국가의 설계자 비그포르스의 사상과 실천을 다룬 것이 반가워 눈길이 갔지요. 그런데 책을 읽다 보니 잠정적이든 궁극적이든 유토피아라는 말도, 그런 포부도 사라진 지 오래인 우리 사회가 떠오릅니다. 실현 가능성을 내세워 유토피아의 꿈을 조롱하고 '이상'을 말하면 이상한 사람이 되는 현실을 생각하니 정말 필요한 것은 실현 가능한 복지나 지속 가능한 경제가 아니라 유토피아를 꿈꾸는 뜨거운 가슴이 아닐까 싶습니다.

생각이 이에 미치자 유토피아를 빌미로 또 연쇄가 일어납니다. 토머스 모어의 『유토피아』[2]나 프랜시스 베이컨의 『새로운 아틀란티스』[3] 같은 고전에서, 칼 만하임의 『이데올로기와 유토피아』[4]를 거쳐 고전 학자 서신혜의 작지만 야무진 책 『조선인의 유토피아』[5]로 이어지는

1) 홍기빈, 『비그포르스, 복지국가와 잠정적 유토피아』(책세상, 2011).
2) 토머스 모어 지음, 나종일 옮김, 『유토피아』(서해문집, 2005).
3) 프랜시스 베이컨 지음, 김종갑 옮김, 『새로운 아틀란티스』(에코리브르, 2002).
4) 칼 만하임 지음, 임석진 옮김, 『이데올로기와 유토피아』(청아, 1991).

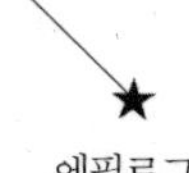

유토피아 대장정을 해볼까 궁리하다가 피식 웃고 맙니다. 입맛 알자 노자 떨어졌다고, 하랄 때는 그토록 힘들어하다가 막상 끝나니까 연쇄 독서를 하겠다는 꼴이 우습기도 하고, 한편으론 이제부터 하면 정말 잘할 텐데 싶어 아쉽기도 합니다.

아쉬운 것은 아직 일어나지 않은 연쇄만이 아닙니다. 이미 일어난 연쇄도 돌아보면 미련이 남습니다. 분야며 주제며 출판사며 이런저런 것들을 안배하고 고려하느라 마지막 순간에 덮은 책들, 무지와 게으름 때문에 연쇄 독서를 하던 도중엔 미처 발견하지 못했던 책들, 독서기를 쓴 뒤에 출간되어 아깝게 놓친 책들이 여전히 마음에 남아 연쇄를 일으킵니다. 미련이지만, 이루어지지 못한 그 연쇄들에 대해 마지막으로 이야기하고 싶습니다. 인연의 사슬에서 조금 비껴나긴 했지만 그 또한 내가 잊고 싶지 않은 인연들이기 때문입니다.

사람의 인연이 그렇듯 책도 가장 아쉬운 것은 뒤늦게 만난 인연. 내게는 『**시베리아의 위대한 영혼**』[6]이 그런 책입니다. 작년 9월에 출간된 책을 연재가 끝나 가던 12월에 읽었는데, 조금만 일찍 나왔더라면 연쇄의 한 고리로 삼았으련만 하고 얼마나 아쉬워했는지 모릅니다.

20년 가까이 시베리아에서 호랑이만 좇았다는 다큐멘터리스트 박수

5) 서신혜, 『조선인의 유토피아』(문학동네, 2010).
6) 박수용, 『시베리아의 위대한 영혼』(김영사, 2011).

　　　마녀의 연쇄 독서

용이 쓴 이 책은, 농밀한 문장으로 그리는 경외의 자연이 깊은 감동을 자아냅니다. 동물 애호가도 아니고 호랑이에 딱히 관심이 있었던 것도 아니지만, 요 몇 년 사이 이 책만큼 내 마음을 흔든 책은 없었습니다. 그럼에도 단숨에 읽히지는 않더군요. 하루에 30쪽이 고작. 조사 하나도 숨이 되는 문장을 쉬 읽을 수 없기도 했거니와, 그가 보여 주는 세계가 너무 아름답고 아파서 감당하기가 쉽지 않았던 까닭입니다.

정말이지 박수용의 문장은 아름답습니다. 밑줄을 긋기로 치면 한이 없을 정도이지요. 섬세한 관찰을 정직하게 옮긴 그의 문장은, 아름다움은 꾸밈이 아니라 진정에서 나온다는 것을 가르쳐 줍니다. 특히 그가 한 평짜리 비트 안에서 홀로 긴 겨울을 보내며 바람도 다 같은 바람이 아님을 헤아리는 대목은, 몸을 잊고 관념으로만 언어를 대하던 내게 죽비와도 같았습니다.

눈송이가 똑바로 떨어져 내리면 고요다. 눈송이가 나풀나풀 떨어지면 실바람이다. 얼굴에 바람이 느껴지고 눈송이가 비켜 내리면 남실바람이다. …… 작은 나무 전체가 흔들리며 그 우듬지에 쌓인 눈 더미가 날아가면 들바람이고, 큰 가지가 흔들리며 숲이 전깃줄처럼 울면 된바람이다. …… 큰 가지가 부러져 날아가고 바다에서 용오름이 일어나면 큰센바람이고, 나무가 뿌리째 뽑히고 숲이 뒤집히면 노대바람이다.

산들바람, 건들바람, 된바람, 센바람, 큰바람, 황소바람, 바늘바람, 너울바람……. 결마다 다른 바람을 생생히 불러오는 그의 언어에 소름이 돋습니다. 바람에조차 무심할 수 없었던 그의 고독이 아프고, 자연과의 경계를 잊은 그의 낮고 너른 마음이 존경스럽습니다. 문장을 짓는다는 건, 아니 산다는 건 이런 것임을, 고독에 투정부리지 않고 온몸으로 감당하며 스스로를 지우는 것임을 배웁니다. 닿을 수는 없겠으나, "가만히 있어도 유한한 인생의 저 끝이 우수리호랑이의 묵직한 발자국처럼 한 발 두 발 다가오는" 날까지 묵묵히 그 길을 따르자고 감히 다짐합니다. 좋은 책은 이렇듯 나를 깨웁니다.

『시베리아의 위대한 영혼』이 뒤늦게 만나 안타까운 인연이라면,『**왜 인도주의는 전쟁으로 치닫는가?**』[7]는 나중을 기약하며 미룬 인연입니다. 이 글을 쓰는 지금도 시리아에서는 반정부 시위가 한창입니다만,『아메리칸 버티고』로 여덟 번째 독서기를 쓰던 때는 아랍 여러 나라에서 민주화 운동이 일어나고 리비아에 미국과 유럽의 군사개입이 이루어지던 시기였습니다. 민주주의와 인권을 위해선 국제사회가 적극적으로 개입해야 한다는 레비의 주장을 읽을 때도 그랬지만, 막상 현실에서 그의 주장이 받아들여지는 것을 보니 착잡하더군요.

---

7) 카너 폴리 지음, 노시내 옮김,『왜 인도주의는 전쟁으로 치닫는가?』(마티, 2010).

마녀의 연쇄 독서

독재자가 시민을 학살하는데 보고만 있어선 안 된다는 주장은 이해가 갑니다. 하지만 과연 외국군의 개입이 해결책이 될 수 있는지, 그렇게 개입해서 민주주의와 인권이 지켜진 경우가 있었는지, 의구심을 떨칠 수 없었지요. 마침 그때 『왜 인도주의는 전쟁으로 치닫는가?』라는 도발적인 제목의 책을 보았습니다. 국제 엠네스티와 유엔 난민 기구 등 국제 인권 단체에서 활동한 카너 폴리가 쓴 책인데, 제목만큼이나 충격적인 사실들이 가득하더군요.

이 책을 읽기 전에는 많은 이들이 그렇듯 나 역시 분쟁 지역과 인권 사각지대에서 활동하는 인권 단체들을 지지했고, 거기서 일하는 헌신적인 활동가들을 경외심을 갖고 바라보았습니다. 또한 이라크나 아프가니스탄에 대한 군사개입과 달리, 코소보나 르완다처럼 인종 청소와 집단살해를 막기 위해 불가피하게 개입해야 하는 경우도 있다고 생각했습니다. 하지만 자신의 경험을 토대로 인권 단체들의 문제점과 무력 개입의 부작용을 낱낱이 지적하고, 인권을 국가주권보다 우선시하는 것이 과연 정당하냐고 의문을 제기하는 폴리를 보니 모든 것이 흔들립니다.

이권이 아니라 인권을 위해서라면 한 나라의 주권이나 민족자결의 원칙을 무시하면서 무력 개입을 해도 되는가? 인권을 위한다는 그 판단의 정당성은 누가 보장하는가? '선교'를 앞세우던 지난 세기와 '인권'을 앞세우는 금세기의 차이는 무엇인가? …… 카너 폴리는 이런 근본적인 질문들을 통해서, 인도주의를 내세워 개입을 촉구하는 구호 기구들에

게 "서구 자유주의가 고안하고 정제해서 수출용으로 포장한 인권 개념
만이 유일한 인권 개념은 아니라는 점부터 먼저 인정"하라고 일깨웁니
다. 선의가 선행을 보장하는 것은 아니며, 정의와 인권 같은 개념조차
오만과 편견에서 자유롭지 않다는 그의 지적에 가슴이 뜨끔하더군요.

『왜 인도주의는 전쟁으로 치닫는가?』가 다양성을 위해 연쇄를 미룬
경우라면, 『**죽음과 함께 춤을**』은 이미 일어났으되 표현하지 못한 연쇄입
니다. 열한 번째 독서기에서도 언급했지만, 이 책은 네덜란드의 불치병
환자 요양원에서 환자를 돌보며 가끔은 안락사도 시행하는 의사 베르
트 케이제르가 쓴 독특한 비망록입니다.

철학도 출신의 의사 케이제르는 숱한 죽음을 겪었고 많은 환자들을
직접 죽음으로 이끌었지만, 이 책의 어디에서도 죽음을 정의하거나 죽
음에 대한 철학을 설파하지 않습니다. 대신 유머러스하면서도 신랄한
문장으로, 아무리 많은 죽음을 겪어도 여전히 죽음에 문외한인 인간의
무력함을 드러내며, 그럼에도 죽음에 대해 안다고 생각하는 인간의 오
만을 조롱합니다.

그는 죽을병에 걸린 환자 앞에서 산자의 우월감을 내보이며 재판관
처럼 구는 가족들을 혐오하고, 의학이나 종교를 내세워 환자의 고통을
외면하는 이들에게 분노합니다. 죽음이란 논리적·도덕적 설명 너머에
있으며, 따라서 우연히 먼저 죽음을 만난 이들에게 아직 건강한 자가
할 수 있는 것은 우정 어린 배려뿐이라 믿기 때문이지요.

　　　　마녀의 연쇄 독서

많은 이들이 특정 분야에 대한 한정된 지식을 갖고도 마치 모든 것을 아는 양 목소리를 높이는 시대에, 의사이면서도 의술의 한계를 고백하고 환자들로부터 삶과 죽음에 대해 한 수 배우기를 청하는 케이제르를 보니 반갑고 기쁩니다. 죽을병에 걸리는 건 두려운 일이지만 그래도 케이제르 같은 의사가 곁에 있다면 견딜 만하지 않을까, 그 요양원의 환자들이 어쩐지 부럽더군요.

『아이다 미네르바 타벨』[8]은 게으름과 무지 때문에 뒤늦게 발견한 책인데, 일찍 알았더라면 열네 번째 연쇄서였던 『몬산토』의 뒤를 이었을지도 모릅니다.[9] 거대 기업 몬산토의 추악한 속내를 파헤친 저널리스트 마리-모니크 로뱅이야말로, 20세기 초 독점재벌 록펠러의 치부를 폭로한 언론인 아이다 미네르바 타벨(1857~1944)의 뒤를 잇는 '21세기의 타벨'이라 할 수 있으니까요.

'최초의 현대적 탐사 보도 기자'로 불리는 타벨은, 막스 베버가 '자본주의자의 원형'이라 여겼던 록펠러의 스탠더드 오일이 어떻게 자본주

---

8) 스티브 와인버그 지음, 신윤주·이호은 옮김, 『아이다 미네르바 타벨』(생각비행, 2010).

9) 이 글의 교정을 보는 지금, 내 옆에는 미국의 진보적 독립 언론인 이지 스톤의 평전 『모든 정부는 거짓말을 한다』(마이라 맥피어슨 지음, 이광일 옮김, 문학동네, 2012)가 놓여 있습니다. 연쇄 독서를 할 때는 출간되지 않아 여기선 빠졌지만 『아이다 미네르바 타벨』에 이어 읽으면 좋을 듯합니다. 14세에 신문을 창간해 81세로 세상을 뜰 때까지 평생 FBI의 감시를 받으면서도 사회정의와 언론 자유를 위해 펜을 놓지 않았던 스톤. 이 시대에 정말 보고픈 언론인의 모습입니다.

의의 근간인 경쟁을 훼손하고 '트러스트'란 이름으로 부정한 경영을 해 왔는지 보도하여 미국 사회에 큰 반향을 불러일으켰습니다. 그녀는 『스 탠더드 오일의 역사』*The History of the Standard Oil Company* 라는 방대한 저술을 통 해 독점재벌의 문어발식 기업 경영을 비판하는 한편, 록펠러 개인을 다 룬 연재 기사를 써서 미국인들이 존경하는 이 기업가의 이중성을 폭로 했지요.

예나 지금이나 록펠러는 엄청난 재산을 기부한 자선 사업가로 칭송 을 받습니다. 그러나 타벨은 기부를 했다고 해서 법과 원칙을 어기고 치부한 잘못이 사라지는 것은 아님을 분명히 합니다. 최근 한국에서도 재벌과 권력자, 금융인들이 부정하게 모은 재산을 기부란 이름으로 합 리화하는 일이 드물지 않습니다만, 사회에 정말 필요한 것은 돈이 아니 라 제대로 세금 내고 공정하게 경쟁하는 것이란 사실을 잊지 말았으면 좋겠습니다.

솔직히 『아이다 미네르바 타벨』은 평면적인 서술 탓에 읽는 재미는 덜합니다. 하지만 옮긴이들의 말처럼, 삼성을 비롯한 거대 재벌의 폐해 가 날로 심화되는 한국에서 재벌과 언론에 대해 다시 생각하게 한다는 점에서 의미 있는 책입니다. 이 책을 읽고 잇달아 **삼성이 버린 또 하나의 가족**10)을 읽은 것도 그래서입니다. 『아이다 미네르바 타벨』의 옮긴이 들도 "삼성은 심각하다."고 지적하지만, 『삼성이 버린 또 하나의 가족』 을 보니 정말 문제가 심각합니다. 록펠러를 파헤치는 데 반생을 바치다

마녀의 연쇄 독서

시피 한 타벨이나 3년간 전 세계를 돌며 몬산토를 취재한 로뱅 같은 기자도 없으니 더욱 심각하지요. 그나마 반도체 노동자들의 인권을 위해 지칠 줄 모르고 싸우는 반올림 같은 단체가 있고, 그들의 목소리를 기록한 이런 책이 있다는 것이 다행이라면 다행이랄까요.

로포 작가 희정이 반올림에서 만난 삼성 반도체 산재 피해자들의 이야기를 쓴 『삼성이 버린 또 하나의 가족』에는, 스물셋에 백혈병으로 죽은 황유미를 비롯해 서른둘에 역시 백혈병으로 세상을 뜬 황민웅, 스물여덟에 죽은 박진혁 등 숱한 죽음이 나옵니다. 책 말미에는 그렇게 어이없이 죽거나 중병에 걸린 피해자 115명의 명단이 실려 있습니다. 세상이 부러워하는 1등 기업 삼성에 들어갔다고 기뻐하다가, 지독한 노동 끝에 회사 기숙사에서 스스로 몸을 던지거나 불치병에 걸려 회사의 버림을 받은 이들의 이름이지요. 그 기막힌 이름들을 보며 삼성의 1등이 누구를 위한 1등이며 어떻게 이룬 1등인지 생각합니다. 그리고 너무 많은 목숨들이 1등의 노예가 되어 희생되는 이 사회를 생각합니다. 그런 사회를 단번에 바꿀 수는 없겠지만 이 책이 보여 주듯이 포기하지 않고 싸운다면 조금씩 나아지겠지요.

10) 희정, 『삼성이 버린 또 하나의 가족』(아카이브, 2011).

이루어지지 못해 아쉬운 마지막 인연은 필립 아리에스가 쓴 독특한 역사책 『**아동의 탄생**』[11]입니다. 스물한 번째 독서기에서 이미 밝혔지만, 『옛이야기의 매력』이 부른 첫 연쇄는 잭 자이프스의 『동화의 정체』였습니다. 『옛이야기의 매력』과 달리 동화의 역사성·사회성에 주목한 이 책에서 가장 흥미로웠던 것은 동화가 언제 왜 생겨났는지를 밝힌 부분입니다.

베텔하임도 지적했듯이, 신데렐라니 백설공주 같은 동화를 보면 잔인하거나 성적인 내용이 생각보다 많습니다. 베텔하임은 그 또한 아동의 인격 성숙에 필요한 부분이라고 말하는데, 사실 그 이야기들이 애초부터 어린이를 대상으로 창작된 것이라면 조금 달랐겠지요. 하지만 옛이야기는 남녀노소 모두가 듣고 즐기며 전한 민담이지 어린이만을 위한 이야기는 아니었습니다.

그럼, 어린이를 위한 동화는 언제 처음 생겨났을까요? 자이프스에 따르면, 동화의 골격이 형성되기 시작한 것은 16세기 말부터라고 합니다. 이탈리아 도시국가 출신의 작가 스트라파롤라와 바실레에서 태동한 동화가 17세기 후반 프랑스에서 샤를 페로 등의 활약에 힘입어 하나의 장르로 확립되었다는 것이지요. 자이프스는 이러한 동화의 발전 과정이 부르주아지가 성장하고 그들이 주도하는 문명화 과정이 이루어지던 시

11) 필립 아리에스 지음, 문지영 옮김, 『아동의 탄생』(새물결, 2003).

마녀의 연쇄 독서

대와 궤를 같이하며, 동화는 부르주아적 심성과 관습을 내면화하는 주요 수단으로 문명화 과정을 담당했다고 설명합니다.

자이프스도 밝혔듯이, 이런 설명은 노르베르트 엘리아스의 『문명화 과정』12)과 필립 아리에스의 『아동의 탄생』을 떠오르게 합니다. 두 책 모두 내게 큰 공부가 되었던 책들인데, 특히 10여 년 전 처음 『아동의 탄생』을 읽었을 때의 충격은 잊을 수가 없습니다. 역사학이라면 지배층이 펴낸 공식 사료를 중심으로 정치·경제 제도의 변화에 초점을 맞춘 역사 서술만 떠올리던 내게, 미술·문학·의상·묘비·일기·편지·영아 사망률 통계 등 온갖 자료를 활용해 '어린이' '가족' '모성' 같은 개념의 역사를 분석한 아리에스의 작업은 놀라움 그 자체였지요.

1960년 발표한 이 책에서 아리에스는 중세에는 아동기라는 개념이 없었고 16세기, 특히 17세기에 이르러 아동에 대한 새로운 개념이 나타났음을 보여 줍니다. 그리고 사춘기 청소년adolescent이라는 개념도 오랜 시간에 걸쳐 18세기 이후에야 형성되었으며, 징병제와 제1차 세계대전 같은 전쟁이 오늘날처럼 청소년과 청년기가 중시되는 시대를 만드는 데 일조했다고 지적합니다.

시대와 무관하게 사람은 늘 유아에서 아동기 → 청소년기를 거쳐 어른이 된다고 생각했다가, 이 책에서 어린이와 청소년이 근대 이후에 나타

---

12) 노르베르트 엘리아스 지음, 박미영 옮김, 『문명화 과정』(한길사, 1999).

난 역사적 개념이라는 주장을 읽고 얼마나 놀랐는지요. 아마 그때의 기분 좋은 충격 때문에 연쇄가 다 끝난 지금도 『옛이야기의 매력』→『동화의 정체』→『아동의 탄생』으로 이어지는 연쇄에 대한 미련을 버리지 못하는가 봅니다.

그러나 더 미련을 갖는 건 미련한 짓이겠지요. 세상 모든 인연은 끝이 없이 얽히지만 사람이 감당할 수 있는 인연에는 한계가 있고 모든 것은 끝이 있기 마련이니까요. 돌아보면 꼬리에 꼬리를 물고 이어지는 책들을 좇으며 배운 것도 그것입니다.

1년 넘게 연쇄 독서를 하면서, 아무리 작정해도 뜻한 대로 이루어지지 않는 연쇄 때문에 생각지도 못한 독서를 하고 그 독서에서 생각지도 못한 배움을 얻었습니다. 그때마다 뜻밖의 인연으로 얽히는 책들에 놀라고 그들과의 우연한 만남에 감사했습니다. 책들이 한없이 이어지듯 배움엔 끝이 없으되 내가 아는 것은 그 끝없는 연쇄의 일부, 무지와 편견에서 자유롭지 못한 한 조각 지식뿐이라는 사실도 배웠습니다. 그리고 무관한 듯 이어지는 책들을 통해 비로소 내 삶이 얼마나 많은 인연들에 빚지고 있는지 깨달았습니다.

내가 미처 모르는 그 인연들 덕분에 이 아슬아슬한 세상에서 나는 태연히 책을 읽고 무사히 살고 있습니다. 부끄럽고 미안하고…… 고맙습니다. 책에서 읽은 모든 것을 잊어도 이 고마움은 잊지 않겠습니다. 모두 고맙습니다.

　　마녀의 연쇄 독서